# 唐代民間歌謠

邱燮友 著

五南圖書出版公司 印行

敦煌莫高窟於一九〇〇年發現藏經室，共有唐人寫本三萬多卷，其中有敦煌曲子詞一千三百餘首、《敦煌俗字譜》（即唐代民歌樂工俗譜）二十五首，經日人林謙三、中國席臻貫、葉棟、饒宗頤等四人將俗字譜翻成今人用五線譜，可以演唱。其中以席臻貫譯譜最爲流行，曾出版《敦煌古樂——敦煌樂譜新譯》一書，附錄音帶一卷流傳。

　　以下所列的「唐代俗字譜」、「敦煌飛天線條圖」、「唐代（618-906）敦煌民歌兩首——傾杯樂、定風波」皆取錄自席臻貫《敦煌古樂——敦煌樂譜新譯》一書。

## 唐代俗字譜[1]

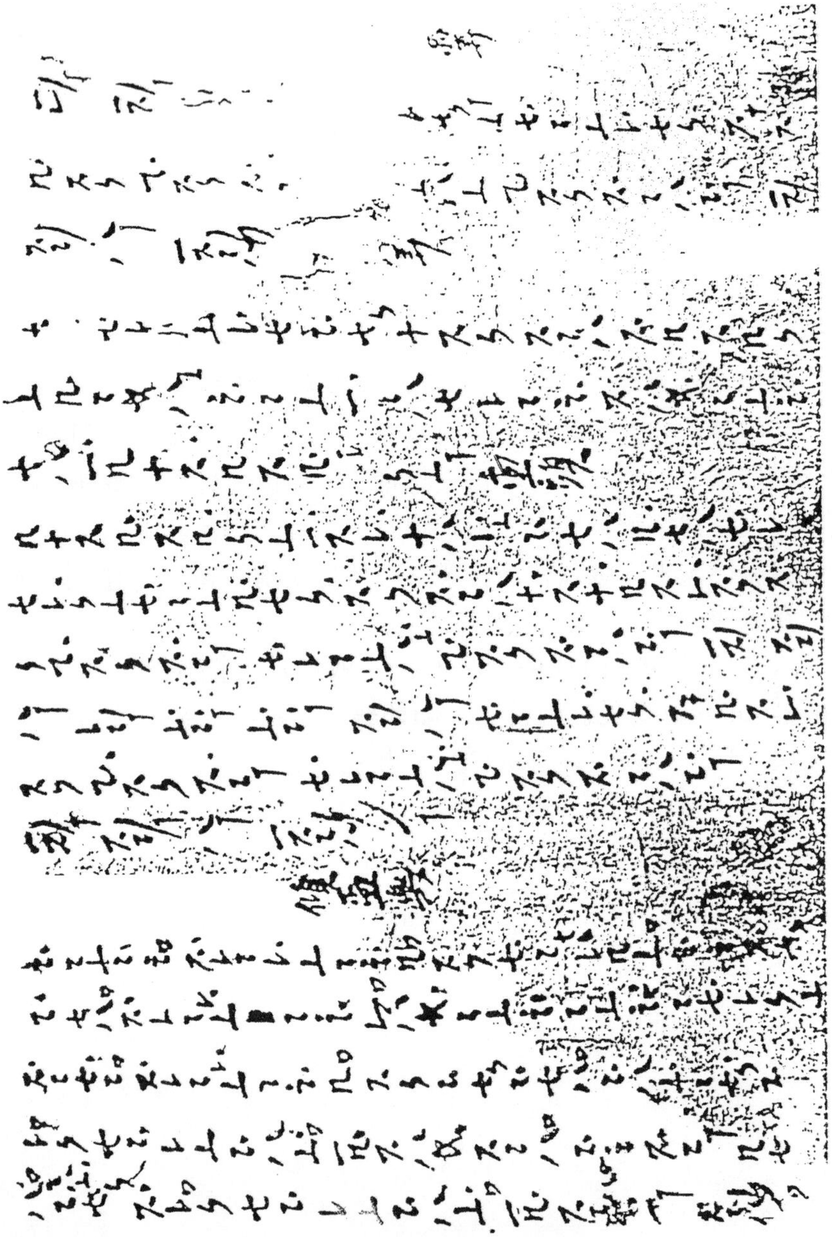

① 席臻貫著：《敦煌古樂——敦煌樂譜新譯》，敦煌文藝出版社、甘肅音像出版社，1992年，所附圖稿。

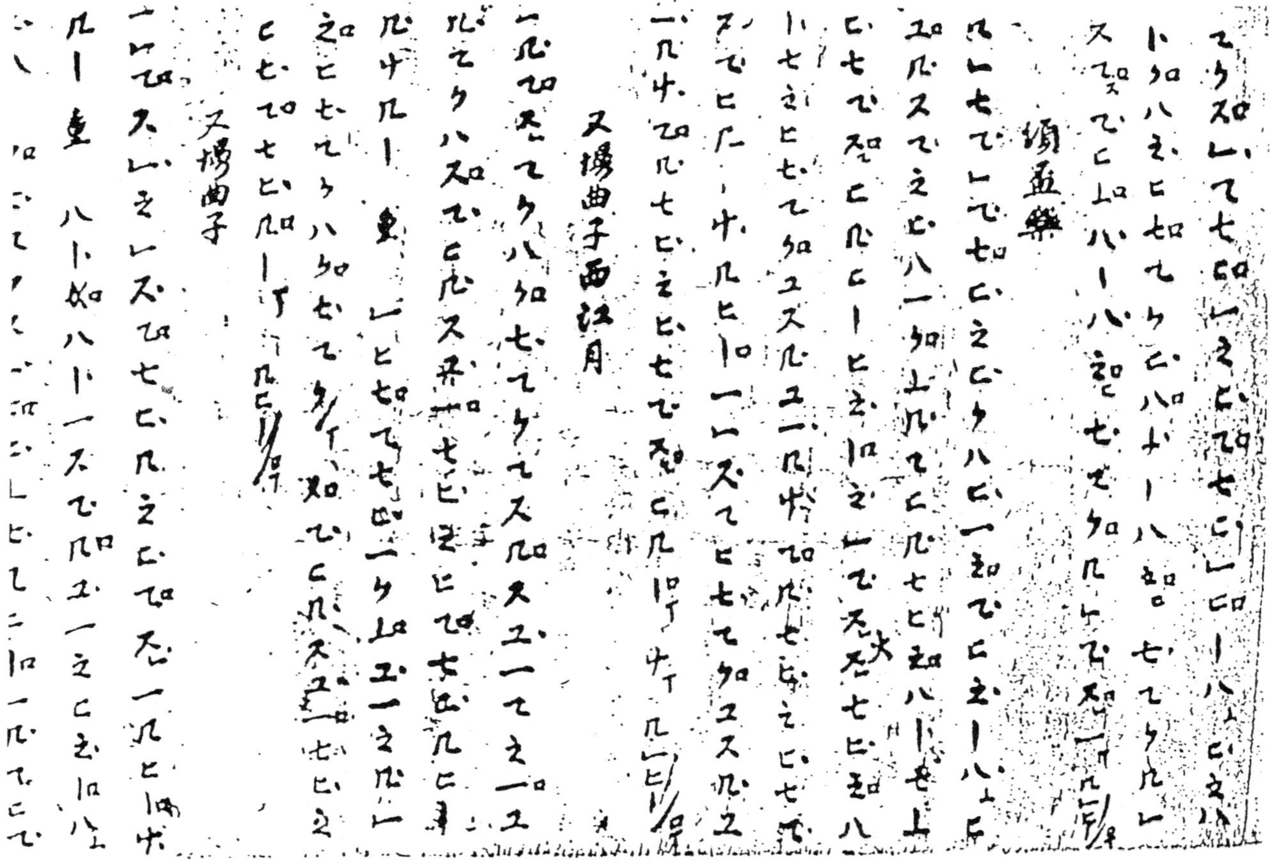
傾盃樂
又慢曲子西江月
又慢曲子

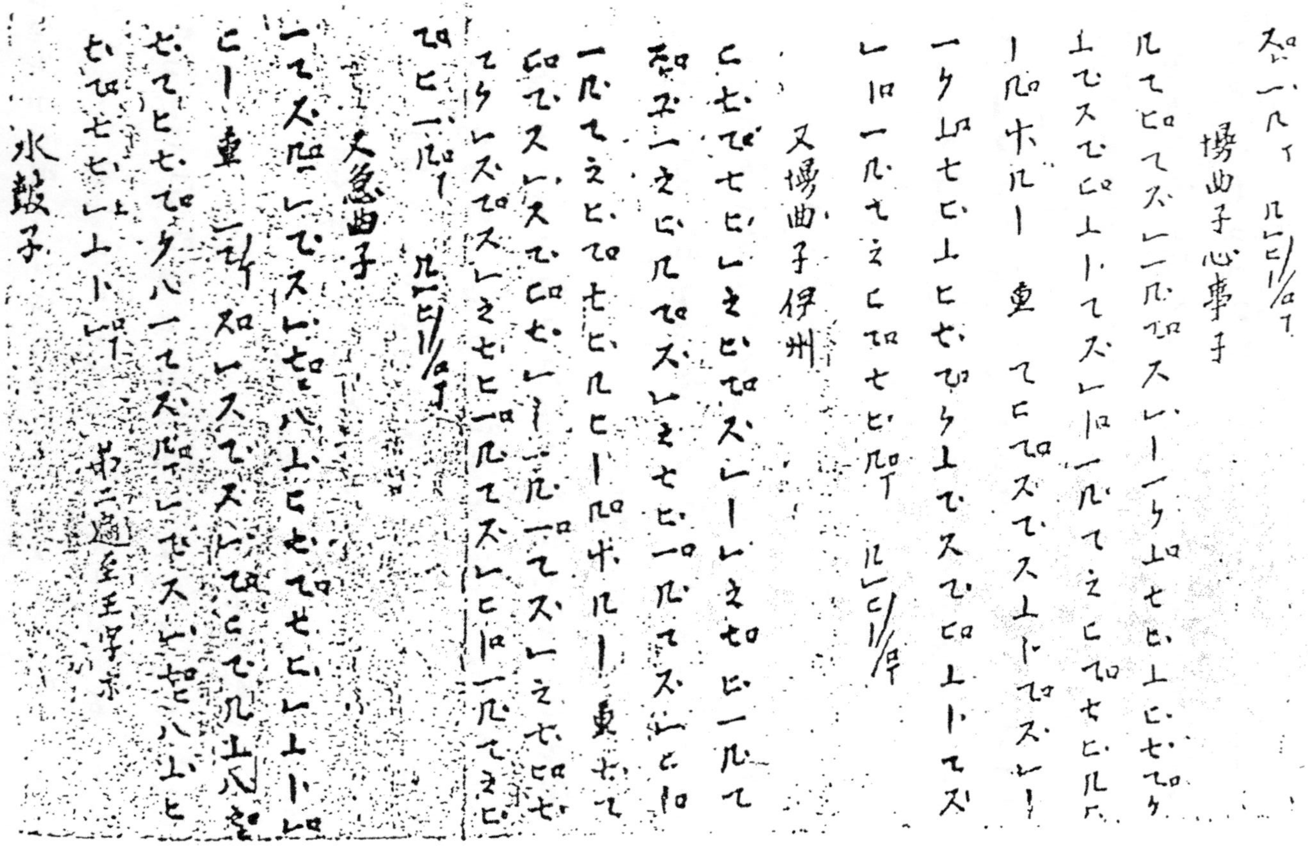

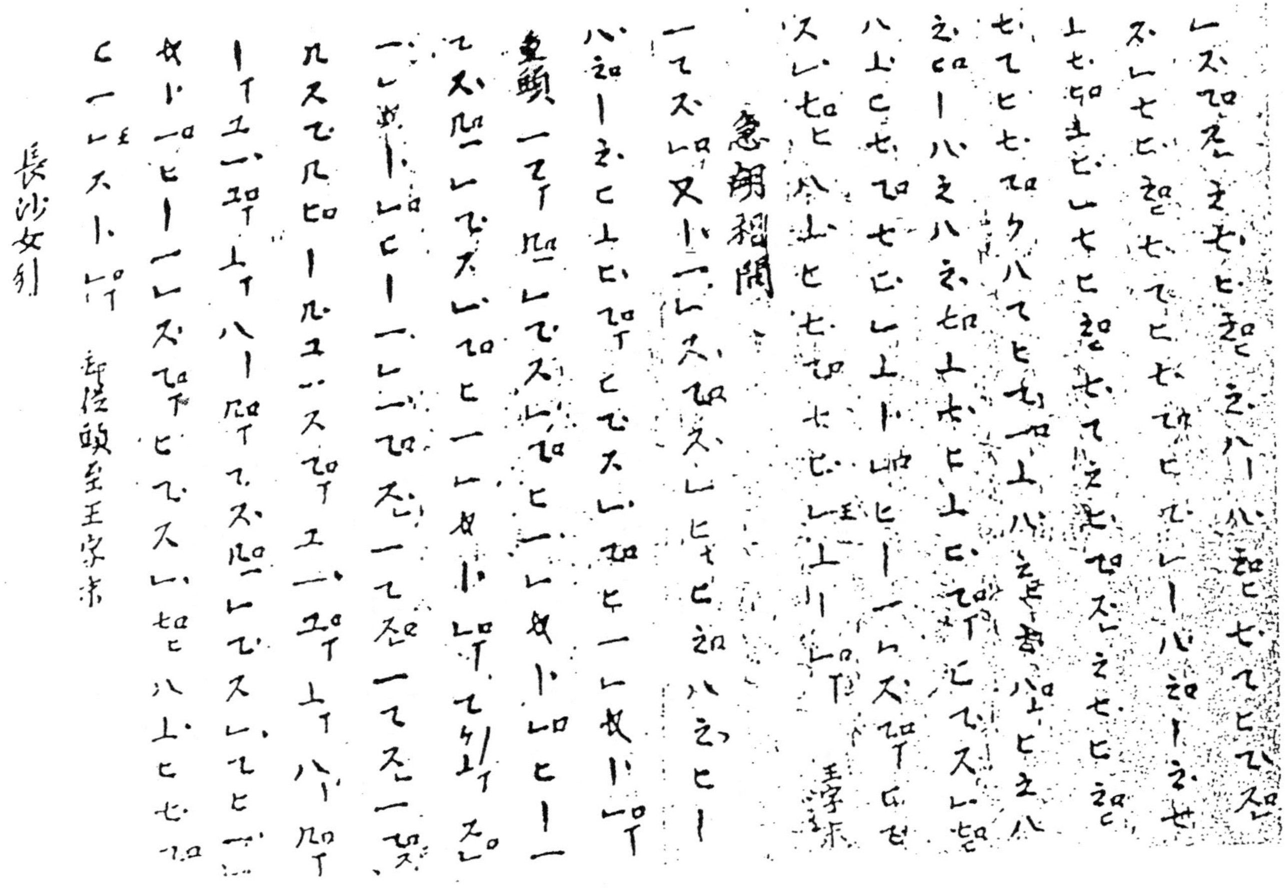
王字來
長沙女

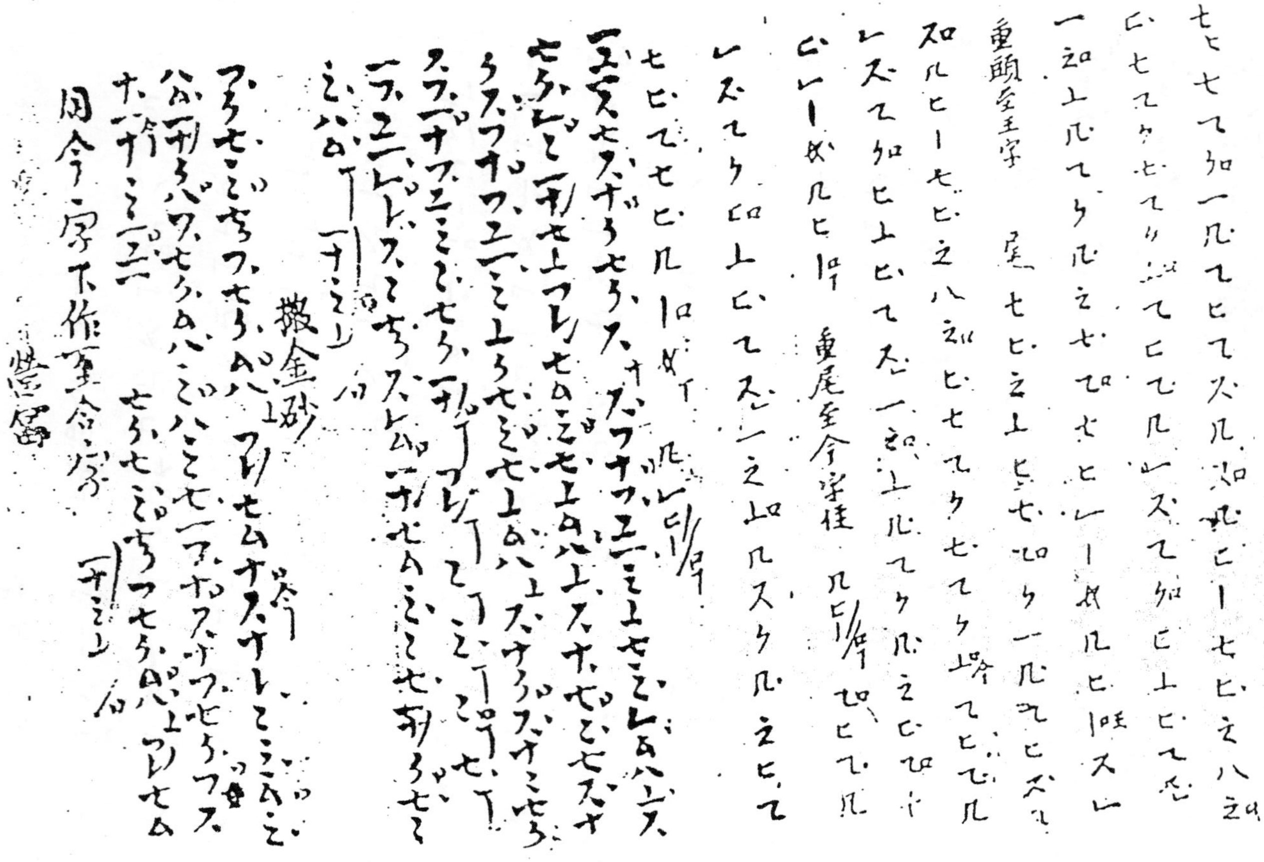

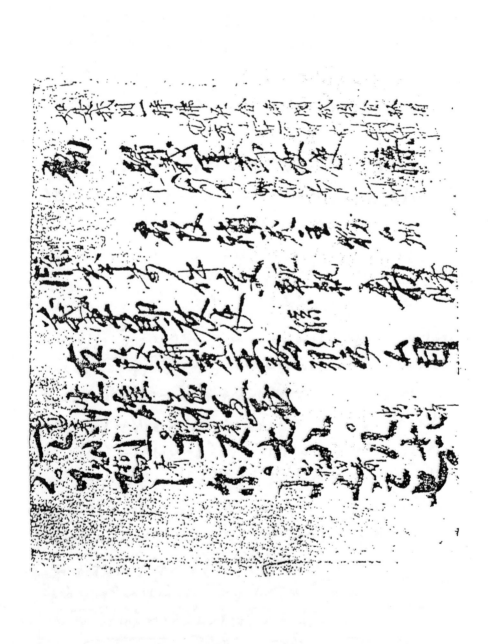

敦煌飛天線條圖<sup>②</sup>

② 同註1。

# 敦煌玉琵琶

是和闐白玉，琢成的玲瓏曲線，
彷彿一握佳人的渾圓。
安上絲弦，扣動關塞邊聲，
不再是高山流水，十面埋伏，
而是伊州草原，涼州古調，
訴說千年不變的相思和心曲。

配上一把玉笛，與你和弦，
音符散發楊柳風輕，婀娜柳枝，
從腳尖點出琤琮的旋律，
走過綠洲，舞過瓜州、沙州，
邁向敦煌的暮春，
絲路上飛花滿天。

玉琵琶，動關情，
是碎花流金，春泉暗流，
多少歲月從樂聲中喚回唐人的輕盈。
然而哀怨的〈傾杯樂〉，隨西風吹響，
鳴沙山，白龍堆覆上層層冰雪，
惟有敦煌的玉琵琶，打通絲路，
像飛天花雨的天籟，傳誦至今。

（1995.8.24）

# 唐代（618-906）敦煌民歌兩首——傾杯樂、定風波③

第 三 曲
傾 杯 乐

敦煌曲辞P.2838
《傾杯乐》

席臻貫譜曲

③ 同註1，頁113-115。

第 六 曲
急 曲 子

敦煌曲辞 P.3821
《定风波》

席臻貫 譜曲

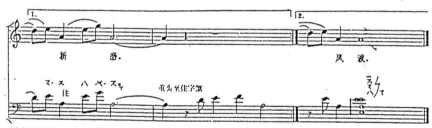

〔注〕胡震亨《唐音癸签》载：唐曲《黄骢叠曲》，一名《急曲子》。曲辞不存，兹选有战马意气的敦煌曲辞《定风波》为配。

**傾杯樂（文樂）**

窈窕逶迤，貌超傾國應難比。混身掛綺羅裝束，未省從天得至。臉如花自然多嬌媚，翠柳畫蛾眉，橫波如同秋水。裙生石榴，血染羅衫子。　觀豔質語軟言軟，玉釵墜，素綰烏雲髻。年二八久鎖香閨，愛引猧兒鸚鵡戲。十指如玉如蔥，凝酥體，雪透羅裳裡。堪聘與公子王孫，五陵年少風流婿。


**定風波（武樂）**

攻書學劍能幾何？爭如沙塞騁嘍囉，騁嘍囉。手執六尋槍似鐵，槍似鐵，鐵明月，龍泉三尺劍新磨。　堪羨昔時軍伍，謾誇儒士德能康，德能康。四塞忽聞狼煙起，狼煙起，問儒士，誰人敢去定風波。

# 目　錄

第一章　緒　論 ……………………………………………………… 1

第二章　唐代民間歌謠現存的數量 ………………………………… 21

　　一、唐代民間歌謠現存的曲調 ………………………………… 22

　　二、唐代民間歌謠現存的歌詞 ………………………………… 48

　　　　（一）《樂府詩集》所記載的 …………………………… 49

　　　　（二）史籍、詩文集所記載的 …………………………… 60

　　　　（三）《敦煌曲校錄》、《敦煌歌辭總編》

　　　　　　　所記載的 ………………………………………… 71

第三章　唐代民間歌謠發生的原因及其社會背景 ………………… 77

　　　　（一）淵源於前朝的俗樂舊曲 …………………………… 79

　　　　（二）本源於本土發生的新歌 …………………………… 81

　　　　（三）由於唐代君主愛好詩歌 …………………………… 83

　　　　（四）由於胡漢文化的交流 ……………………………… 85

　　　　（五）由於社會經濟的繁榮 ……………………………… 86

　　　　（六）由於宗教的興盛 …………………………………… 88

　　　　（七）由於生活的反映或疾苦的呼聲 …………………… 90

第四章　唐代民間歌謠內容的探述 ………………………………… 93

　　一、〈破陣樂〉 ………………………………………………… 94

　　二、紫塞之歌 …………………………………………………… 97

　　三、宮廷樂歌 ………………………………………………… 105

　　四、民間的歌謠 ……………………………………………… 124

　　五、道曲和佛曲 ……………………………………………… 136

　　　　（一）佛曲 ……………………………………………… 136

　　　　（二）道曲 ……………………………………………… 163

　　六、從曲子詞中看敦煌民俗 …………………………………… 171

　　　　（一）衣裳 ……………………………………………… 171

　　　　（二）配件 ……………………………………………… 178

　　　　（三）髮式 ……………………………………………… 184

　　　　（四）化妝 ……………………………………………… 186

　　七、文人仿製的聲詩 …………………………………………… 194

　　八、長沙窯茶壺詩 ……………………………………………… 195

　　　　（一）前言 ……………………………………………… 195

　　　　（二）長沙窯址、窯名及其陶瓷的特色 ……………… 196

　　　　（三）幾首唐人茶壺詩的淵源與流傳 ………………… 198

第五章　唐代民間歌謠植物意象舉隅 …………………………… 211

　一、何謂「意象」 ……………………………………………… 212

　二、植物在敦煌歌辭中所表達之意象 ………………………… 214

第六章　唐代民間歌謠結構的分析 ……………………………… 237

　一、章法結構 …………………………………………………… 239

　二、辭語探述 …………………………………………………… 241

　三、散聲應用 …………………………………………………… 250

　四、和唱現象 …………………………………………………… 254

　五、節令歌 ……………………………………………………… 255

第七章　敦煌曲的時代使命 ……………………………………… 261

第八章　結　論 …………………………………………………… 289

參考書目 …………………………………………………………… 295

緒論　第一章

一、

　　從西元六一八年，唐高祖的開國，到西元九〇七年，朱全忠的
廢帝自立，其間共歷兩百八十九年；也就是由七世紀初葉，到十世
紀初葉，史家稱這段時期為唐代。

　　在這大約三百年間，不但文學繁盛，同時，它跟其他各種藝術
有著連鎖性的發展，舉凡音樂、舞蹈、繪畫、建築、雕刻等，在當
時均有著蓬勃的氣象和非凡的成就。從敦煌的俗講、壁畫、千佛崖
的雕刻，韓幹、王維、吳道子的繪畫，以及長安城的建築，驪宮的
服飾和〈霓裳羽衣曲〉、〈劍器〉大曲的舞樂，唐人的詩歌，民間
的雜歌謠辭，去想像唐人藝術的富美，自有其登峰造極的成就。

　　向來研究唐代文學的人，多重視唐詩、古文、唐人傳奇小
說、敦煌變文諸項，固然這些作品是唐人文學上不可磨滅的成就；
然唐代文學興盛的原因，與當時的政治、經濟、社會、教化、風
俗、信仰等背景息息相關，加以外來文化的融合，胡漢民族的結
合，促使唐代的文學波瀾壯大，照耀千古。其中就以唐詩一項來
看，詩人之多，作品之富，歌謠之盛，音樂的普遍，已推展到各階
層人士，所以唐朝詩歌的富盛，遠超過當時民間的雜歌謠辭，這與
音樂的流行，有著密切的關係。由於民間歌謠樂曲的普遍，影響了
唐詩的發展，因此本書研究的重點，便縮小到「唐代民間歌謠與敦
煌曲子詞」這個範圍上面。

　　民間的歌謠，在文學史上，永遠是鮮明的一頁。其間所使用的
言語，是活的語言；所表現的情感，是率真的情感。民歌更重要的
一個特點，是表現強烈而獨特的民族性，於是民歌最能反映民間真
實的遭遇，也最能傳達大眾的心聲。歷代民間的歌聲不絕，但被記
錄下來的，實在有限，宋・郭茂倩的《樂府詩集》一百卷，的確保
存了不少民間的雜歌謠辭，自從漢代以迄於宋代，不下數萬首，對

民歌歌辭的保存，其功不可沒。然其中對唐代的歌謠，依然未能賅備。我有感於唐朝是個輝煌的時代，也是個充滿歌聲的時代，而一般研究唐詩的學者，往往忽略唐代民間歌謠的部分，所以才有作此專題的構想，以求探索唐代民間歌謠的全貌。

二、

唐代民間歌謠保存下來的資料不多，大多散見於各種史書詩文集中，前人沒有澈底地做過收集的工作，只有在宋人郭茂倩的《樂府詩集》和清人康熙年間所敕編的《全唐詩》，各收集了一小部分的唐代民歌。由於清光緒二十五年（西元一八九九）的初夏，敦煌千佛崖的藏經洞被發現了，其中有不少的古籍佛典，同時還發現不少的唐人變文和俚曲小調，後人稱這些俚曲小調為「敦煌曲」或「敦煌曲子詞」，今有任二北編的《敦煌曲校錄》、《敦煌曲初探》，便是收集該項的資料。而這項資料，已超過《樂府詩集》和《全唐詩》所有的內容。

就上所述，關於這類資料的來源約有三方面：第一方面，是從史籍和唐人的詩文集中，去收集唐人的民歌。例如《新唐書·五行志》上記載，唐高宗永淳元年（西元六八二），洛陽一帶久雨成災，洛水淹過天津、中橋、立德、弘教、景行等村坊，田園屋舍沖毀，多人淹死，於是在歌謠中，便反映出他們親身遭遇到的苦難。永淳中民謠云：

　　　新禾不入箱，新麥不登場；迨及八九月，狗吠空垣牆。

雖短短數語，其中卻包含多少辛酸。從《舊唐書·高宗本紀》一段記事便可看出：

> 五月壬寅，置東都苑總監，自丙午，連日澍雨，洛水溢
> 壞天津及中橋、立德、弘教、景行諸坊，溺居民千餘
> 家。六月，關中初雨，麥苗澇損，後旱，京兆岐隴，螟
> 蝗食苗並盡，加以民多疫癘，死者枕藉於路。①

此外，像陳鴻〈長恨歌傳〉中，的〈楊氏謠〉：

> 生女勿悲酸，生男勿喜歡。……男不封侯女作妃，君看
> 女卻為門楣。②

〈東城老父傳〉中的〈神雞童謠〉：

> 生兒不用識文字，鬥雞走馬勝讀書。賈家小兒年十三，
> 富貴榮華代不如。……

便反映當時人民對唐玄宗的寵信楊貴妃，以及沉溺於鬥雞走馬，賜
幸十三歲的鬥雞童賈昌，感到不滿。

第二方面資料的來源，在郭茂倩《樂府詩集》中，卷八十一
為「近代曲辭」，卷八十九為「雜歌謠辭」，卷九十一至卷一百為
「新樂府」，其中收錄有唐代的民間歌謠，並收有不少文人仿製的
樂府詩。可惜本辭多已失傳，倒是唐代詩人摹仿民歌而作的新詞，
被記錄下來的最多。就以歌謠發生的地點來看，有邊地的胡樂，像
〈涼州詞〉、〈伊州歌〉、〈破陣樂〉等便是；有宮廷的新歌，像
〈何滿子〉、〈清平樂〉、〈熱戲樂〉等便是；有民間的謠歌，像

---

① 後晉‧劉昫等著：《舊唐書》，鼎文書局（新校本），1979年，卷5，頁109。
② 唐‧陳鴻著：〈長恨歌傳〉，收入《龍威秘書》，新興書局，1969年，冊2，頁840。

〈竹枝詞〉、〈浪淘沙〉、〈漁歌子〉等便是。今舉〈涼州詞〉（見《全唐詩》）為例，涼州在今日的甘肅省秦安縣一帶，在唐時已屬邊陲，城外的荒漠，便是胡人牧馬出沒的區域。這首樂歌，是開元中，西涼府都督郭知運進獻給朝廷的，歌詞共三首，其二為：

> 朔風吹葉雁門秋，萬里煙塵昏戍樓。征馬長思青海北，
> 胡笳夜聽隴山頭。

其後，有王之渙、耿緯、張籍、薛逢仿製的樂府，而王之渙的那首尤為出色。其詞為：「黃河遠上白雲間，一片孤城萬仞山；羌笛何須怨楊柳，春風不度玉門關。」[3]詩中的孤城，是指涼州城；楊柳，是漢時橫吹曲中的一種，即〈折楊柳〉。

第三方面，是從敦煌石室中發現的俚曲小調，這項資料，是最豐富，也最真實可靠的了。據任二北的《敦煌歌辭總編》，共收有一百餘調，一千三百餘首，大多都是邊地的胡樂和民間的俗曲謠歌，其間尚有一些佛曲。由於敦煌曲子詞的發現，使唐人崔令欽撰的《教坊記》得到印證，同時，盛唐時流行於民間、宮廷的俗樂，也得以進一步的瞭解。任二北《教坊記箋訂·弁言》說明《教坊記》與敦煌曲的關係云：

> 五十餘年前，敦煌石室之偉大發現，亦即唐代民間文藝資料，空前瑰麗而豐富之發現也！其波瀾震盪所及，竟使寂寂無聞千餘年久，勢將陳死以終之崔令欽《教坊記》，忽然獲得活躍之生機，頓起許多現實之作用，事誠始料所不及。蓋本書（指《教坊記》）所載曲名，向

---

③ 高步瀛選注：《唐宋詩舉要》，學海出版社，1973年，頁796。

　　　祇空名而已，今在敦煌曲方面，竟發現若干原調之始
　　　辭；而在敦煌曲方面，有此等曲辭，本無從揣得時代
　　　者，賴本書之早已列其調名，竟能指出其時代之大概；
　　　彼此相互倚重，在詞曲史上，遂大現異彩！④

如今運用上述資料，來探討唐代民間的歌謠，應該較爲周全了。

# 三、

　　從敦煌曲子詞〈望遠行〉云：「行人南北盡歌謠。」⑤劉禹錫
〈竹枝詞〉云：「人來人去唱歌行。」⑥可知當時在人們口頭傳唱
的歌謠著實不少。杜甫〈閣夜詩〉云：「野哭千家聞戰伐，夷歌數
處起漁樵。」⑦中原雖曾遭突厥胡人的入侵，但到處依然可聽到漁
樵們在唱夷歌，可見夷歌胡樂已普遍流傳到內地來。據《舊唐書・
音樂志》的記載，唐初因隋舊制，用九部樂，包括清商、西涼、天
竺、高麗、龜茲、安國、疏勒、康國、高昌等樂歌。到高宗時，又
造燕樂，合前爲十部，總名爲「燕樂」。其中除了六朝的民間舊曲
清商樂外，大抵是異域輸入的胡樂，而這些胡樂，其實已經被融合
過，可以用漢語來唱了。所以唐人民間的歌謠，除了本土的鄉土樂
曲外，大部分是胡漢融合的樂歌。

　　唐代歌舞、雜技、百戲最盛，在玄宗開元、天寶盛世。當
時，朝廷宴樂不已，民間歌舞不絕，民歌興盛。玄宗開元二年，擴
大教坊的機構，網羅天下歌舞、伎藝的人才，於是凡是祭祀、大朝

---

④ 任二北校：《教坊記箋訂》，宏業書局，1973年，頁9。
⑤ 任二北校：《敦煌曲校錄》，上海文藝聯合出版社，1955年，頁68。
⑥ 卞孝萱校訂：《劉禹錫集》，中華書局（臺北），1990年，頁359。
⑦ 同註3，頁590。

會，用太常的雅樂，其餘宮廷作樂，歲時宴饗，便用教坊的俗樂。
《宋史‧樂志》載道：

> 教坊自唐武德以來，置署在禁門內。開元後，其人寖
> 多。凡祭祀、大朝會，則用太常雅樂，歲時宴饗，則用
> 教坊諸部樂。前代有宴樂、清樂、散樂，本隸太常，後
> 稍歸教坊，有立、坐二部。[8]

太常是掌廟堂雅頌的音樂，而教坊是民間的俗樂薈萃之所。教坊中
人員有多少，雖無記載，如從《新唐書‧百官志》「太樂署」條注
云：「文、武二舞郎一百四十人，散樂三百八十二人，仗內散樂
一千人，音聲人一萬二十七人。」[9]這是一個龐大的數字，未必可
信，然長安教坊中曾容數千人，想必可信。而《教坊記》所著錄的
教坊曲，多達三百四十三種曲，這些樂曲，其間也有前代的，大都
爲盛唐時新興的俗樂，其中尚有大曲在內，而當時歌舞之盛，已可
得知。天寶年間，玄宗更在宜春北院梨園，選坐部伎弟子三百人，
宮女數百人，教以歌舞絃管，號爲「皇帝梨園弟子」。天寶之亂
後，梨園失散，從德宗貞元到憲宗元和年間，教坊亦不如玄宗時代
之盛，然民間俗樂俚曲卻大爲流行。懿宗咸通年間，諸王多習音聲
倡優雜戲，於是歌舞之盛，迄晚唐未曾衰竭。

　　除了《教坊記》著錄唐曲外，宋‧王灼的《碧雞漫志》也著
錄不少樂曲，可以相互參照，以瞭解唐代宮廷民間俗樂流行的概
貌。《碧雞漫志》中著錄的歌曲，也有三十種左右，例如：〈涼州
曲〉、〈伊州〉、〈霓裳羽衣曲〉、〈綠腰〉、〈楊柳枝〉、〈喝
馱子〉、〈蘭陵王〉、〈安公子〉、〈水調歌〉、〈萬歲樂〉、

---

[8]　元‧脫脫等著：《宋史》，鼎文書局（新校本），1983年，卷142，頁3347。

[9]　宋‧歐陽修、宋祁著：《新唐書》，鼎文書局（新校本），1989年，卷48，頁1244。

〈何滿子〉、〈念奴嬌〉、〈文漱子〉、〈清平調〉等。這些樂
曲，有的是出自民間的樵歌、漁歌，有的是出自邊塞胡地的民歌，
有的是出自文士、樂工編製的歌曲，有的是出自宮廷宮女的小調、
怨歌，來源是多方面的，不一而足，眞是做到「行人南北盡歌謠」
的境地。

　　此外，文人仿製的樂府民歌，在數量上也不少，郭茂倩的
《樂府詩集》便大量記載唐代文人的樂府。本來嘛，唐人的絕句，
是可以吟唱的，這無形中，增加了唐人歌唱的範圍，像〈竹枝
詞〉、〈浪淘沙〉、〈抛毬樂〉、〈楊柳枝〉之類的絕句，便是
定爲歌曲的，李白的三章聯詞〈清平調〉，也是適合歌唱的絕句。
他如元稹、白居易的詩，也被配上曲子，元稹的〈贈白居易詩〉有
云：「休遣玲瓏唱我詩，我詩多是別君辭。」[10]白居易也有〈醉戲
諸妓詩〉云：「席上爭飛使君酒，歌中多唱舍人詩。」[11]唐代文人
家中蓄有歌伎，演唱時人的作品，是很普遍的現象。

　　唐人薛用弱的《集異記》裡，有一段記載王昌齡、高適、王
之渙飲酒旗亭的故事，從這故事裡，可以瞭解唐人的絕句是可以吟
唱的。當他們三人在旗亭飲酒時，亭上來了十幾個梨園伶人，他們
準備飲酒唱詩作樂，這時王昌齡便暗中對高適、王之渙說：「我
輩各有詩名，然不分軒輊，今日不妨以他們所唱的作標準，看各人
作品被唱到的多少，來定個高下如何？」他們倆也都同意了。一會
兒，一個伶人唱道：「寒雨連江夜入吳，平明送客楚山孤；洛陽親
友如相問，一片冰心在玉壺。」於是王昌齡在牆上畫了一橫。接著
又一伶人唱道：「開篋淚霑臆，見君前日書；夜臺何寂寞，猶是子
雲居。」高適也在牆上畫了一橫。接著又一伶人唱道：「奉帚平明
金殿開，暫將團扇共徘徊；玉顏不及寒鴉色，猶帶昭陽日影來。」

---

[10]　唐・元稹著：《元稹集》，中華書局（臺北），1992年，頁244。

[11]　唐・白居易著：《白居易集》，岳麓書社，1995年，頁816。

王昌齡高興地又在牆上畫了一橫。這時王之渙心裡急了，便指著這一群伶人中最美麗的一個說：「如果她出來唱詩，一定是唱我所寫的。不然的話，我的詩便不及你們二位。」不久，那最漂亮的伶人出來唱詩，所唱的果然是王之渙的〈涼州詞〉，於是三人大笑不已。在旁的伶人感到非常訝異，後來問明白了，才知道剛才所詠的詩，便是他們三人所寫的，於是便邀他們一塊飲酒作樂。

從這則故事裡，我們可以得到幾點啓示：第一，唐人的絕句，是可以歌唱的。詩與音樂結合，它的生命力將更活潑而充實。第二，唐詩既可作為朝野宴飲，大眾娛樂的歌曲，因此唐詩能更普遍地流傳，成為一般人所喜愛的大眾文學。第三，開元、天寶間，風俗奢靡，胡樂盛行，在宴處群飲的風氣下，文人的詩，喜歡仿民歌而作樂府。如李白、李益的詩，受民歌的影響，至為顯著；其後如劉禹錫、白居易、元稹等，更有所謂「新樂府」的運動，便是受民間歌謠的酵化作用所產生的效果。至於晚唐的詩人，如張祜、溫庭筠等，更是吳歌楚詞隨口詠唱，唐人的民間歌謠，影響文人詩歌的創作至深，在這裡可以找到例證。

四、

唐代民歌所表現的題材是多方面的，從民歌的題材、內容，可以探討它發生的時代和社會背景，歌謠的原始創作人和本事，以及歌詞中，有關生活的、思想的、民俗的反映。今舉數則歌謠為例：

以邊塞為題材的民歌，唐朝國勢鼎盛，民心振奮，於是唐人邊塞的民歌最蓬勃，也最雄壯、激昂，好似一百二十面鼓，七十面鉦合奏的鼓吹曲，洋溢著樂觀、進取的豪情，跟以往邊塞的歌，含有濃厚的悲涼、哀怨的調子，大不相同。他們感受了大沙漠的印象，長城雄偉的氣勢由恐怖到豪壯，這偉大的關城沙塞，便蘊育了他們偉大的詩境。流行在軍中的民歌，有歌頌英雄事蹟的歌，如《舊唐

書‧薛仁貴傳》的「薛仁貴軍中歌」：

　　　將軍三箭定天山，戰士長歌入漢關。[12]

雖然僅短短兩句，歌頌他們的將領，帶著勝利的隊伍，高唱著凱旋
入關，這種這種熱烈的情緒，震撼了廣漠的沙塞，使強悍的西突
厥，也爲之喪膽。據新、舊《唐書》的記載，唐高宗顯慶四年（西
元六五九），薛仁貴率兵打敗九姓突厥於天山，自此西突厥衰弱，
不復更爲邊患，故軍中唱此民歌，以頌揚薛仁貴將軍的英勇。可惜
史書只記錄兩句，不能看到整首的歌詞。
　　又如全唐詩中無名氏的〈哥舒歌〉，也是一首歌頌英雄的歌
謠。歌詞是：

　　　北斗七星高，哥舒夜帶刀。至今窺牧馬，不敢過臨
　　　洮。[13]

這是流行西塞的民歌。臨洮，長城最西的一個關塞，即今甘肅省岷
縣。歌中盛讚哥舒翰的勇猛，天寶六載（西元七四七），哥舒翰因
抵抗吐蕃有功，《舊唐書‧哥舒翰傳》記載：「吐蕃寇邊，翰拒
之於苦拔海，其衆三行，從山差池而下，翰持半段槍，當其鋒擊
之，三行皆敗，無不摧靡，由是知名。……明年，築神威軍於青海
上，……吐蕃屛跡，不敢近青海。」[14]其後，他任安西節度使，令
西南的吐蕃、高昌、突厥等游牧民族，不敢跨過長城的臨洮關來，
因而西鄙人歌此曲，以頌揚哥舒翰的功德。

---

[12]　同註1，卷83，頁2781。
[13]　清‧孫洙編：《唐詩三百首續編》，浙江古籍出版社，1995年，頁87。
[14]　同註1，卷104，頁3212。

　　唐人的邊塞詩別具一種風格，寫青年熱愛祖國河山的熱情，保疆衛土的決心，也寫邊塞的苦寒，邊地壯麗的風光，以及久戍不歸的哀怨和懷念，像岑參、高適、王昌齡、王之渙、盧綸等詩人，便以邊塞詩稱著，他們吸收民歌的養分，寫下〈出塞〉、〈入塞〉、〈涼州詞〉、〈塞下曲〉之類的樂府詩，與當時流行邊塞的民歌相映成趣。

　　其他如以羈旅爲題材的民歌，這是遊子客思所感發的思鄉曲。《全唐詩》錄有無名氏的〈雜詩〉：

　　　　近寒食雨草萋萋，著麥苗風柳映堤。等是有家歸未得，
　　　　杜鵑休向耳邊啼。[15]

敦煌曲子詞的〈鵲踏枝〉，也是羈旅民歌，歌詞是：

　　　　獨坐更深人寂寂，憶念家鄉，路遠關山隔。寒雁飛來無
　　　　消息，教兒牽斷心腸憶。　仰告三光珠淚滴，教他耶
　　　　娘，甚處傳書覓。自嘆宿緣作他邦客，辜負尊親虛勞
　　　　力。[16]

遊子思親，客子思鄉，這是人之常情，因有所思念，發爲歌謠，歷代都有。像漢人的悲歌：「悲歌可以當泣，遠望可以當歸。思念故鄉，鬱鬱纍纍。欲歸家無人，欲渡河無船，心思不能言，腸中車輪轉。」這些羈旅天涯的客子，唱出無家可歸的愁苦，借悠悠的歌聲，排遣心頭的苦悶。

　　其次，以宮怨爲題材的民歌，這類大致爲深宮閨怨的歌謠，

---

[15]　高文主編：《全唐詩簡編》，上海古籍出版社，1993年，頁1878。

[16]　同註5，頁75。

起源於漢代的班婕妤。《玉臺新詠》作〈怨詩〉，並有序云：「昔漢成帝班婕妤失寵，供養於長信宮，乃作賦自傷，並爲〈怨詩〉一首。」拿團扇秋捐，喻一己的遭遇，歌聲哀苦。唐代宮廷的怨歌，以〈何滿子〉爲最稱著，相傳爲開元中的一個囚犯叫何滿子所創的調子。《樂府詩集·近代曲辭二》云：「唐白居易曰：何滿子，開元中滄州歌者，臨刑進此曲以贖死，竟不得免。」[17]後來，〈何滿子〉成爲宮妃們抒唱哀怨的宮詞，然本辭已不傳，今傳世的爲張祜的〈宮詞〉：

> 故國三千里，深宮二十年。一聲〈何滿子〉，雙淚落君前。[18]

宋·尤袤《全唐詩話》云：「祜所做宮詞也，傳入宮禁。武宗疾篤，目孟才人曰：『我即不諱，爾何爲哉？』才人指笙囊泣曰：『請以此就縊。』上惻然。復曰：『妾嘗藝歌，請對上歌一曲，以泄其憤。』上許，乃歌一聲〈何滿子〉，氣亟立殞。上令醫候之，曰：『脈尚溫而腸已絕。』」此段記事，近於傳奇，不外形容〈何滿子〉曲調哀苦，孟才人僅唱一句，便腸斷而卒。敦煌曲子詞中，今有無名氏的〈何滿子〉四首，內容已不是宮詞，而是思婦征夫的怨歌，今錄兩首（其二、其四）如下：

> 秋水澄澄深復深，喻如賤妾歲寒心。江頭寂寞無音信，薄暮惟聞黃鳥吟。[19]
> 金河一去路千千，欲到天邊更有天。馬上不知時曆變，

---

[17]　宋·郭茂倩編：《樂府詩集》，里仁書局，1999年，卷80，頁1133。

[18]　嚴壽澄校編：《張祜詩集》，江西人民出版社，1983年，頁102。

[19]　同註5，頁188。

回來未半早經年。[20]

〈何滿子〉本是發生於宮廷的怨歌，後來流行民間，由於曲調哀苦，征夫思婦利用這個調子，填以新詞，作爲思人抒怨的歌謠。

　　關於宮廷的怨歌，時有佳話，文人仿作，成爲宮娥的代言人，是爲「宮詞」。宋·計有功《唐詩紀事》云：「天寶末，宮娥衰悴，不願備宮掖。有落葉題詩隨御水而流，云：『舊寵悲秋扇，新恩寄早春。聊題一片葉，將寄接流人。』顧況聞而和之，云：『愁見鶯啼柳絮飛，上陽宮女斷腸時。君恩不禁東流水，葉上題詩寄與誰？』既達宸聰，由是遣出禁中者，有五使之號焉。宣宗朝，又有題紅葉隨流者，爲盧渥得之。詩曰：『水流何太急，深宮盡日閒。殷勤謝紅葉，好去到人間。』」

　　在任何時代，以愛情爲題材的民歌，始終是最率眞，也最動人的歌謠了。唐代民間的情歌，著實不少，例如敦煌曲子詞中的〈菩薩蠻〉：

　　　　枕前發盡千般願，要休且待青山爛。水面上秤錘浮，直待黃河徹底枯。　　白日參辰現，北斗迴南面。休即未能休，且待三更見日頭。[21]

此爲男女誓語的情歌，表示彼此的愛堅貞不二。在枕前發願，如果要休，要放下、不往來，除非是「青山爛」、「秤錘浮」、「黃河枯」，參辰日現，北斗南迴，三更「見日頭」，這六事，全屬不可能出現的，以喻永不變心，此情不渝。與漢代的樂府詩〈上邪〉，極爲相似：

----

[20]　同上。

[21]　同註5，頁34。

> 上邪！我欲與君相知，長命無絕衰。山無陵，江水為
> 竭，冬雷震震夏雨雪，天地合，乃敢與君絕。[22]

這都是民歌中的神品，發自於真摯的心。

　　近人任二北認為敦煌的這首〈菩薩蠻〉，可能寫於天寶元
年，或作於開元年間，是目前所見到的資料中，最古的〈菩薩
蠻〉，且文藝性極高的作品。在他的《敦煌曲初探》探討〈菩薩
蠻〉的創調時代，主張〈菩薩蠻〉乃「驃苴蠻」或「符詔蠻」的
異譯。其曲調乃古緬甸樂，開元、天寶間傳入中國。並認為李白作
〈菩薩蠻〉，事有可能。他說：

> 自明胡應麟申其主觀以後，人皆不敢信李白或盛唐人有
> 〈菩薩蠻〉辭，於是不得不力崇甲說（指唐宣宗朝女蠻
> 國朝貢，作菩薩蠻隊，遂製此曲，見《杜陽雜編》），
> 而延遲其創調之時代。並韋皋之所獻，與白居易之所
> 詠，乃第一等史料，確鑿無疑者，皆置於不聞不問；何
> 況其餘足資佐證之文獻，次於韋白方面者，概予抹殺，
> 絕不考慮，當無足異矣。[23]

可知盛唐時，西南邊裔，早有他們所謂的菩薩蠻佛曲，由是而演為
樂曲歌舞，開元時民間即已流行，崔令欽《教坊記》內乃著錄其曲
名，事甚顯著。

　　以民俗為題材的歌謠，在童謠中，雖短短數語，可以窺見民間
的風尚，如武則天時，京都女子流行著長複裙，於是有童謠云：

---

[22]　語出《樂府詩集・鼓吹曲辭・漢鐃歌》。同註17，卷16，頁231。
[23]　任二北著：《敦煌曲初探》，上海文藝聯合出版社，1954年，頁245。

　　　　紅綠複裙長，千里萬里香。

又天寶初，楊貴妃得寵，她常戴假髮，穿黃裙，於是民間亦崇尚此
裝束，故天寶初謠云：

　　　　義髻拋河裡，黃裙逐水流。

民間衣著妝扮等時尚，尤以女子為甚，常從一二貴夫人的裝著而蔚
成風氣，因此在俚曲歌謠中，便記載下來，流傳後世，使後人也得
知當時的風尚。

# 五、

　　由於敦煌曲子詞的發現，證實了詞的起源，比唐代最早填詞
的作家，如李白、白居易、劉禹錫、張志和等的年代還要早些。同
時，證明了從詩到詞演變的痕跡，主要是音樂的關係所引起的。
　　就拿李白的〈菩薩蠻〉來說，後人多引唐・蘇鶚《杜陽雜
編》，或明・胡震亨《唐音癸籤》的說法，認為宣宗時（西元
八四七─八五九），女蠻國朝貢，才製此曲，因此李白（西元七○
一─七六二）不可能有此調，便視李白的〈菩薩蠻〉為後人託偽的
作品。其實，明瞭唐代俗樂流行的情形，〈菩薩蠻〉即「驃苴蠻」
或「符詔蠻」的異譯，是古緬甸樂的一種，開元年間傳入中國。李
白原為氐人，少時於此曲調，大概已習，開元十三年，李白二十五
歲，曾流落襄漢間，在湖南洞庭湖邊鼎州滄水驛樓，題此曲辭。其
詞曰：

　　　　平林漠漠煙如織，寒山一帶傷心碧。暝色入高樓，有人
　　　　樓上愁。　玉階空佇立，宿鳥歸飛急。何處是回程，長

亭更短亭。[24]

今驗之《教坊記》、敦煌曲子詞中的資料，無不吻合。且《教坊記》所載的俗樂，爲開元年間的樂曲，故李白作〈菩薩蠻〉，並不足爲奇。

其次，一般人以爲詞起源晚唐五代，並以《花間集》、《尊前集》的詞爲證，殊不知詞從唐聲詩演變來的。唐人的詩是可以唱的，尤其是小詩，可以合樂，就拿唐玄宗的〈好時光〉來說明，便可瞭解。他最先寫成五律，然後由於演唱的關係，加上「散聲」，也就是和聲或襯字，變成了可唱的長短句——詞，如今〈好時光〉已是詞牌之一。今比較如下：

　　寶髻宜宮樣，臉嫩體紅香。眉黛不須畫，天教入鬢長。
　　莫倚傾國貌，嫁取有情郎。彼此當年少，莫負好時光。

加上散聲如「偏」、「蓮」、「張敞」等字，變成了長短句：

　　寶髻偏宜宮樣，蓮臉嫩，體紅香。眉黛不須張敞畫，天
　　教入鬢長。　莫倚傾國貌，嫁取個，有情郎。彼此當年
　　少，莫負好時光。[25]

從唐代文人的聲詩，民間的曲子詞，到五代、宋人的詞，還可以瞭解唐人生活的實情，大眾的心聲，進而探索從詩到詞流變的過程，以確定詞的來源。

　　唐代的民歌，繼承了六朝清商短歌的特色外，並給予唐詩生命

---

[24]　呂自揚主編：《歷代詩詞名句析賞探源》，河畔出版社，1991年，頁264。
[25]　弓保安著：《唐五代詞三百首今譯》，陝西人民出版社，1993年，頁8。

的茁壯，同時啓迪了詞、曲的生機。自唐人的燕樂曲調流行之後，以迄明清的小調，千餘年間，一脈相承，譬如《教坊記》中的〈木蘭花〉一曲，唐曲稱〈木蘭花〉，五代稱〈玉樓春〉，宋詞中，張先有〈偷聲木蘭花〉、柳永有〈木蘭花慢〉的作品，金元諸宮調有高平的〈木蘭花〉，元北曲更有〈雙調減字木蘭花〉，宋元明的南曲中，有〈南呂慢詞木蘭花〉，可知後世的〈木蘭花〉、〈玉樓春〉、〈減字木蘭花〉等曲調，是唐代民間歌曲〈木蘭花〉的遺聲，原爲唐人宴飲時行酒令所唱的小調，後爲青樓女子惜情的歌。如韓偓的〈木蘭花〉云：「絕代佳人何寂寞，梨花未發梅花落。東風吹雨入西園，銀線千條度虛閣。臉粉難勻蜀酒濃，口脂易印吳綾薄。嬌嬈意態不勝羞，願倚郎肩永相著。」[26]從這首輕豔的小調來看，這種情景，便如歐陽炯的《花間集》敘所說的：

> 有綺筵公子，繡幌佳人，遞葉葉之花牋，文抽麗錦，舉纖纖之玉指，拍按香檀，不無清絕之辭，用助嬌嬈之態。[27]

大抵民謠的內容依民間的風尚而變化，晚唐五代民風綺靡，故歌聲輕豔，文人的仿製，更是興風作浪，推波逐流了。然而，美好的歌謠，能流行在人們的口中，世代相傳，歷久不竭。

## 六、

　　所謂民歌，是指民間的俚曲、諺謠、小調、謳歌之總稱；凡是發生於民間而具有鄉土性和民族性的歌謠，都可視爲民歌。民

---

[26] 林大椿編：《全唐五代詞》，世界書局，1997年，頁93。

[27] 後蜀‧趙崇祚輯、李一氓校：《花間集校》，香港商務印書館，1978年，頁1。

間的歌謠，以「自然」、「樸拙」爲特色，與文人的詩歌在於「用情」，大不相同。德國大詩人席勒（Friedrich von Schiller）論古詩與今詩的分別，即用「樸拙」一語稱古詩，而用「用情」一語稱今詩。民歌出於口頭創作，隨口詠唱，便是最「自然」的天籟，所歌唱的感情，也經過疏離作用而沖淡，於是便變得「樸拙」了。但文人的詩歌，表現苦悶的象徵，忍受生命的煎熬，情感的沖淡，所以詩人發於文辭，必狂歌以宣洩其內情，所用詞語，必求刻意的雕琢，所用的意象，必力求追新，以顯示其博學和才情，於是文人的詩歌在於「用情」。誠不知自然、樸拙之理，正是千古常新，永恆持久之道。

　　我對「唐代民間歌謠與敦煌曲子詞」此專題所做的工作，首先作資料的收集，以明瞭唐代民間歌謠現存的數量，自從敦煌曲子詞的發現，使唐代民歌豐富不少，可繼漢古樂府、六朝吳歌、西曲、北歌之後，在現存的民歌中，保有可觀的數量。其次，將所收集的資料，探討它發生的原因，時代背景，以及作者，作品的內容、本事、民俗等問題。前人對唐代民歌、俗曲的研究不多，相反地，對唐詩的研究卻很普遍，而忽略了民間俗歌俚曲的重要性。其次，作分析的工作，唐人的民歌，便是唐人活語言的記錄，唐代的民歌，不論其結構、形態、音樂，有異於其他時代，所以分析的項目，包括句法結構，成語探述，散聲應用，合唱現象，以及四季、五更、十二時、百齡歌、十二月令歌等種類。

　　民歌的發生，來自廣大的民間，它的作者，是民間的詩人，歌唱的內容，是民間發生的事情，也是大眾最關心的事。一首民歌，從初創到普遍流行，時時經大眾的口加以增飾和修改，所以流傳越久遠的歌，愈與初創時的形態不同；同時，要想找出原始的作者，更不容易。民歌如未被收集或記錄下來，依然是活性的，直到被文人記錄下來，才成定型。民歌以音樂爲主，同樣一首〈竹枝詞〉，可以用來歌唱愛情，也可以用來敘述生活的實況，譬如劉禹錫的〈竹枝詞〉：

楊柳青青江水平，聞郎江上唱歌聲。東邊日出西邊雨，
道是無晴卻有晴。㉘
山上層層桃李花，雲間煙火是人家。銀釧金釵來負水，
長刀短笠去燒畬。㉙

前首是一首極富情調的情歌，用「情」與「晴」同音而雙關，另一
首是一首極美的山歌，寫建平（今四川巫山縣）一帶的夷民，女人
挑水，男人開荒的情形，讀這類仿製的歌謠，猶如置身其間，清新
極了。

　　由事實顯示，民間歌謠，大多與舞蹈或器樂曲分不開，同時
舞蹈與歌唱，也是民間音樂最核心的部分。在民間，舞蹈與歌唱不
是娛樂他人的表演，而是人們真實生活的一部分。然而在宮廷或都
市，民歌卻變成了娛樂品。由於民歌最具有鄉土性和民族性，所以
從唐人的民歌中，可以窺見唐人生活的一面。

---

㉘　王熙元選：《唐詩精選百首》，地球出版社，1992年，頁277。
㉙　梁守中選注：《劉禹錫詩選》，遠流出版社，1988年，頁67。

第二章 唐代民間歌謠現存的數量

　　唐代民間歌謠，只在《全唐詩》和《樂府詩集》中收集了一些，其後，敦煌曲子詞的發現，世人才留意唐代的民間俗樂、俚曲，視這些曲子詞爲民間文藝的瑰寶。於是今人任二北從事敦煌曲子詞的蒐集工作，完成了《敦煌歌辭總編》一書，其中共收唐人的曲調一百種，無名氏的曲子詞一千三百餘首，這比《全唐詩》和《樂府詩集》所著錄唐人的俚曲歌謠，要多上好幾倍。

　　由於敦煌曲子詞的發現，使唐‧崔令欽的《教坊記》和宋‧王灼的《碧雞漫志》所記錄的唐曲，得到佐證，因爲這兩部書都著錄唐人的曲名，卻沒有記錄歌詞，如今對照之下，歌詞和曲調配合，才發現唐代俗樂的眞面目，以及在俗文學的無上價值。《教坊記》是唐開元年間成書的，其中所記的樂曲，便是開元年間「教坊」中所演唱的俗樂。敦煌曲子詞所包括的年代，從唐朝到五代的俗樂都有，要研究唐人的民歌，這是不可或缺的原始資料。

　　今就前人所遺留下有關唐人歌謠的資料，分「唐代民間歌謠現存的曲調」和「唐代民間歌謠現存的歌詞」二者，加以探述。

## 一、唐代民間歌謠現存的曲調

　　本來民歌的曲調和歌詞是不可分的，但唐人的歌謠，距今千餘年，音樂的部分已失傳，僅留下一些曲調或歌詞，有些歌詞也已亡佚。要瞭解唐代民間歌謠的全貌，不妨先從唐人流傳的曲調入手。

　　著錄唐人曲調最多的一本書，要算唐‧崔令欽的《教坊記》了，其次是宋‧王灼的《碧雞漫志》。近人林大椿編的《全唐五代詞》，任二北編的《敦煌歌辭總編》，也收集不少唐人的歌謠。今就此四書所著錄的曲調，列表如下，以知唐代民間歌謠現存曲調的數量：

| 序號 | 教坊曲 | 唐五代曲 | 敦煌歌辭總編 | 碧雞漫志 |
|------|--------|----------|--------------|----------|
| 1 | 獻天花 | | | |
| 2 | 和風柳 | | | |
| 3 | 美唐風 | | | |
| 4 | 透碧空 | | | |
| 5 | 巫山女 | | | |
| 6 | 度春江 | | | |
| 7 | 眾仙樂 | | | |
| 8 | 大定樂 | | | |
| 9 | 龍飛樂 | | | |
| 10 | 慶雲樂 | | | |
| 11 | 繞殿樂 | | | |
| 12 | 泛舟樂 | | | |
| 13 | 拋毬樂 | 劉禹錫拋毬樂 | 拋毬樂 | 拋毬樂 |
| 14 | 清平樂 | 李白清平調<br>溫庭筠清平樂 | | 清平調 |
| 15 | 放鷹樂 | | | |
| 16 | 夜半樂 | | | 夜半樂 |
| 17 | 破陣樂 | 五代<br>李後主破陣子 | 破陣子<br>破陣樂 | |
| 18 | 還京樂 | | 還京樂 | |
| 19 | 天下樂 | | | |
| 20 | 同心樂 | | | |
| 21 | 賀聖朝 | 五代<br>馮延巳賀聖朝<br>歐陽炯賀明朝 | | |
| 22 | 奉聖樂 | | | |
| 23 | 千秋樂 | | | |

| 序號 | 教坊曲 | 唐五代曲 | 敦煌歌辭總編 | 碧雞漫志 |
|---|---|---|---|---|
| 24 | 泛龍舟 | | 泛龍舟 | |
| 25 | 泛玉池 | | | |
| 26 | 春光好 | 五代<br>和凝春光好<br>歐陽炯春光好 | 春光好 | |
| 27 | 迎春花 | | | |
| 28 | 鳳樓春 | 五代<br>歐陽炯鳳樓春 | | |
| 29 | 負陽春 | | | |
| 30 | 章臺春 | 韓翃章臺柳 | | |
| 31 | 繞池春 | | | |
| 32 | 滿園香 | | | |
| 33 | 長命女 | 五代<br>馮延巳長命女 | | 西河長命女 |
| 34 | 武媚娘 | | | |
| 35 | 杜韋娘 | | | |
| 36 | 柳青娘 | | | |
| 37 | 楊柳枝 | 賀知章柳枝<br>白居易楊柳枝<br>溫庭筠新添聲楊柳枝 | 楊柳枝 | 楊柳枝 |
| 38 | 柳含煙 | 五代<br>毛文錫柳含煙 | | |
| 39 | 簪楊柳 | | | |
| 40 | 倒垂柳 | | | |
| 41 | 浣溪沙 | 韓偓浣溪沙<br>五代<br>毛文錫攤破浣溪沙 | 浣溪沙 | |

| 序號 | 教坊曲 | 唐五代曲 | 敦煌歌辭總編 | 碧雞漫志 |
|------|--------|----------|--------------|----------|
| 42 | 浪淘沙 | 劉禹錫浪淘沙 | | 浪淘沙 |
| 43 | 撒金沙 | | | |
| 44 | 紗窗恨 | 五代<br>毛文錫紗窗恨 | | |
| 45 | 金蓑嶺 | | | |
| 46 | 隔簾聽 | | | |
| 47 | 恨無媒 | | | |
| 48 | 望梅花 | 五代<br>和凝望梅花 | | |
| 49 | 望江南 | 白居易憶江南<br>五代<br>伊用昌憶江南 | 望江南 | 望江南 |
| 50 | 好郎君 | | | |
| 51 | 想夫憐 | | | |
| 52 | 別趙十 | | | |
| 53 | 憶趙十 | | | |
| 54 | 念家山 | | | |
| 55 | 紅羅襖 | | | |
| 56 | 烏夜啼 | 五代<br>李後主烏夜啼 | | |
| 57 | 牆頭花 | | | |
| 58 | 摘得新 | 皇甫松摘得新 | | |
| 59 | 北門西 | | | |
| 60 | 煮羊頭 | | | |
| 61 | 河瀆神 | 溫庭筠河瀆神 | | |
| 62 | 二郎神 | | | |
| 63 | 醉鄉遊 | | | |

| 序號 | 教坊曲 | 唐五代曲 | 敦煌歌辭總編 | 碧雞漫志 |
|---|---|---|---|---|
| 64 | 醉花間 | 五代<br>毛文錫醉花間 | | |
| 65 | 燈下見 | | | |
| 66 | 泰邊陲 | | | |
| 67 | 太白星 | | | |
| 68 | 剪春羅 | | | |
| 69 | 會嘉賓 | 五代<br>毛文錫接賢賓 | | |
| 70 | 當庭月 | | | |
| 71 | 思帝鄉 | 溫庭筠思帝鄉 | | |
| 72 | 醉帝鄉 | | | |
| 73 | 歸國遙 | 溫庭筠歸國遙 | | |
| 74 | 感皇恩 | | 感皇恩 | |
| 75 | 戀皇恩 | | | |
| 76 | 皇帝感 | | 皇帝感 | |
| 77 | 戀情深 | 五代<br>毛文錫戀情深 | | |
| 78 | 憶漢月 | | | |
| 79 | 憶先皇 | | | |
| 80 | 聖無憂 | | | |
| 81 | 定風波 | 五代<br>李珣定風波 | 定風波 | |
| 82 | 木蘭花 | 溫庭筠木蘭花<br>五代<br>牛嶠玉樓春 | 木蘭花 | |
| 83 | 更漏長 | 溫庭筠更漏子 | 更漏長<br>更漏子 | |

| 序號 | 教坊曲 | 唐五代曲 | 敦煌歌辭總編 | 碧雞漫志 |
|---|---|---|---|---|
| 84 | 菩薩蠻 | 李白菩薩蠻 | 菩薩蠻 | 菩薩蠻 |
| 85 | 破南蠻 | | | |
| 86 | 八拍蠻 | 五代<br>閻選八拍蠻 | | |
| 87 | 芳草洞 | 五代<br>馮延巳芳草渡 | | |
| 88 | 守陵宮 | | | |
| 89 | 臨江仙 | 五代<br>牛希濟臨江仙 | 臨江仙 | |
| 90 | 虞美人 | 五代<br>毛文錫虞美人 | 虞美人 | |
| 91 | 映山紅 | | | |
| 92 | 獻忠心 | 五代<br>顧夐獻衷心 | 獻忠心 | |
| 93 | 臥沙堆 | | | |
| 94 | 怨黃沙 | | | |
| 95 | 遐方怨 | 溫庭筠遐方怨 | | |
| 96 | 怨胡天 | | | |
| 97 | 送征衣 | | 送征衣 | |
| 98 | 送行人 | | | |
| 99 | 望梅愁 | | | |
| 100 | 阮郎迷 | 五代<br>李後主阮郎歸 | | |
| 101 | 牧羊怨 | | | |
| 102 | 掃市舞 | | | |
| 103 | 鳳歸雲 | | 鳳歸雲 | |
| 104 | 羅裙帶 | | | |

| 序號 | 教坊曲 | 唐五代曲 | 敦煌歌辭總編 | 碧雞漫志 |
|------|--------|----------|--------------|----------|
| 105 | 同心結 | | | |
| 106 | 一捻鹽 | | | |
| 107 | 阿也黃 | | | |
| 108 | 劫家雞 | | | |
| 109 | 綠頭鴨 | | | |
| 110 | 下水船 | | | |
| 111 | 留客住 | | | |
| 112 | 離別難 | 五代<br>薛昭蘊離別難 | | |
| 113 | 喜長新 | | | |
| 114 | 羌心怨 | | | |
| 115 | 女王國 | | | |
| 116 | 繚踏歌 | | | |
| 117 | 天外聞 | | | |
| 118 | 賀皇化 | | | |
| 119 | 五雲仙 | | | |
| 120 | 滿堂花 | 五代<br>尹鶚滿宮花 | | |
| 121 | 南天竺 | | | |
| 122 | 定西蕃 | 溫庭筠定西蕃 | 定西蕃 | |
| 123 | 荷花杯 | 韋莊荷花杯 | | |
| 124 | 感庭秋 | | | |
| 125 | 月遮樓 | | | |
| 126 | 感恩多 | 五代<br>牛嶠感恩多 | | |
| 127 | 長相思 | 白居易長相思 | | |

| 序號 | 教坊曲 | 唐五代曲 | 敦煌歌辭總編 | 碧雞漫志 |
|---|---|---|---|---|
| 128 | 西江月 | 呂巖西江月 | 西江月 | |
| 129 | 拜新月 | | 拜新月 | |
| 130 | 上行杯 | 韋莊上行杯 | | |
| 131 | 團亂旋 | | | |
| 132 | 喜春鶯 | 五代<br>和凝喜春鶯 | | |
| 133 | 大獻壽 | | | |
| 134 | 鵲踏枝 | 五代<br>馮延巳鵲踏枝 | 鵲踏枝 | |
| 135 | 萬年歡 | | | 萬歲樂 |
| 136 | 曲玉管 | | | |
| 137 | 傾杯樂 | | 傾杯樂 | |
| 138 | 謁金門 | 五代<br>薛昭蘊謁金門 | 謁金門 | |
| 139 | 巫山一段雲 | 唐昭宗巫山一段雲 | | |
| 140 | 望月婆羅門 | | | |
| 141 | 玉樹後庭花 | 五代<br>毛熙震後庭花 | | |
| 142 | 西河師子 | | | |
| 143 | 西河劍器 | | | |
| 144 | 怨陵三台 | | | |
| 145 | 儒士謁金門 | | | |
| 146 | 武士朝金闕 | | | |
| 147 | 摻弄 | | | |
| 148 | 麥秀兩歧 | 五代<br>和凝麥秀兩岐 | | |
| 149 | 金雀兒 | | | |

| 序號 | 教坊曲 | 唐五代曲 | 敦煌歌辭總編 | 碧雞漫志 |
|---|---|---|---|---|
| 150 | 瀊水吟 | | | |
| 151 | 玉搔頭 | | | |
| 152 | 鸚鵡杯 | | | |
| 153 | 路逢花 | | | |
| 154 | 初漏歸 | | | |
| 155 | 相見歡 | 五代<br>薛昭蘊相見歡 | | |
| 156 | 蘇幕遮 | 呂巖蘇幙遮 | 蘇莫遮 | |
| 157 | 遊春苑 | | | |
| 158 | 黃鍾樂 | 五代<br>魏承班黃鍾樂 | | |
| 159 | 訴衷情 | 溫庭筠訴衷情 | | |
| 160 | 折紅蓮 | | | |
| 161 | 征步郎 | | | |
| 162 | 洞仙歌 | | 洞仙歌 | |
| 163 | 太平樂 | | | |
| 164 | 長慶樂 | | | |
| 165 | 喜回鑾 | | | |
| 166 | 漁父引 | 張志和漁父 | | |
| 167 | 喜秋天 | | 喜秋天 | |
| 168 | 大郎神 | | | |
| 169 | 胡渭州 | | | 胡渭州 |
| 170 | 夢江南 | 皇甫松夢江南 | | |
| 171 | 濮陽女 | | | |
| 172 | 靜戎煙 | | | |

| 序號 | 教坊曲 | 唐五代曲 | 敦煌歌辭總編 | 碧雞漫志 |
|------|--------|----------|--------------|----------|
| 173 | 三臺 | 韋應物三臺<br>王建宮中三臺<br>江南三臺<br>李後主三臺令 | 三臺 | |
| 174 | 上韻 | | | |
| 175 | 中韻 | | | |
| 176 | 下韻 | | | |
| 177 | 普恩光 | | | |
| 178 | 戀情歡 | | | |
| 179 | 楊下採桑 | | | |
| 180 | 大酺樂 | | | |
| 181 | 合羅縫 | | | |
| 182 | 蘇合香 | | | |
| 183 | 山鷓鴣 | | | |
| 184 | 七星管 | | | |
| 185 | 醉公子 | 五代<br>尹鶚醉公子 | | |
| 186 | 朝天樂 | | | |
| 187 | 木笪 | | | |
| 188 | 看月宮 | | | |
| 189 | 宮人怨 | | | |
| 190 | 歎疆場 | | | |
| 191 | 拂霓裳 | | | |
| 192 | 駐征遊 | | | |
| 193 | 泛濤溪 | | | |
| 194 | 胡相問 | | | |
| 195 | 廣陵散 | | | |

| 序號 | 教坊曲 | 唐五代曲 | 敦煌歌辭總編 | 碧雞漫志 |
|---|---|---|---|---|
| 196 | 帝歸京 | | | |
| 197 | 喜還京 | | | |
| 198 | 遊春夢 | | | |
| 199 | 柘枝引 | | | |
| 200 | 留諸錯 | | | |
| 201 | 如意娘 | | | |
| 202 | 黃羊兒 | | | |
| 203 | 蘭陵王 | | | 蘭陵王 |
| 204 | 小秦王 | | | |
| 205 | 花王發 | | | |
| 206 | 大明樂 | | | |
| 207 | 望遠行 | 韋莊望遠行 | 望遠行 | |
| 208 | 思友人 | | | |
| 209 | 唐四姐 | | | |
| 210 | 放鶻樂 | | | |
| 211 | 鎮西樂 | | | |
| 212 | 金殿樂 | | | |
| 213 | 南歌子 | 溫庭筠南歌子 | 南歌子 | |
| 214 | 八拍子 | | | |
| 215 | 魚歌子 | 五代<br>李珣魚歌子 | 漁歌子 | |
| 216 | 七夕子 | | | |
| 217 | 十拍子 | | | |
| 218 | 措大子 | | | |
| 219 | 風流子 | 五代<br>孫光憲風流子 | | |

| 序號 | 教坊曲 | 唐五代曲 | 敦煌歌辭總編 | 碧雞漫志 |
|---|---|---|---|---|
| 220 | 吳吟子 | | | |
| 221 | 生查子 | 韓偓生查子 | 生查子 | |
| 222 | 胡醉子 | | | |
| 223 | 山花子 | 五代<br>和凝山花子 | 山花子 | |
| 224 | 水仙子 | | | |
| 225 | 綠鈿子 | | | |
| 226 | 金錢子 | | | |
| 227 | 竹枝子 | 顧況竹枝子<br>劉禹錫竹枝 | 竹枝子 | 竹枝 |
| 228 | 天仙子 | 皇甫松天仙子 | 天仙子 | |
| 229 | 赤棗子 | 五代<br>歐陽炯赤棗子 | | |
| 230 | 千秋子 | | | |
| 231 | 心事子 | | | |
| 232 | 胡蝶子 | 溫庭筠玉胡蝶<br>五代<br>張泌蝴蝶兒 | | |
| 233 | 沙磧子 | | | |
| 234 | 酒泉子 | 司空圖酒泉子 | 酒泉子 | |
| 235 | 迷神子 | | | |
| 236 | 得蓬子 | | | |
| 237 | 剉碓子 | | | |
| 238 | 麻婆子 | | | |
| 239 | 紅娘子 | | 紅娘子 | |

| 序號 | 教坊曲 | 唐五代曲 | 敦煌歌辭總編 | 碧雞漫志 |
|---|---|---|---|---|
| 240 | 甘州子 | 蜀後主甘州曲<br>五代<br>毛文錫甘州遍<br>顧夐甘州子 | | 甘州 |
| 241 | 刺歷子 | | | |
| 242 | 鎮西子 | | | |
| 243 | 北庭子 | | | |
| 244 | 採蓮子 | 皇甫松採蓮子 | | |
| 245 | 破陣子 | | 破陣子 | |
| 246 | 劍器子 | | | |
| 247 | 師子 | | | |
| 248 | 女冠子 | 溫庭筠女冠子 | | |
| 249 | 仙鶴子 | | | |
| 250 | 穆護子 | | | |
| 251 | 贊普子 | 五代<br>毛文錫贊浦子 | 贊普子 | |
| 252 | 蕃將子 | | | |
| 253 | 回戈子 | | | |
| 254 | 帶竿子 | | | |
| 255 | 摸魚子 | | | |
| 256 | 南鄉子 | 五代<br>李珣南鄉子 | | |
| 257 | 大呂子 | | | |
| 258 | 南浦子 | | | |
| 259 | 撥棹子 | 五代<br>尹鶚撥棹子 | | |

| 序號 | 教坊曲 | 唐五代曲 | 敦煌歌辭總編 | 碧雞漫志 |
|------|--------|----------|--------------|----------|
| 260 | 何滿子 | 五代<br>毛文錫何滿子 | | 何滿子 |
| 261 | 曹大子 | | | |
| 262 | 引角子 | | | |
| 263 | 隊踏子 | | | |
| 264 | 水沽子 | | | |
| 265 | 化生子 | | 化生子 | |
| 266 | 金娥子 | | | |
| 267 | 拾麥子 | | | |
| 268 | 多利子 | | | |
| 269 | 毗沙子 | | | |
| 270 | 上元子 | | | |
| 271 | 西溪子 | 五代<br>牛嶠西溪子 | | |
| 272 | 劍閣子 | | | |
| 273 | 稔琴子 | | | |
| 274 | 奠璧子 | | | |
| 275 | 胡攢子 | | | |
| 276 | 唧唧子 | | | |
| 277 | 翫花子 | | | |
| 278 | 春鶯囀 | | | |
| 279 | 達摩支 | | | |
| 280 | 踏謠娘 | | | |
| 281 | 一片子 | 一片子 | | |
| 282 | 悲切子 | | | |
| 283 | 聖壽樂 | | | |

| 序號 | 教坊曲 | 唐五代曲 | 敦煌歌辭總編 | 碧雞漫志 |
|------|--------|----------|--------------|----------|
| 284 | 西國朝天 | | | |
| 以下為大曲 | | | | |
| 285 | 踏金蓮 | | | |
| 286 | 綠腰 | 呂巖六么令 | | 六么 |
| 287 | 涼州 | | | 涼州 |
| 288 | 薄媚 | | | |
| 289 | 賀聖樂 | | | |
| 290 | 伊州 | | | 伊州 |
| 291 | 甘州 | | | |
| 292 | 泛龍舟 | | | |
| 293 | 採桑 | 五代<br>和凝採桑子 | | |
| 294 | 千秋樂 | | | |
| 295 | 霓裳 | | | 霓裳羽衣曲 |
| 296 | 後庭花 | | | |
| 297 | 伴侶 | | | |
| 298 | 雨淋鈴 | | | 雨淋鈴 |
| 299 | 柘枝 | | | |
| 300 | 胡僧破 | | | |
| 301 | 平蕃 | | | |
| 302 | 相馳逼 | | | |
| 303 | 呂太后 | | | |
| 304 | 突厥三臺 | | | |
| 305 | 大寶 | | | |
| 306 | 一斗鹽 | | | |
| 307 | 羊頭神 | | | |

| 序號 | 教坊曲 | 唐五代曲 | 敦煌歌辭總編 | 碧雞漫志 |
|------|--------|----------|--------------|----------|
| 308 | 大姊 | | | |
| 309 | 舞大姊 | | | |
| 310 | 急月記 | | | |
| 311 | 斷弓絃 | | | |
| 312 | 碧霄吟 | | | |
| 313 | 穿心蠻 | | | |
| 314 | 羅步底 | | | |
| 315 | 回波樂 | | | 回波樂 |
| 316 | 千春樂 | | | |
| 317 | 龜茲樂 | | | |
| 318 | 醉渾脫 | | | |
| 319 | 映山雞 | | | |
| 320 | 昊破 | | | |
| 321 | 四會子 | | | |
| 322 | 安公子 | | | |
| 323 | 舞春風 | 五代<br>馮延巳舞春風 | | |
| 324 | 迎春風 | | | |
| 325 | 看江波 | | | |
| 326 | 寒雁子 | | | |
| 327 | 又中春 | | | |
| 328 | 玩中秋 | | | |
| 329 | 迎仙客 | | | |
| 330 | 同心結 | | | |
| 331 | | | 阿曹婆辭 | |
| 332 | | | 鬥百草辭 | |

| 序號 | 教坊曲 | 唐五代曲 | 敦煌歌辭總編 | 碧雞漫志 |
|---|---|---|---|---|
| 333 | | | 何滿子辭 | |
| 334 | | | 劍器辭 | |
| 335 | | | 蘇莫遮 | |
| 336 | 回波樂 | | | |
| 337 | 五天 | | | |
| 338 | 垂手羅 | | | |
| 339 | 蘭陵王 | | | |
| 340 | 春鶯囀 | | | |
| 341 | 半社渠 | | | |
| 342 | 借席 | | | |
| 343 | 烏夜啼 | | | |
| 344 | 阿遼 | | | |
| 345 | 黃驉 | | | |
| 346 | 拂林 | | | |
| 347 | 大渭州 | | | |
| 348 | 達摩支 | | | |
| 349 | | 崔液踏歌詞<br>五代<br>藍采和踏歌 | | |
| 350 | | 張說舞馬詞 | | |
| 351 | | 唐玄宗好時光 | | |
| 352 | | 楊貴妃阿那曲 | | |
| 353 | | 李白桂殿秋 | | |
| 354 | | 李白憶秦娥 | | |
| 355 | | 李白連理枝 | | |
| 356 | | 韋應物調笑 | | |

| 序號 | 教坊曲 | 唐五代曲 | 敦煌歌辭總編 | 碧雞漫志 |
|------|--------|----------|--------------|----------|
| 357 | | 劉長卿謫仙怨 | | |
| 358 | | 竇弘餘廣謫仙怨 | | |
| 359 | | 元結欸乃曲 | | |
| 360 | | 王建宮中調笑 | | |
| 361 | | 戴叔倫轉應曲 | | |
| 362 | | 劉禹錫紇那曲 | | |
| 363 | | 劉禹錫瀟湘神 | | |
| 364 | | 白居易花非花 | | |
| 365 | | 白居易宴桃源 | | |
| 366 | | 皇甫松怨回紇 | | |
| 367 | | 杜牧八六子 | | |
| 368 | | 溫庭筠蕃女怨 | | |
| 369 | | 溫庭筠河傳 | | |
| 370 | | 段成式閑中好 | | |
| 371 | | 呂巖梧桐影 | | |
| 372 | | 呂巖沁園春 | | |
| 373 | | 呂巖促拍滿路花 | | |
| 374 | | 呂巖雨中花 | | |
| 375 | | 呂巖卜算子慢 | | |
| 376 | | 呂巖豆葉黃 | | |
| 377 | | 呂巖滿庭芳 | | |
| 378 | | 呂巖漢宮春 | | |
| 379 | | 呂巖步蟾宮 | | |
| 380 | | 呂巖水龍吟 | | |
| 381 | | 後唐莊宗李存勖一葉落 | | |

| 序號 | 教坊曲 | 唐五代曲 | 敦煌歌辭總編 | 碧雞漫志 |
|------|--------|----------|--------------|----------|
| 382 | | 後唐莊宗憶仙姿 | | |
| 383 | | 後唐莊宗陽臺夢 | | |
| 384 | | 後唐莊宗歌頭 | | |
| 385 | | 蜀後主王衍醉妝詞 | | |
| 386 | | 五代<br>和凝解紅 | | |
| 387 | | 五代<br>和凝江城子 | | |
| 388 | | 五代<br>和凝薄命女 | | |
| 389 | | 五代<br>毛熙震小重山 | | |
| 390 | | 五代<br>陳金鳳樂遊曲 | | |
| 391 | | 五代<br>韋莊應天長 | | |
| 392 | | 五代<br>韋莊怨王孫 | | |
| 393 | | 五代<br>牛嶠望江怨 | | |
| 394 | | 五代<br>牛希濟中興樂 | | |
| 395 | | 五代<br>毛文錫月宮春 | | |
| 396 | | 五代<br>毛文錫贊成功 | | |
| 397 | | 五代<br>尹鶚杏園芳 | | |

| 序號 | 教坊曲 | 唐五代曲 | 敦煌歌辭總編 | 碧雞漫志 |
|---|---|---|---|---|
| 398 | | 五代<br>尹鶚秋夜月 | | |
| 399 | | 五代<br>尹鶚金浮圖 | | |
| 400 | | 五代<br>馮延巳思越人 | 思越人 | |
| 401 | | 五代<br>歐陽炯三字令 | | |
| 402 | | 五代<br>李後主一斛珠 | | |
| 403 | | 五代<br>李後主蝶戀花 | | |
| 404 | | 五代<br>李後主搗練子<br>搗練子令 | 擣練子 | |
| 405 | | 五代<br>李後主望江梅 | | |
| 406 | | 五代<br>李後主謝新恩 | | |
| 407 | | 五代<br>馮延巳歸自謠 | | |
| 408 | | 五代<br>馮延巳鶴沖天 | | |
| 409 | | 五代<br>馮延巳醉桃源 | | |
| 410 | | 五代<br>馮延巳莫思歸 | | |
| 411 | | 五代<br>馮延巳金錯刀 | | |

| 序號 | 教坊曲 | 唐五代曲 | 敦煌歌辭總編 | 碧雞漫志 |
|---|---|---|---|---|
| 412 | | 五代<br>馮延巳壽山曲 | | |
| 413 | | 五代<br>無名氏塞姑 | | |
| 414 | | 五代<br>無名氏後庭宴 | | |
| 415 | | 五代<br>無名氏擷芳詞 | | |
| 416 | | 五代<br>無名氏魚遊春水 | | |
| 417 | | | 怨春閨 | |
| 418 | | | 定乾坤 | |
| 419 | | | 秋夜長 | |
| 420 | | | | 水調歌 |
| 421 | | | 水調辭 | |
| 422 | | | 鄭郎子辭 | |
| 423 | | | 歌樂還鄉 | |
| 424 | | | 山僧歌 | |
| 425 | | | 再相逢 | |
| 426 | | | 樂世辭 | |
| 427 | | | 長相思 | |
| 428 | | | 取性遊 | |
| 429 | | | 水鼓子 | |
| 430 | | | 杖前飛 | |
| 431 | | | 十恩德 | |
| 432 | | | 十種緣 | |
| 433 | | | 孝順樂 | |

| 序號 | 教坊曲 | 唐五代曲 | 敦煌歌辭總編 | 碧雞漫志 |
|------|--------|----------|--------------|----------|
| 434 | | | 求因果 | |
| 435 | | | 證道歌 | |
| 436 | | | | 喝馱子 |
| 437 | | | | 凌波神 |
| 438 | | | | 荔枝香 |
| 439 | | | | 阿濫堆 |
| 440 | | | | 念奴嬌 |
| 441 | | | | 文漵子 |
| 442 | | | 柳青娘 | |
| 443 | | | 內家嬌 | |
| 444 | | | 擣衣聲 | |
| 445 | | | 定乾坤 | |
| 446 | | | 宮怨春 | |
| 447 | | | 別仙子 | |
| 448 | | | 證無為 | |
| 449 | | | 望月婆羅門 | |
| 450 | | | 長安辭 | |
| 451 | | | 出家樂 | |
| 452 | | | 無相珠 | |
| 453 | | | 悉曇頌 | |
| 454 | | | 空無主 | |
| 455 | | | 三歸依 | |
| 456 | | | 十偈辭 | |
| 457 | | | 行路難 | |
| 458 | | | 撥禪關 | |
| 459 | | | 無如匹 | |

| 序號 | 教坊曲 | 唐五代曲 | 敦煌歌辭總編 | 碧雞漫志 |
|---|---|---|---|---|
| 460 | | | 最上乘 | |
| 461 | | | 行路難 | |
| 462 | | | 隱去來 | |
| 463 | | | 三冬雪 | |
| 464 | | | 千門化 | |
| 465 | | | 歸去來 | |
| 466 | | | 驅催老 | |
| 467 | | | 無常取 | |
| 468 | | | 愚癡意 | |
| 469 | | | 無厭足 | |
| 470 | | | 先祇備 | |
| 471 | | | 拋暗號 | |
| 472 | | | 十空讚 | |
| 473 | | | 易易歌 | |
| 474 | | | 五更轉 | |
| 475 | | | 十二月 | |
| 476 | | | 十二時 | |
| 477 | | | 百歲篇 | |
| 478 | | | 五更轉兼十二時 | |
| 479 | | | 十無常 | |

　　《教坊記》著錄的曲調，包括「雜曲」和「大曲」，共三百四十三種。雜曲指一般的雜歌俗曲或小調，大曲是指一曲多遍，且與舞蹈相兼的曲子。《全唐五代詞》所著錄的曲調，雖不及教坊曲之多，但其中都有歌詞傳世，且為文人的作品，便可知道當時有這類曲調，文人依調填詞，其中包含五代曲為教坊曲所未見

者，合唐曲共一百四十七種。《敦煌歌辭總編》的曲調，卻是最珍貴的民間歌詞資料，其中亦有五代曲，且有佛曲在內，共一百餘種。《碧雞漫志》爲宋人王灼所撰，共三十種曲調。以上四書合共著錄唐、五代曲，約四百七十餘種。這四百多種曲，便是唐五代曲的大略了。

此外，從唐人詩句中，所提及的曲調名，如一一加以收集，爲數也不少。例如：

> 遊妓皆穠李，行歌盡落梅。（蘇味道〈上元〉）

> 更逢清管發，處處落梅花。（郭利貞〈上元〉）

> 朱檻滿明月，美人歌落梅。（劉得仁〈聽歌〉）

> 曲怨關山月，粧消道路塵。（李嶠〈送金城公主〉）

> 曲斷關山月，聲悲雨雪陰。（鄭愔〈胡笳曲〉）

> 欲奏江南曲，貪封薊北書。（上官昭容〈綵書怨〉）

> 便泣數行淚，因歌行路難。（王昌齡〈代扶風主人答〉）

> 天山雪後海風寒，橫笛偏吹行路難。（李益〈從軍北征〉）

> 始知諸曲不可比，採蓮落梅徒聒耳。（岑參〈田使君美人舞如蓮花北鋋歌〉）

雖聽採蓮曲，詎識採蓮心。（戎昱〈採蓮曲〉）

五言凌白雪，六翮向青雲。（劉長卿〈送駱少府〉）

白雪歌偏麗，青雲宦早通。（章八元〈寄苗員外〉）

長歌吟松風，曲盡河星稀。（李白〈下終南山過斛斯山宿置酒〉）

彈為風入松，崖谷颯已秋。（劉希夷〈彈琴〉）

泠泠七絃上，靜聽松風寒。（劉長卿〈彈琴〉）

可憐後主還祠廟，日暮聊為梁甫吟。（杜甫〈登樓〉）

他年錦里經祠廟，梁父吟成恨有餘。（李商隱〈籌筆驛〉）

漁陽鼙鼓動地來，驚破霓裳羽衣曲。（白居易〈長恨歌〉）

君王遊樂萬機輕，一曲霓裳四海兵。（柳中庸〈過華清宮〉）

輕攏慢撚抹復挑，初為霓裳後六么。（白居易〈琵琶行〉）

思歸夜唱竹枝歌，庭槐葉落秋風多。（劉商秋〈夜聽嚴紳巴童唱竹枝歌〉）

先帝侍女八千人，公孫劍器初第一。（杜甫〈觀公孫大娘弟子舞劍器行〉）

羌笛何須怨楊柳，春風不度玉門關。（王之渙〈出塞〉）

遂巡大遍梁州徹，色色龜茲轟錄續。（元稹〈連昌宮詞〉）

內人唱好龜茲急，天子龍興過玉樓。（王建〈宮詞〉）

求首管絃聲款逐，側商調裡唱伊州。（王建〈宮詞〉）

平明船載管兒行，盡日聽彈無限曲；
曲名無限知者鮮，霓裳羽衣偏宛轉。
涼州大遍最豪嘈，綠腰散序多籠撚。……
因茲彈作雨霖鈴，風雨蕭條鬼神泣。（元稹〈琵琶歌〉）

便唱耍娘歌一曲，六宮生老是娥眉。（張祜〈耍娘歌〉）

至今風俗驪山下，村笛猶吹阿濫堆。（張祜〈華清宮〉）

秋持玉斝飲，與唱金縷衣。（杜牧〈杜秋娘詩序〉）

今為羌笛出塞聲，使我三軍淚如雨。（李頎〈古意〉）

變調如聞楊柳春，林上繁花照眼新。（李頎〈聽萬安喜吹觱篥歌〉）

一聲何滿子，雙淚落君前。（張祜〈何滿子〉）

商女不知亡國恨，隔江猶唱後庭花。（杜牧〈泊秦淮〉）

還將盧女曲，夜夜奉君王。（崔顥〈盧女曲〉）

在這些曲調中，有前朝舊曲，如〈關山月〉、〈盧女曲〉之類；有隱者之歌，如〈梁父吟〉、〈風入松〉（即〈松風〉）之類；有唐人正月十五元宵所唱的〈落梅花〉；有流行江南民間的歌謠，如〈江南曲〉、〈採蓮曲〉、〈竹枝歌〉之類；有流行宮廷、王室的歌，如〈耍娘歌〉、〈阿濫堆〉、〈何滿子〉、〈金縷衣〉之類；有流行於邊塞的胡歌，如〈梁州〉、〈伊州〉、〈龜茲〉、〈楊柳曲〉、〈霓裳羽衣〉之類。他如〈綠腰〉、〈白雪〉、〈行路難〉、〈無限曲〉、〈劍器〉等，以及唐人樂府詩題，如〈長干行〉、〈送衣曲〉、〈田家行〉、〈子夜四時歌〉之類，也都是唐人的曲調名。在這些曲中，有的是教坊曲和敦煌曲所未著錄的。因此，唐人民間歌謠現存的四百多種曲調，只是大約的數目罷了。

## 二、唐代民間歌謠現存的歌詞

民歌可分爲兩部分：一是音樂，一是歌詞。唐人的民歌，去今千餘年，音樂的部分，早已失傳，只是有些曲調名仍被記錄下來；歌詞的部分，流傳下來的不多，其主要的來源，約有三方面：

（一）《樂府詩集》所記載的

　　（二）史籍、詩文集所記載的

　　（三）《敦煌歌辭總編》所記載的

今分別將其中所記載的歌詞，收列於後，以明唐代民間歌謠現存的數量。

## （一）《樂府詩集》所記載的

　　宋・郭茂倩的《樂府詩集》，卷八十一為「近代曲辭」，卷八十九為「雜歌謠辭」，卷九十一至卷一百為「新樂府辭」，其中收有唐人的民間歌謠。在郭茂倩之前，收集唐人樂府民歌的，有唐・崔令欽的《教坊記》和唐・段安節的《樂府雜錄》。《教坊記》所著錄的，只是唐開元年間的教坊曲，僅列曲調名，未及歌詞。而《樂府雜錄》，首列樂部，次列歌舞俳優，次列樂器，次列樂曲；舊本末附五音輪二十八調圖，今圖已佚，而其說尚存，敘述頗有條理，惟樂曲諸名不及《樂府詩集》的完備。所以第一次大量收集唐代民歌的，要算郭茂倩的《樂府詩集》，今依該書的次序，將唐人的樂府歌詞，列舉如下：

　1.〈破陣樂〉

　　　受律辭元首，相將討叛臣。咸歌〈破陣樂〉，共賞太平人。

　2.〈應聖期〉

　　　聖德期昌運，雍熙萬禹清。乾坤資化育，海嶽共休明。
　　　闢土欣耕稼，銷戈遂偃兵。殊方歌帝澤，執贄賀升平。

　3.〈賀聖歡〉

　　　四海皇風被，千年德水清。戎衣更不著，今日告功成。

　4.〈君臣同慶樂〉

　　　主聖開昌歷，臣忠奉大猷。君看偃革後，便是太平秋。

5.〈黃竹子歌〉

　　江邊黃竹子，堪作女兒箱。一船使兩槳，得娘回故鄉。

6.〈江陵女歌〉

　　雨從天上落，水從橋下流。拾得娘裙帶，同心結兩頭。

7.〈柘枝詞〉

　　將軍奉命即須行，塞外領彊兵。聞道烽煙動腰間，寶劍
　　匣中鳴。

8.〈長干曲〉

　　逆浪故相邀，菱舟不怕搖。妾家揚子住，便弄廣陵潮。

9.〈涼州歌〉第一

　　漢家宮裡柳如絲，上苑桃花連碧池。聖壽已傳千歲酒，
　　天文更賞百僚詩。

　第二

　　朔風吹葉雁門秋，萬里煙塵昏戍樓。征馬長思青海北，
　　胡笳夜聽隴山頭。

　第三

　　開篋淚霑襦，見君前日書。夜臺空寂寞，猶是紫雲車。

　〈排遍〉第一

　　三秋陌上早霜飛，羽獵平田淺草齊。錦背蒼鷹初出按，
　　五花驄馬餵來肥。

　第二

　　鴛鴦殿裡笙歌起，翡翠樓前出舞人。喚上紫微三五夕，
　　聖明方壽一千春。

10. 〈大和〉第一

國門卿相舊山莊，聖主移來宴綠芳。簾外輾為車馬路，
花間蹋出舞人場。

第二

國鳥尚含天樂囀，寒風猶帶御衣香。為報碧潭明月夜，
會須留賞待君王。

第三

庭前鵲遶相思樹，井上鶯歌爭刺桐。含情少婦悲看草，
多是良人學轉蓬。

第四

塞北江南共一家，何須淚落怨黃沙。春酒半酣千日醉，
庭前還有落梅花。

第五徹

我皇膺運太平年，四海朝宗會百川。自古幾多明聖主，
不如今帝勝堯天。

11. 〈伊州歌〉第一

秋風明月獨離居，蕩子從戎十餘載。征人去口殷勤囑，
歸雁來時數寄書。

第二

彤闈曉闢萬鞍迴，玉輅春遊薄晚開。渭北清光搖草樹，
州南嘉景入樓臺。

第三

聞道黃花戍，頻年不解兵。可憐閨裡月，偏照漢家營。

第四

千里東歸客，無心憶舊遊。掛帆游白水，高枕到青州。

第五

桂殿江鳥對，彫屏海燕重。祗應多釀酒，醉罷樂高鐘。

〈入破〉第一

千門今夜曉初晴，萬里天河徹帝京。璨璨繁星駕秋色，
稜稜霜氣韻鐘聲。

第二

長安二月柳依依，西出流沙路漸微。閼氏山上春光少，
相府庭邊驛使稀。

第三

三秋大漠冷溪山，八月嚴霜變草顏。卷旗風行宵渡磧，
銜枚電掃曉應還。

第四

行樂三陽早，芳菲二月春。閨中紅粉態，陌上看花人。

第五

君住孤山下，煙深夜徑長。轅門渡綠水，遊苑遶垂楊。

12.〈陸州歌〉第一

分野中峰變，陰晴眾壑殊。欲投人處宿，隔浦問樵夫。

第二

共得煙霞逕，東歸山水遊。蕭蕭望林夜，寂寂坐中秋。

第三

香氣傳空滿，妝花映薄紅。歌聲天仗外，舞態御樓中。

〈排遍〉第一

　　樹發花如錦，鶯啼柳若絲。更逢歡宴地，愁見別離時。

第二

　　明月照秋葉，西風響夜砧。彊言徒自亂，往事不堪尋。

第三

　　坐對銀釭曉，停留玉箸痕。君門常不見，無處謝前恩。

第四

　　曙月當窗滿，征人出塞遊。畫樓終日閉，清管為誰調？

13.〈簇拍陸州〉

　　西去輪臺萬里餘，故鄉音耗日應疏。隴山鸚鵡能言語，
　　為報閨人數寄書。

14.〈石州〉

　　自從君去遠巡邊，終日羅帷獨自眠。看花情轉切，攬鏡
　　淚如泉。一自離君後，啼多雙臉穿。何時狂虜滅，免得
　　更留連。

15.〈蓋羅縫〉

　　秦時明月漢時關，萬里征人尚未還。但願龍庭神將在，
　　不教胡馬渡陰山。
　　音書杜絕白狼西，桃李無顏黃鳥啼。寒雁春深歸去盡，
　　出門腸斷草萋萋。

16.〈雙帶子〉

　　私言切語誰人會，海燕雙飛繞畫梁。君學秋胡不相識，
　　妾亦無心去採桑。

17.〈崑崙子〉

　　揚子譚經去，淮王載酒過。醉來啼鳥喚，坐久落花多。

18.〈袚禊曲〉

　　昨見春條綠，那知秋葉黃。蟬聲猶未斷，寒雁已成行。

　　金谷園中柳，春來已舞腰。那堪好風景，獨上洛陽橋。

　　何處堪愁思，花閒長樂宮。君王不重客，泣淚向春風。

19.〈穆護砂〉

　　玉管朝朝弄，清歌日日新。折花當驛路，寄與隴頭人。

20.〈思歸樂〉

　　晚日催絃管，春風入綺羅。杏花如有意，偏落舞衫多。

　　萬里春應盡，三江雁亦稀。連天漢水廣，孤客未言歸。

21.〈金殿樂〉

　　入夜秋砧動，千門起四鄰。不緣樓上月，應為隴頭人。

22.〈胡渭州〉

　　亭亭孤月照行舟，寂寂長江萬里流。鄉國不知何處是？
　　雲山漫漫使人愁。

　　楊柳千尋色，桃花一苑芳。風吹入簾裡，唯有惹衣香。

23.〈戎渾〉

　　風勁角弓鳴，將軍獵渭城。草枯鷹眼疾，雪盡馬蹄輕。

24.〈牆頭花〉

　　蟋蟀鳴洞房，梧桐落金井。為君裁舞衣，天寒剪刀冷。

　　妾有羅衣裳，秦王在時作。為舞春風多，秋來不堪著。

25.〈採桑〉

　　自古多征戰，由來尚甲兵。長驅千里去，一舉兩蕃平。

按劍從沙漠，歌謠滿帝京。寄言天下將，須立武功名。

26.〈楊下採桑〉

飛絲惹綠塵，軟葉對孤輪。今朝入園去，物色彊看人。

27.〈破陣樂〉（一作〈小破陣樂〉）

秋來四面足風沙，塞外征人暫別家。千里不辭行路遠，
時光早晚到天涯。

28.〈戰勝樂〉

百戰得功名，天兵意氣生。三邊永不戰，此是我皇英。

29.〈劍南臣〉

不分君恩斷，觀妝視鏡中。容華尚春日，嬌愛已秋風。
枕席臨窗曉，屏帷對月空。年年後庭樹，芳悴在深宮。

30.〈征步郎〉

塞外虜塵飛，頻年度磧西。死生隨玉劍，辛苦向金微。

31.〈歎疆場〉

聞道行人至，妝梳對鏡臺。淚痕猶尚在，笑靨自然開。

32.〈寒姑〉

昨日盧梅塞口，整見諸人鎮守。都護三年不歸，折盡江
邊楊柳。

33.〈水鼓子〉

雕弓白羽獵初回，薄夜牛羊復下來。夢水河邊秋草合，
黑山峰外陣雲開。

34.〈婆羅門〉

迴樂峰前沙似雪，受降城外月如霜。不知何處吹蘆管？

一夜征人盡望鄉。

35.〈浣沙女〉

南陌春風早，東鄰去日斜。千花開瑞錦，香撲美人車。
長樂青門外，宜春小苑東。樓門萬戶上，人向百花中。

36.〈鎮西〉

天邊物色更無春，祇有羊群與馬群。誰家營裡吹羌笛，
哀怨教人不忍聞。
歲去年來拜聖朝，更無山闕對溪橋。九門楊柳渾無半，
猶自千條與萬條。

37.〈回紇〉

曾聞瀚海使難通，幽閨少婦罷裁縫。緬想邊庭征戰苦，
誰能對鏡治愁容。久戍人將老，須臾變作白頭翁。

38.〈長命女〉

雪送關西雨，風傳渭北秋。孤燈然客夢，寒杵搗鄉愁。

39.〈醉公子〉

昨日春園飲，今朝倒接籬。誰人扶上馬，不省下樓時。

40.〈一片子〉

柳色青山映，梨花雪鳥藏。綠窗桃李下，閑坐歎春芳。

41.〈甘州〉

欲使傳消息，空書意不任。寄君明月鏡，偏照故人心。

42.〈濮陽女〉

雁來書不至，月照獨眠房。賤妾多愁思，不堪秋夜長。

43.〈相府蓮〉

　　夜聞鄰婦泣，切切有餘哀。即問緣何事，征人戰未迴。

44.〈籨拍相府蓮〉

　　莫以今時寵，寧無舊日恩。看花滿眼淚，不共楚王言。
　　閨燭無人影，羅屏有夢魂。近來音耗絕，終日望應門。

45.〈離別難〉

　　此別難重陳，花深復變人。來時梅覆雪，去日柳含春。
　　物候催行客，歸途淑氣新。郟川今已遠，魂夢暗相親。

46.〈山鷓鴣〉

　　玉關征戍久，空閨人獨愁。寒露濕青苔，別來蓬鬢秋。
　　人坐青樓晚，鶯語百花時。愁多人自老，斷腸君不知。

47.〈大酺樂〉

　　淚滴珠難盡，容殘玉易銷。儻隨明月去，莫道夢魂遙。

48.〈如意娘〉

　　看朱成碧思紛紛，憔悴支離為憶君。不信比來長下淚，
　　開箱驗取石榴裙。

49.〈薛將軍歌〉

　　將軍三箭定天山，戰士長歌入漢關。

50.〈顏有道歌〉

　　廉州顏有道，性行同莊老。愛人如赤子，不殺非時草。

51.〈新河歌〉

　　新河得通舟楫利，直達滄海魚鹽至。昔日徒行今結駟，
　　美哉薛公德滂被。

52. 〈田使君歌〉

父母育我田使君，精誠為人上天聞。田中致雨山出雲，
倉廩既實禮義申，但願常在不憂貧。

53. 〈黃獐歌〉

黃獐黃獐草裡藏，彎弓射爾傷。

54. 〈得体歌〉

得体紇那也，紇囊得体耶？潭裡船車鬧，揚州銅器多。
三郎當殿坐，看唱得体歌。

55. 〈得寶歌〉

得寶弘農野，弘農得寶耶？潭裡船車鬧，揚州銅器多。
三郎當殿坐，看唱得寶歌。

56. 〈天寶中京兆謠〉

欲得米麥賤，無過追李峴。

57. 〈武德初童謠〉

豆入牛口，勢不得久。

58. 〈貞觀中高昌國童謠〉

高昌兵馬如霜雪，漢家兵馬如日月。日月照霜雪，回首
自消滅。

59. 〈永淳初童謠〉

新禾不入箱，新麥不入場。迨及八九月，狗吠空垣墻。

60. 〈高宗永淳中童謠〉

嵩山凡幾層，不畏登不得，但恐不得登。三度徵兵馬，
傍道打騰騰。

61.〈武后時童謠〉

　　紅綠複裙長，千里萬里香。

62.〈神龍中謠〉

　　山南烏鵲窠，山北金駱駝。鎌柯不鑿孔，斧子不施柯。

63.〈中宗時童謠〉

　　可憐安樂寺，了了樹頭懸。

64.〈景龍中謠〉

　　可憐聖善寺，身著綠毛衣。牽來河裡飲，踏殺鯉魚兒。

65.〈天寶中童謠〉

　　燕燕飛上天，天上女兒鋪白氈，氈上有千錢。

66.〈天寶中幽州謠〉

　　舊來誇戴竿，今日不堪看。但看五月裡，清水河邊見契丹。

67.〈德宗時童謠〉

　　一枝箸，兩頭朱。五六月，化為蛆。

68.〈元和初童謠〉

　　打麥，打麥，三三三，舞了也。

69.〈咸通中童謠〉

　　草青青，被嚴霜。鵲始後，看顛狂。

70.〈咸通末成都童謠〉

　　咸通癸巳，出無所之。蛇去馬來，道路稍開。頭無片瓦，地有殘灰。

71.〈僖宗時童謠〉

　　金色蝦蟆爭努眼，飛卻曹州天下反。

72.〈乾符中童謠〉

　　八月無霜塞草青，將軍騎馬步空城。漢家天子西巡狩，
　　猶向江東更索兵。

　　《樂府詩集》所收唐代無名氏的歌謠共七十四種，凡八十一
首，其中三首：即〈蓋羅縫〉「秦時明月漢時關」，〈婆羅門〉
「迴樂峰前沙似雪」，〈簇拍相府蓮〉「莫以今時寵」，或為王昌
齡、李益、杜牧的作品，為民間所傳唱，故歌詞有所增飾，或有所
拼湊。其次，文人由民歌改寫的新詞，尚未列舉在此，如劉禹錫、
顧況的〈竹枝〉，白居易、溫庭筠的〈楊柳枝〉，劉禹錫、白居
易、皇甫松的〈浪淘沙〉等。此外，文人寫的樂府詩，有些也是合
樂可歌的，如李白的〈清平調〉，王維的〈渭城曲〉，杜秋娘的
〈金縷衣〉，王之渙的〈涼州詞〉之類，也不在此列。所以上面所
收列的，只是無名氏的歌謠而已。

## （二）史籍、詩文集所記載的

　　清康熙年間所敕編的《全唐詩》，其中也收集唐人的歌謠，
包括「歌」、「讖記」、「語」、「諺謎」、「謠」、「酒令」等
項，可謂繼宋·郭茂倩《樂府詩集》之後，對唐人的歌謠，做第二
次的蒐集工作。考《樂府詩集》和《全唐詩》資料的來源，便是
來自於唐代的史籍，以及唐人的詩文集。因此，《全唐詩》所收錄
唐代民間歌謠與《樂府詩集》所收錄的，有重複的現象，今去其重
複，收列於下：

1.〈雒縣輿人誦〉

　　我有聖帝撫令君，遭暴昏椓悼寡紛，民戶流散日月曛，

　　君去來兮惠我仁，百姓蘇矣見陽春。

2.〈桑條歌〉

　　桑條韋也，女時韋也樂。

3.〈景龍中嘲宰相歌〉

　　禮賢不解開東閣，燮理惟能閉北門。

4.〈選人歌〉

　　今年選數恰相當，都由座主無文章。案後一腔凍豬肉，
　　所以名為姜侍郎。

5.〈魯城民歌〉

　　魯地抑種稻，一概被水沫。年年索蟹夫，百姓不可活。

6.〈王法曹歌〉

　　前得尹佛子，後得王癩獺。判事驢咬瓜，喚人牛嚼沫。
　　見錢滿面喜，無鏺從頭喝。常逢餓夜叉，百姓不可活。

7.〈得寶歌〉

　　得寶耶，弘農耶。弘農耶，得寶耶。

8.〈袁仁敬歌〉

　　天不恤冤人兮，何奪我慈親兮。有理無申兮，痛哉安訴
　　陳兮。

9.〈京兆二尹歌〉

　　前尹赫赫，具瞻允若。後尹熙熙，具瞻允斯。

10.〈黃州左公歌〉

　　我欲逃鄉里，我欲去墳墓。左公今既來，誰忍棄之去。
　　吾鄉有鬼巫，惑人人不知。天子正尊信，左公能殺之。

11. 〈舒州人歌〉

鄰邑穀不登，我土豐粢盛。禾稼美如雲，實繫我使君。

12. 〈建州人歌〉

令我州郡泰，令我戶口裕，令我活計大，陸員外。
令我家不分，令我馬成群，令我稻滿困，陸使君。

13. 〈吳人歌〉

朝判長洲暮判吳，道不拾遺人不孤。

14. 〈汴州人歌〉

濁流洋洋，有闢其郛，聞道嚾呼，公來之初。今公之
歸，公在喪車。公既來止，東人以完。今公歿矣，人誰
與安。

15. 〈建昌民歌〉

我有父，何易於。昔無儲，今有餘。

16. 〈巴州薛刺史歌〉

日出而耕，日入而歸。吏不到門，夜不掩扉。有孩有
童，願以名垂。何以字之，薛孫薛兒。

17. 〈高苑令歌〉

高苑之樹枯已榮，淄川之水渾已澄，鄰邑之民仆已行。

18. 〈九龍帳歌〉

誰謂九龍帳，惟貯一歸郎。

19. 〈偽蜀鴛鴦樹歌〉

願作墳上鴛鴦，來作雙飛，去作雙歸。

20. 〈曲江遊人歌〉

春光且莫去，留與醉人看。

21.〈蜥蜴求雨歌〉

　　蜥蜴蜥蜴，興雲吐霧。雨若滂沱，放汝歸去。

22.〈輓歌〉

　　紅輪決定沉西去，未委魂靈往那方？

23.〈唐受命讖〉

　　法律存，道德在，白旗天子出東海。

24.〈桃李子歌〉

　　桃李子，莫浪語，黃鵠繞山飛，宛轉花園裡。

　　桃花園，宛轉屬旌幡。

　　桃李子，鴻鵠繞陽山，宛轉花林裡。莫浪語，誰道許。

　　桃李子，洪水繞楊山。

25.〈李花謠〉

　　江南楊柳樹，江北李花榮。楊柳飛綿何處去？李花結果
　　自然成。

26.〈安祿山古讖〉

　　兩角女子綠衣裳，端作太行邀君王，一止之月必消亡。

27.〈普滿題潞州佛舍〉

　　此水連涇水，雙珠血滿川。青牛將赤虎，還號太平年。

28.〈南省北街人吟〉

　　放牓只應三月暮，登科又校一年遲。

29.〈洛城五鳳樓歌〉

　　天津橋畔火光起，魏王堤上看洪水。

30.〈清泰三年歌〉

　　丙申年，數在五樓前。但看八九月，胡虜亂中原。

31.〈杭州還鄉和尚唱〉

　　還鄉寂寂杳無蹤，不掛征帆水陸通，躡得故鄉回地穩，
　　更無南北與西東。

32.〈高宗時語〉

　　左相宣威沙漠，右相馳譽丹青。
　　三館學生放散，五台令史明經。

33.〈時人爲李義甫語〉

　　今日巨唐年，還誅四凶族。

34.〈洛州語〉

　　洛州有前賈後張，可敵京兆三王。

35.〈江淮間語〉

　　貴如許郝，富若田彭。

36.〈河北語〉

　　唯此兩何，殺人最多。

37.〈李昭德爲王弘義語〉

　　昔聞蒼鷹獄吏，今見白兔御史。

38.〈京洛語〉

　　衣裳好，儀貌惡。不姓許，即姓郝。

39.〈吏人語〉

　　不畏侯卿杖，惟畏尹卿筆。

40.〈舉子語〉

　　槐花黃，舉子忙。

41. 〈明經進士語〉

    三十老明經，五十少進士。

42. 〈舉場語〉

    欲入舉場，先問蘇張。蘇張猶可，三楊殺我。

43. 〈唐末五代人語〉

    及第不必讀書，作官何須事業。

44. 〈馬周疏引俚語〉

    貧不學儉，富不學奢。

45. 〈杜甫引俚語〉

    城南韋杜，去天尺五。

46. 〈孫光憲瑣言引古語〉

    乘船走馬，去死一分。
    好事不出門，惡事行千里。

47. 〈滄州語〉

    不戴金蓮花，不得到仙家。

48. 〈佛書引語〉

    赤腳人趁兔，著靴人吃肉。

49. 〈李勣引諺別張文瓘〉

    千里相送，終於一別。

50. 〈路勵行引諺〉

    一人在朝，百人緩帶。

51. 〈郝南容引諺〉

    三公後，出死狗。

52.〈代宗引諺〉

　　不癡不聾，不作阿家阿翁。

53.〈鬼門關諺〉

　　鬼門關，十人去，九不還。

54.〈王彥章引諺〉

　　人死留名，豹死留皮。

55.〈李振引諺〉

　　百歲奴事三歲主。

56.〈孫光憲北夢瑣言引諺〉

　　小舅小叔相追相逐。

57.〈鹽鐵諺〉

　　揚一益二。

58.〈湖州里諺〉

　　放爾生，放爾命，放爾湖州作百姓。

59.〈江右四郡諺〉

　　筠袁贛吉，腦後插筆。

60.〈徐聞諺〉

　　欲拔貧，詣徐聞。

61.〈隴西諺〉

　　郎驅女驅，十馬九駒。安陽大角，十牛九犢。

62.〈荊棺峽諺〉

　　九子不葬父，一女打荊棺。

63.〈南中諺〉

　　秋收稻，夏收頭。

64.〈事狐神諺〉

　　無狐魅，不成村。

65.〈俗諺〉

　　白日無談人，談人則害生。昏夜無說鬼，說鬼則怪至。

66.〈咸亨後謠〉

　　莫浪語，阿婆嗔，三叔聞時笑殺人。

67.〈調露初京城民謠〉

　　側堂堂，撓堂堂。

68.〈李敬玄謠〉

　　洮河李阿婆，鄯州王伯母，見賊不敢鬥，總由曹新婦。

69.〈楊柳謠〉

　　楊柳楊柳漫頭駝。

70.〈裴炎謠〉

　　一片火，兩片火，緋衣小兒當殿坐。

71.〈武后長壽元年民間謠〉

　　補闕連車載，拾遺平斗量。杷槌侍御史，碗脫侍中郎。

　　〈續謠〉

　　評事不讀律，博士不尋章。糊心宣撫使，眯目聖神皇。

72.〈天樞謠〉

　　一條麻索挽，天樞絕去也。

73.〈武后時謠〉

　　張公喫酒李公醉。

74.〈吏部謠〉

　　岑愔獠子後，崔湜令公孫，三人相比校，莫賀咄骨渾。

75.〈黃犢子謠〉

　　黃涂朽犢子挽紉斷，兩腳蹋地鞋縴斷。

76.〈羊頭山謠〉

　　羊頭山北作朝堂。

77.〈金橋童謠〉

　　聖人執節度金橋。

78.〈楊氏謠〉

　　男不封侯女作妃，看女卻為門上楣。

79.〈神雞童謠〉

　　生兒不用識文字，鬥雞走馬勝讀書。賈家小兒年十三，
　　富貴榮華代不如。能令金距期勝負，白羅繡衫隨軟輿。
　　父死長安千里外，差夫治道輓喪車。

80.〈兩京童謠〉

　　不怕上蘭單，惟愁答辨難。無錢求案典，生死任都官。

81.〈張權輿作裴度偽謠〉

　　非衣小兒坦其腹，天上有口被驅逐。

82.〈馬僕射謠〉

　　齋鐘動也，和尚不上堂。

83. 〈黃巢軍中謠〉

逢儒則肉師必覆。

84. 〈山陰老人偶謠〉

欲識聖人姓，千里草青青。欲識聖人名，日從日上生。

85. 〈胡楚賓謠〉

胡楚賓，李翰林，詞同三峽水，字值雙南金。

86. 〈後唐軍士謠〉

除去菩薩，扶立生鐵。

87. 〈周顯德中齊州謠〉

蹋陽春，人間二月雨和塵，陽春蹋盡西風起，腸斷人間
白髮人。

88. 〈天祐中江南童謠〉

東海鯉魚飛上天。

89. 〈真人謠〉

有一真人在冀川，開口持弓向外邊。

90. 〈李後主童謠〉

索得娘來卻忘家，後園桃李不生花。豬兒狗兒都死盡，
養得貓兒患赤瘕。

91. 〈秦人竹貓謠〉

貓貓引黑牛，天差不自由。但看戊寅歲，揚在蜀江頭。

92. 〈湖南童謠〉

湖南城郭好長街，竟栽柳樹不栽槐。百姓奔竄無一事，
只是椎芒織草鞋。

93.〈湘中童謠〉

馬去不用鞭，咬牙過今年。

94.〈長沙童謠〉

三羊五馬，馬子離群，羊子無舍。

95.〈招手令〉

亞其虎膺，曲其松根。以蹲鴟間虎膺之下，以鉤戟差玉柱之旁。潛虯闊玉柱三分，奇兵闊潛虯一寸。死其三洛，生其五峰。

96.〈打令口號〉

送搖招，由三方，一圓分成四片，送在搖前。

97.〈龍朔中酒令〉

子母相去離，連台拗倒。

98.〈沈亞之〉

伐木丁丁，鳥鳴嚶嚶。東行西行，遇飯遇羹。人
如切如磋，如琢如磨。欺客打婦，不當妻羅。亞之

99.〈令狐楚顧非熊〉

水裏取一鼈，岸上取一駝。將者駝來馱者鼈，是為駝馱
鼈。楚
屋裏取一鴿，水裏取一蛤。將者鴿來合者蛤，是謂鴿合
蛤。非熊

100.〈張祜〉

上水船，風大急。帆下人，須好立。綯
上水船，船底破。好看客，莫倚柁。祜

101.〈盧發〉

十姓胡中第六胡，也曾金闕掌洪爐。少年從事誇門第，
莫向尊前氣色粗。白

十姓胡中第六胡，文章官職勝崔盧。暫來關外分優寄，
不稱賓筵語氣粗。發

102.〈沈詢〉

莫打南來雁，從他向北飛。打時雙打取，莫遣兩分離。

103.〈方干李主簿改令〉

措大喫酒點鹽，將軍喫酒點醬。只見門外著籬，未見眼
中安鄣。方

措大喫酒點鹽，下人喫酒點鮓。只見半臂著欄，不見口
脣開袴。李

　　《全唐詩》所收集的民歌，來自於新、舊《唐書》，以及唐人
的詩文集、筆記、傳奇小說，故其中有雜言的諺語、俗話，甚至有
流行民間的酒令、詼諧語，這些已不是「歌」，而是徒歌的「謠」
了。至於文人合樂的歌詞，尚不收列在內。

## （三）《敦煌曲校錄》、《敦煌歌辭總編》所記載的

　　敦煌千佛洞藏經室的發現，是在清光緒二十五年（西元
一八九九），距今超過一百年，其中藏書的總量約三萬多個卷子，
與文學有關的作品，有唐人的詩，晚唐五代的詞，而大部分的資
料，是唐人的通俗文學，如變文、俗賦、話本、曲子詞之類。這些
作品，大都取材於民間歌謠、傳說、歷史故事，或佛教的經典、故
事。這類作品，在傳統文學的藝術價值上，評價雖不高，但它們在
俗文學的地位中，卻代表了唐人的說話、講唱、歌謠等主要的民間
文藝。

　　本文所討論的，只在敦煌曲子詞的部分，在這一百多年來，從事整理這類的書籍，有王國維的《雲謠集雜曲子三十首》、《敦煌零拾》、劉復的《敦煌掇瑣》、許國霖的《敦煌雜錄》、王重民的《敦煌曲子詞集》、《雲謠集雜曲子》以及任二北的《敦煌曲校錄》、《敦煌曲初探》、《敦煌歌辭總編》、高國藩的《敦煌曲子詞欣賞》、《敦煌曲子詞欣賞續編》、饒宗頤的《敦煌曲》、《敦煌曲續編》、潘重規的《敦煌雲謠集新書》、杜少春主編的《唐敦煌曲子詞名篇欣賞》等等。在這些輯錄本中，以任二北先生所收錄的《敦煌曲校錄》、《敦煌歌辭總編》資料篇幅之完備，較受學界矚目。

　　《敦煌曲校錄》於一九五五年由上海文藝聯合出版社出版，共收有唐人的俗曲謠詞，凡五十六種曲調，佚名曲調數種，歌詞五百四十五首。因全書均為唐人的民間歌謠，故不再一一抄錄於後，僅錄該書首尾兩種曲調歌詞做代表：

　　〈鳳歸雲‧閨怨〉（斯1441　伯2838　《敦煌零拾》）[1]
　　征夫數載，萍寄他邦，去便無消息，累換星霜。月下愁聽砧杵起，塞雁南行。孤眠鸞帳裡，枉勞魂夢，夜夜飛颺。　想君薄行，更不思量。誰為傳書與，表妾衷腸。倚牖無言垂血淚，暗祝三光。萬般無奈處，一爐香盡，又更添香。

　　〈劍器辭‧上秦王〉（斯6537）
　　皇帝持刀強，一一上秦王。鬥賊勇勇勇，擬欲向前湯。

---

[1]　案：敦煌卷子編號：字首著「伯」者為巴黎圖書館藏，字首著「斯」者為倫敦圖書館藏，另字首著「鳥」、「周」、「制」、「文」等為北京圖書館藏。（詳見任二北《敦煌曲校錄‧卷子編號一覽表》）

　　應手三五個，萬人誰敢當？從家緣業重，終日事三郎。

　　丈夫氣力全，一個擬當千。猛氣衝心出，視死亦如眠。
彎弓不離手，恆日在陣前。譬如鶻打雁，左右悉皆穿。

　　排備白旗舞，先自有由來。合如花焰秀，散若電光開，
喊聲天地裂，騰踏山岳摧。劍器呈多少，渾脫向前來。

　　任二北另一著作《敦煌歌辭總編》，一九八七年由上海古籍出版社出版，堪稱近代研究敦煌曲子詞的有力巨著之一，是一部收輯敦煌寫卷中全部歌辭的歌辭總集；內容分〈雲謠集雜曲子〉三十三首，〈隻曲〉一一七首，〈普通聯章〉六十三組三九九首，〈定格聯章〉三十二套三一三首，〈長篇定格聯章〉一套一三四首，和〈大曲〉五套二十首，共七卷，並〈補遺〉一章十三首，總計收錄一千餘首，並附載有對敦煌詞曲中禪宗與淨土宗、北方音與文獻、〈泛龍舟〉、〈曲子還京洛〉及其句式，以及大足石刻父母恩重經變像與敦煌音樂文學的關係研究。全書對歌辭所作的考究論述詳細，常有精闢新穎的觀念，反映了敦煌學研究的成果。
　　較為特殊的是，書中收輯了大量佛教、道教詞曲，尤其是佛教詞曲占了極大的比重，如〈五更轉〉、〈十二時〉、〈百歲篇〉等，大多以定格聯章的體裁表現；它們都是民間流行歌辭，琅琅上口，對宣揚佛教具有一定的效果。[2]由於《敦煌歌辭總編》收錄材料的完備，在反映時代全貌的意義上更加真切而深刻，在敦煌曲的

---

[2] 關於書中佛教聯章辭的大量收入，部分學者對這些宗教性詞曲不以為然，認為有為佛教張目之嫌，不具學術意義；此論尤以大陸學者為烈。然筆者認為，就文學角度而言，此類作品具有強烈的民間性，其通俗與活潑的特徵，對研究當時之社會脈絡、民情風俗與驗證詞曲發展的軌跡上，在在都有不可忽視的價值力量。

研究上具有重大的學術價值。現摘錄數首於其下：

〈臨江仙‧求仙〉（斯2607）

不處囂塵千百年，我於此洞求仙。坐□行遊策杖，策杖
也，尋溪聽流泉。　神方求盡願為丹，夜深長舞爐前。
□□□□登雲，登雲也，□□□□□。

〈謁金門‧仙境美〉（伯3821）

仙境美，滿洞桃花綠水。寶殿瓊樓霞閣翠，六銖常掛
體。　悶即天宮遊戲，滿酌瓊漿任醉。誰羨浮生榮與
貴，臨迴看即是。

以上二首為道曲，收錄於書中卷二部分，下為佛教詞曲：

〈失調名‧斷諸惡〉（斯4277）

□□斷諸惡，細細詺貪嗔。若使如羅漢，即自絕囂塵。
　將刀且割無明暗，復用利劍斷親姻。究竟涅盤非是
遠，尋思寂滅即為鄰。中是眾生不牽致，所以沉淪罪業
深。努力遵三寶，何處不全身。

〈失調名‧見真時〉（斯4037　伯2952）

往日修行時，忙忙為生死。今日見真時，生死尋常事。
見他生，見你死，反觀自身亦如此。

〈失調名‧勸諸人一偈〉（斯3017　伯3409）

勸君學道莫言說，言說性恆空。不斷貪癡愛，坐禪浪用
功。　用功計法數，實是天愚庸。但得無心想，自合太

虛空。

　　就以上所統計，唐人現存的民間歌謠，就曲調而言，不下四百
餘種；就歌詞而言，《樂府詩集》收錄的有八十一首，《全唐詩》
收錄的有一百零三首，《敦煌曲校錄》收錄的有五百四十五首，合
計七百二十九首，《敦煌歌辭總編》匯集的詞曲更高達一千三百餘
首，而文人仿製的樂府民歌，還不計算在內，真可以說是資料豐富
極了。

第三章

唐代民間歌謠發生的原因及其社會背景

　　唐代民間歌謠的繁盛，固然是文學本身發展的結果；同時，也決定於當時的社會背景。

　　唐代的社會，是繁殖民間歌謠的溫床，無論從文學的、政治的、經濟的、宗教的、風俗的、音樂的立場來看，都助長了民間歌謠的發展。因此，要探討唐代民間歌謠發生的原因，可以從唐代的社會型態找到線索。另一方面，從唐代的歌謠中，也可以了解這些歌謠產生的原因和它的社會背景。

　　唐代是我國詩歌的黃金時代，它繼承了先秦的《詩經》、《楚辭》、漢賦，魏晉的古詩，六朝清樂民歌的精神，下開五代、兩宋的詞，元曲，明清的講唱文學，淵遠流長，匯成我國韻文學壯大的波瀾。

　　探討唐詩興盛的原因，可以說是唐代的民間歌謠特別繁盛，作為唐詩興盛的原動力。一般人提到唐詩，是指文人的詩作，而忽略了唐代的民間歌謠；其實，民間無名氏的歌謠，是一股無比的力量，支持著唐詩的繁華。所以民間的俗文學，永遠是正統文學的根，好的文學，往往是來自民間，影響著整個時代。

　　唐代的社會，是個普遍重視詩歌的時代，唐人喜歡歌唱，從詩歌中，他們表現了活躍的生命力，從歌聲中，他們抒唱出熱情和願望。從《全唐詩》所收錄的詩歌來看，其中除了帝王、妃子、官員、文人的作品外，還有漁樵、宮人、隱士、和尚、道士、尼姑、歌妓、商人，以及無名氏的作品，足證唐代任何階層人士，對詩歌的愛好，已成普遍的風氣。在傳奇小說中，他們也經常引用詩歌，敦煌的俗講變文、曲子詞，或其他通俗文學中，也大量運用五言、七言詩作為唱詞，這種現象已說明了唐代的詩歌，已不是文人的專利品。唐詩不僅是君主、王侯所喜愛的文藝作品，且為文人進階得祿的敲門磚，所謂「丹霄路在五言中」，不是虛言。唐人特別重視進士的考試，在進士的考試中，詩歌是其中一項重要的內容，時諺有云：「三十老明經，五十少進士。」在利祿的引誘下，上下相扇成風，蔚成唐朝詩歌輝煌的成就。

　　加以唐朝國力強盛，版圖擴大，經濟的繁榮，商業的鼎盛，都市的興起，仕宦商旅往來頻繁，歌館茶樓普遍設立，都有助於唐代歌謠的發展。尤其西域諸國的歸附入貢，促成胡漢民族的融合，文化的交流，造成胡樂夷歌的大量輸入中原，使唐代的詩歌，增加了四方的異彩。

　　民歌的發生，原始的作品多半保留著民間素樸與粗俗的情調，但傳唱久遠之後，往往經人們的口加以改纂或增飾，如今被記錄下來的歌詞，多半經樂工或文人潤色過，然後作為宮廷、市井的娛樂品。有些更配上舞蹈的場面，現存的唐代歌謠中，除了一些雜曲是比較原始的以外，其他如法曲、大曲，已經是比較「進化」的民歌了。

　　探溯唐代民間歌謠發生的原因及其社會背景，約可歸納為下列數端：

## （一）淵源於前朝的俗樂舊曲

　　任何朝代的民歌，都繼承了前朝舊有的樂曲，唐代也不例外。唐代朝廷用樂，沿用隋朝舊有的制度，分「雅樂」和「俗樂」兩大類。

　　唐高祖開國，武德九年，命祖孝孫、竇璡修定雅樂。太宗貞觀三年，祖孝孫上奏云：「陳梁舊樂，雜用吳楚之音；周齊舊樂，多涉胡戎之伎。」[1]於是參考南北朝的舊音，而作大唐雅樂三十一曲，配合郊祭朝宴之用。後又命張文收、呂才加以修訂，於是唐代的雅樂才趨於完備。

　　其次，唐代的俗樂，包括朝野所用的燕樂。所謂「燕樂」，便是與雅樂相對的俗樂。唐代的燕樂，初沿隋代的九部樂，後增「高昌伎」，為十部樂。《新唐書‧禮樂志》云：

---

[1]　後晉‧劉昫等著：《舊唐書》，鼎文書局（新校本），1979年，卷28，頁1041。

高祖即位，仍隋制，設九部樂，〈燕樂伎〉，樂工、
舞人無變者。〈清商伎〉……〈西涼伎〉……〈天
竺伎〉……〈高麗伎〉……〈龜茲伎〉……〈安國
伎〉……〈疏勒伎〉……〈康國伎〉……工人之服皆從
其國。隋樂，每奏九部樂終，輒奏〈文康樂〉，……太
宗時命削去之，其後遂亡。及平高昌收其樂……自是初
有十部樂。[2]

　　唐代民間所流傳的前朝舊曲，多爲清商樂，從唐書或唐代詩人
仿製的樂府詩中，可知前朝的歌，仍然傳唱在人們口中，爲數尚不
在少數。《舊唐書·音樂志》云：

隋平陳，因置清商署，總謂之《清樂》。遭梁陳亡亂，
所存蓋鮮，隋室以來，日益淪缺，武太后之時，猶有
六十三曲。今其辭存者，惟有〈白雪〉、〈公莫舞〉、
〈巴渝〉、〈明君〉、〈鳳將雛〉、〈明之君〉、〈鐸
舞〉、〈白鳩〉、〈白紵〉、〈子夜〉、〈吳聲四時
歌〉、〈前溪〉、〈阿子〉及〈歡聞〉、〈團扇〉、
〈懊憹〉、〈長史〉、〈督護〉、〈讀曲〉、〈烏夜
啼〉、〈石城〉、〈莫愁〉、〈襄陽〉、〈棲烏夜
飛〉、〈估客〉、〈楊伴〉、〈雅歌〉、〈驍壺〉、
〈常林歡〉、〈三洲〉、〈採桑〉、〈春江花月夜〉、
〈玉樹後庭花〉、〈堂堂〉、〈泛龍舟〉等三十二曲。
〈明之君〉、〈雅歌〉各二首，〈四時歌〉四首，合

---

[2] 宋·歐陽修、宋祁著：《新唐書》，鼎文書局（新校本），1989年，卷21，頁469。

三十七首。又七曲有聲無辭，〈上林〉、〈鳳雛〉、
〈平調〉、〈清調〉、〈瑟調〉、〈平折〉、〈命
嘯〉，通前為四十四曲存焉。③

唐代民間所流傳的前朝舊曲，大抵為南朝清商曲，也就是長江流域
一帶的民歌，以〈吳歌〉和〈西曲〉為主，到武后時，尚有六十三
曲。今其辭尚可見，多保留在《樂府詩集》卷四十四到卷五十一
中，且有唐代詩人的仿製。所以唐代的民歌，有淵源於前朝的樂曲
俚謠的。

## （二）本源於本土發生的新歌

　　每個時代，都有本土發生的歌謠，這是自然的現象，根源於
民心的需要，由人們的口中唱出，然後流傳各地。這類民歌，往
往帶有濃厚的鄉土本色，其中且以情歌為多。例如《樂府詩集》卷
四十七所載的〈黃竹子歌〉：

　　　　江邊黃竹子，堪作女兒箱。一船使兩槳，得娘還故鄉。

這是發生在長江流域的情歌，借黃竹子起興，用黃竹子編成箱子，
是當時女子最通用的嫁奩，男的有了這些箱子，便可迎得一門親
事，與新婦同船載回故鄉。因此這是一首由男子口吻所唱的情歌。
　　又如〈江陵女歌〉：

　　　　雨從天上落，水從橋下流。拾得娘裙帶，同心結兩頭。

這也是男子口吻所唱的情歌，希望在河邊拾得女子的裙帶，因此永

---

結同心，結爲連理。此歌謠末句，還巧妙地使用同字諧音雙關語，一指「同心」帶，一指情人的結「同心」。郭茂倩《樂府詩集》引唐‧李康成曰：「〈黃竹子〉、〈江陵女歌〉，皆今時吳歌也。」可知這兩首民歌，是受吳聲歌曲的影響所產生的歌謠，而〈江陵女歌〉還是發生在江陵的地方，江陵，今湖北省江陵縣，在長江的三峽口。

其他像白居易、劉禹錫所仿製的〈楊柳枝〉、〈竹枝〉，也是唐朝本土所發生的民歌。〈楊柳枝〉，古曲有兩種：一爲胡歌，乃梁鼓角橫吹曲；一爲華聲，如相和大曲的〈折楊柳行〉及清商曲中的〈月節折楊柳歌〉，初唐賀知章等早有其作，故張祜詩云：「莫折宮前楊柳枝，玄宗曾向笛中吹。」其後，白居易新翻入健舞曲，已非舊聲。甚至又塡以和聲，成爲長短句，敦煌曲又加襯字，已是中唐以後，流行很廣的新生的民歌。〈竹枝〉也有兩種：唐‧馮贄《雲仙雜記》云：「張旭醉後唱〈竹枝曲〉，反覆必至九回，乃止。」此爲《教坊記》中的〈竹枝子〉，旭爲盛唐間人，所唱的與貞元間劉禹錫改訂建平的民歌〈竹枝詞〉，當不相同。這些是發生本土的情歌，被當時的文人所增飾，可惜原始的本辭已佚；不然，更可以瞭解巴楚一帶民歌「含思宛轉」的特色了。今引劉禹錫的〈竹枝詞〉一首，以見一斑：

> 山桃紅花滿上頭，蜀江春水拍山流。花紅易衰似郎意，水流無限似儂愁。

雖是民歌的仿製品，依然含有健康明朗的情緒，濃厚的地方色彩，「山桃」、「春水」，鄉土本色；「郎意」、「儂愁」，民歌式的道情，拿花紅易謝，比喻郎意的易變；借水流無限象徵儂愁的無窮，造情雋永，意象鮮明，極富民歌風味。

大抵民間有怎樣的生活，便有怎樣的歌謠。靠山的地方有山

歌樵歌，靠水的地方有漁歌棹歌，因征戰災難便有離歌別歌，因民情習俗便有這類風土人情的歌。這是本土發生的歌謠，本源於民間生活的習俗。例如：有關鄉村操作的農歌，有〈採桑歌〉、〈採蓮子〉、〈拾麥子〉。有關水澤舟子的漁歌棹歌，洗礦者的歌，有〈漁歌子〉、〈摸魚子〉、〈撥棹子〉、〈浣溪沙〉，有關戰爭徭役的歌，有〈歎疆場〉、〈怨胡天〉、〈臥沙堆〉、〈送征衣〉。有關民間故事的歌，有〈別趙十〉、〈踏謠娘〉、〈憶趙十〉、〈濮陽女〉。有關民間風俗的歌，有〈拜新月〉、〈七夕子〉、〈看月宮〉。這些俗歌雜曲，都是來自廣大的民間，作為社會真實的反映，民間生活的寫照；人們因時遇物而發，傳唱民間共同的遭遇，申訴民間共同的願望。所以唐代的民歌，有的是發生於本土的民歌，來源於人們真實生活的寫照。

## （三）由於唐代君主愛好詩歌

　　唐代的君主，普遍重視詩歌，於是民間詩歌興盛，歌謠流行。唐太宗是個雅好詩歌的帝王，他的媳婦武后，也是個愛好詩歌的君主，於是種下了唐代詩歌興盛的因，到玄宗時，更推波助瀾，促成唐代詩歌繁榮的果。帝王和群臣宴樂賦詩，屢見於記載，如《唐詩紀事》卷一云：

> 貞觀六年九月，帝幸慶善宮，帝生時故宅也。因與貴臣宴，賦詩。起居郎請平宮商，被之管絃，命曰〈功成慶善樂〉，使童子八佾為九功之舞，大宴會，與〈破陣舞〉偕奏於庭。

又《全唐詩話》云：

> 帝嘗作宮體詩，使虞世南賡和，世南曰：「聖作誠工，

　　然體非雅正，上有所好，下必有甚焉，恐此詩一傳，天
　　下風靡，不敢奉詔。」帝曰：「朕試卿爾。」

唐太宗在位二十三年，時在七世紀初葉，朝廷所奏的〈破陣樂〉，
是舞曲，是當時樂官呂才利用民歌所配製的樂曲，虞世南、魏徵所
製的歌詞，且太宗賦宮體詩，輕豔而非雅正，便近於俗樂俚詞，可
知太宗是個愛好俗曲的帝王。武后宴群臣，宋之問賦詩最佳，曾
獲御賜錦袍。玄宗時，繼貞觀之後，而有開元之治，在位四十一年
（西元七一三─七五五），是為盛世，四海晏平，歌舞鼎盛，加以
玄宗深愛俗樂，又能度曲，自是民間歌謠越發繁富，宮中除了設有
「教坊」外，更立「皇帝梨園弟子」。程大昌《演繁露》云：

　　開元二年，玄宗以太常禮樂之司，不應典倡優雜樂，乃
　　更置左右教坊以教俗樂，命左右驍衛將軍范及為之使。

唐・崔令欽撰《教坊記》著錄曲調名，以記其盛。又《舊唐書・音
樂志》云：

　　玄宗又於聽政之暇，教太常樂工子弟三百人，為絲竹之
　　戲，音響齊發，有一聲誤，玄宗必覺而正之，號為皇帝
　　弟子，又云梨園弟子，以置院近於禁苑之梨園。太常又
　　有別教院，教供奉新曲。太常每凌晨，鼓笛亂發於太樂
　　署。別教院廩食常千人，宮中居宜春院。④

在玄宗時代，音樂發達，俗歌盛行，甚至文人仿製樂府民歌，以迎

--------

④　同註1，卷28，頁1051。

合當時的風氣。李白的〈清平調〉，讚楊貴妃的「名花傾國」，傳為美談；李嶠的〈汾陰行〉，感「富貴榮華」的無常，玄宗許他為「真才子」；王翰家蓄妓樂，歌舞為歡，自比王侯。足見朝野歌舞、雜伎之盛，蓋「上有所好，下必有甚焉」。

　　其後，肅宗、代宗、德宗、文宗、宣宗、昭宗等唐代帝王，也很重視詩歌。如王維死後，代宗曾關心他詩集的編纂工作；白居易的逝世，宣宗曾賦詩悼念。加以唐代科舉，以詩取士，造成唐人熱愛詩歌，民間歌謠不斷發生，所以由於帝王的愛好詩歌，刺激了民間歌謠的興盛。

## （四）由於胡漢文化的交流

　　唐代國力強盛，東征西討，聲威遠播，四方夷邦，都來歸順，如契丹、突厥、高昌、吐谷渾、吐蕃，入貢稱臣，甚至占婆（即林邑）、真臘（今柬埔寨）、扶南（今泰國東部）、婆利（今婆羅洲）、訶陵（今爪哇）、室利佛逝（今蘇門答臘）等二十餘國，也來朝貢。於是造成胡漢文化的交流，民族的融合；同時，促使唐代民族更為活躍，充滿了樂觀進取的精神，於是中國的傳統文化，不論建築、雕刻、繪畫、詩歌、音樂、舞蹈，乃至日常生活的飲食、服飾都受外來文化的影響，而起了重大的變化和發展。尤其在詩歌、歌舞方面，更為豐富飽滿。由於胡樂大量的輸入，造成唐代朝野歌舞的繁盛。

　　考胡樂大量輸入的原因，約有下列幾點：

1. 唐代國力的強盛，行役戍守邊塞的壯丁，把塞外的樂器、歌謠帶回本土，傳入民間。
2. 中外交通的頻繁，商旅使節往來，把四方夷邦的土風民歌，帶入中原，於是胡歌蠻樂流行。
3. 唐太宗、高宗和武后之時，設置都護府以統馭邊疆各部族，玄宗時，又沿邊域改置十節度使。當時的都護府和節度使除了進貢當地的特產外，並將當地的樂府舞曲也獻給

朝廷，作爲宮廷的娛樂品，如〈婆羅門舞〉、〈霓裳羽衣曲〉、〈菩薩蠻〉隊，便是顯著的例子。

4. 胡樂曲調音色優美，大受朝野人們所喜愛、所歡迎。

除了夷歌胡樂大量輸入中土外，在樂器方面，也有大的改變，如羌笛、觱篥（亦稱蘆管）、琵琶、羯鼓、胡笳等西域的樂器，也大量傳入唐代的民間，爲人們所喜愛。於是繁絃雜管，配上傳統舊有的樂器，改變了音樂的領域。到處可以看到人們在唱夷歌，在操弄胡樂，杜甫〈閣夜詩〉云：「野哭千家聞戰伐，夷歌幾處起漁樵。」又李頎〈聽安萬善吹觱篥歌〉云：「南山截竹爲觱篥，此樂本自龜茲出。流傳漢地曲轉奇，涼州胡人爲我吹。」文化的交流，胡樂的輸入，促使唐代民間歌謠越發興盛。

## （五）由於社會經濟的繁榮

唐代從高祖開國，經太宗的開拓疆土，到玄宗的旰食宵衣，期間將近一百三十年，是唐朝的極盛時代，史稱「貞觀之治」、「開元之治」。由於唐代經濟繁榮，商業發達，仕宦商旅，往來頻繁，楚館秦樓，聲歌不輟，因此民間歌舞普遍，歌謠流行。

就以京都——長安而言，居民有三十餘萬戶，外來的胡商使者，往來不計其數。長安以外，大都市如洛陽、成都、揚州、廣州、涼州等地，也是非常繁華。〈鹽鐵諺〉有云：「揚一益二」，揚州向爲富庶之地，天下鹽商大賈多居於此，而益州即成都，是蜀錦、鹽、麻集散之所；故有「蜀麻吳鹽自古通」之譽，又詩云：「風煙渺吳蜀，舟楫通鹽麻。」以繁華來說，除了京都外，便要以這兩個地方爲數一數二了。涼州爲絲道必經之地，通西域、中東的重鎮；廣州爲南方海運新起的都會，凡是商旅所到的地方，歌謠便在那兒發生。

盛唐是昇平之世，民生樂利，資財富足，人們一遇節日，更是宴樂笙歌不已。《新唐書·食貨志》云：

貞觀初，戶不及三百萬，絹一匹易米一斗。至四年，米
斗四五錢，外戶不閉者數月，馬牛被野，人行數千里不
齎糧，民物蕃息，四夷降附者百二十萬人，是歲天下斷
獄，死罪者二十九人，號稱太平。[5]

又胡震亨《唐詩談叢》卷三：

唐時風習豪奢，如上元山棚，誕節舞馬、賜酺，縱觀萬
眾同樂，更民間愛重節序，好修故事，綵縷達於王公，
粔籹不廢俚賤，文人紀賞年華，概入歌詠。又其待臣
下，法禁頗寬，恩禮從厚，凡曹司休假，例得尋勝地讌
樂，謂之旬假，每月有之。遇逢諸節，尤以晦日、上
巳、重陽為重，後改晦日立二月朔為中和節，並稱三大
節。……凡此三節，百官游讌，多是長安、萬年兩縣，
有司供設，或徑賜金錢給費，選妓攜觴，幄幕雲合，綺
羅雜沓，車馬駢闐，飄香墮翠，盈滿於路。朝士詞人，
有賦，翌日，即流傳京師。當時倡酬之多，詩篇之盛，
此亦其一助也。[6]

從這段記載，可知唐人宴樂歌舞之盛，助長了歌舞的發展。且唐玄
宗晚年倦於朝政，深居遊宴，以聲色為娛，寵幸楊貴妃，奢靡益
甚，歌舞多雜胡樂，朝廷燕樂，用法曲、大曲。故後宮歌舞遊宴，
唐詩中屢有所見。洪邁《容齋詩話》卷五：

---

[5] 同註2，卷51，頁1344。

[6] 明·胡震亨著：《唐詩談叢》，臺灣商務印書館（《叢書集成簡編》本），1966年，卷
3，頁50。

　　唐開元、天寶之盛，見於傳記歌詩多矣，而張祜所詠尤
多，皆他詩人所未嘗及者。如〈正月十五夜燈〉云：
「千門開鎖萬燈明，正月中旬動帝京。三百內人連袖
舞，一時天上著詞聲。」〈上巳樂〉云：「猩猩血染繫
頭標，天上齊聲舉畫橈。卻是內人爭意切，六宮紅袖一
時招。」〈春鶯囀〉云：「興慶池南柳未開，太真先把
一枝梅。內人已唱〈春鶯囀〉，花下傞傞軟舞來。」又
有〈大酺樂〉、〈邠王小管〉、〈李謨笛〉、〈寧哥
來〉、〈邠娘羯鼓〉、〈退宮人〉、〈耍娘歌〉、〈悖
奴兒舞〉、〈阿鵠湯〉、〈雨霖鈴〉、〈香囊子〉等
詩，皆可補開、天遺事，絃之樂府也。[⑦]

玄宗時，「教坊」或「梨園」中所用的雜曲歌舞，大抵採自民間的
酒令、俚歌、俗樂，或採自四方的胡樂舞曲，有些經樂工增飾過、
潤色過，成為胡樂清樂混合的法曲，或經文士樂工編製，配合舞
蹈，且歌詞可唱數遍的大曲。像法曲和大曲，已是歌謠中的精製
品，娛樂性的成分高，已非小令小調自然樸拙的型態了。

　　天寶中衰，遭安祿山之亂，唐室元氣大傷，使民間俗樂蓬勃的
風氣，頓然消散。其後，歷肅宗、代宗、順宗，至憲宗約五十年，
使唐室又得以復甦，民間漸次安定，社會又成小康的局面，於是元
和年間，歌舞又盛，以迄於晚唐。是以社會經濟的繁榮，必產生大
量的歌謠。

### （六）由於宗教的興盛

　　唐代儒、道、佛三家並行，其中尤以佛教為盛。由於佛教的

---

⑦　宋・洪邁著：《容齋詩話》，廣文書局，1971年，卷5，頁185。

流傳，對變文及講唱文學也有很大的作用。從敦煌曲子詞的材料來看，約可分為本質不同的兩類歌謠：一類是屬於宗教性的讚偈；一類是屬於民間歌唱的雜曲。宗教性的讚偈佛曲，如〈散花樂〉：

奉請觀世音，<sub>散花樂</sub>；慈悲降道場，<sub>散花樂</sub>。
歛容空裡現，<sub>散花樂</sub>；忿怒伏魔王，<sub>散花樂</sub>。
騰身振法鼓，<sub>散花樂</sub>；勇猛現威光，<sub>散花樂</sub>。
手中香色乳，<sub>散花樂</sub>；眉際白毫光，<sub>散花樂</sub>。

這是在道場中用來讚頌觀世音的佛曲。他如〈好住娘〉、〈悉曇頌〉、〈出家樂讚〉等歌偈，是因為佛教的流行，教徒們為了宣傳教義，弘揚佛法，往往利用俚俗的歌謠，編製一些遷善改過，明辨三界之惡、淨土之好等內容，作為寺院道場演唱的佛曲。至於民間演唱的雜曲，與宗教的興衰沒有關連，那些多為道情的歌謠，其發生的原因，純出乎鄉土性的情歌。

　　唐代的朝廷，在宗教上，對儒、道、佛三家思想都很重視，科舉考試，儒、道經典都列為命題的範圍，佛教也得到武后、憲宗的提倡，其他宗教和學說也未受排斥。因此，民間除了佛教徒用以宣揚教義的佛曲外，還有儒、道徒所編的勸世、喻世的歌謠，也用敘事詩的方式來鋪述一則民間故事，以達勸世行善的效果。例如〈五更轉〉：

一更初，自恨長養枉生軀。耶娘小來不教授，如今爭識文與書。
二更深，《孝經》一卷不曾尋。之乎者也都不識，如今嗟嘆始悲吟。
三更半，到處被他筆頭算。縱然身達得官職，公事文書爭處斷。

四更長，晝夜常如面向牆。男兒到此屈折地，悔不《孝
經》讀一行。

五更曉，作人已來都未了。東西南北被驅使，恰如盲人
不見道。

此外，唐・趙璘《因話錄》卷四，有一段描寫文溆法師在寺廟
裡說故事、唱歌謠的情景：

有文溆僧者，公為聚眾譚說，假託經論。所言無非淫穢
鄙褻之事。不逞之徒，轉相鼓扇扶樹。愚夫冶婦，樂聞
其說，聽者填咽寺舍。瞻禮崇奉，呼為和尚，教坊效其
聲調，以為歌曲。[8]

像這類「和尚教坊」的歌謠，或俗俚不堪，或不登大雅，卻能抓住
民眾的心意和情緒，故能「聽者填咽寺舍」。可知有些民歌的發
生，是因緣於宗教流行的關係。

## （七）由於生活的反映或疾苦的呼聲

　　唐代雖稱盛世，民間因災禍離亂苛政等疾苦，依然產生不少生
活的、諷諭的歌謠。所謂「勞者自歌」，人們用歌聲作為生活疾苦
的調護劑，或「風者諷也」，人們借歌聲宣達內心的不平，以收諷
諭的效果，因此民間的歌謠不息。例如天寶中〈京兆謠〉：

欲得米麥賤，無過追李峴。

---

[8] 唐・趙璘著：《因話錄》，臺灣商務印書館（《叢書集成簡編》本），1966年，卷4，頁
　　25。

天寶中，李峴爲京兆尹，頗得人心。會連下六十多天雨，楊國忠把
這場災禍歸罪於李峴，並把峴貶爲長沙太守，當時京都米麥踊貴，
於是百姓歌此謠。又如〈神雞童謠〉：

> 生兒不用識文字，鬥雞走馬勝讀書。賈家小兒年十三，
> 富貴榮華代不如。能令金距期勝負，白羅繡衫隨軟輿。
> 父死長安千里外，差夫治道輓喪車。

賈昌年十三，因鬥雞而得寵，故有「鬥雞走馬勝讀書」的諷諭。

　　他如諷諭貪贓枉法者的歌謠，埋怨徭役繁重的謳謠，《廣神異
錄》中的〈兩京童謠〉：

> 不怕上藍單，唯愁答辯難。無錢求案典，生死都任官。

《敦煌掇瑣》中的〈男女有亦好〉：

> 男女有亦好，無時亦最精。既在愁他役，又恐點著征。
> 一則無租調，二則絕兵名。閉門無呼喚，耳裡拯星星。

前首很明白地控訴了官府衙門胡亂判案，貪贓枉法的行爲，後一首
對徭役、租稅的繁重深表不滿，提出抗議。因此，由於民間生活的
疾苦，世事的不平，也能產生歌謠。

　　總之，民間歌謠發生的原因，與當時的社會背景有密切的關
係。唐代民間歌謠，不外繼承前朝的舊樂，就如上流的水，必然流
到下流去，是根源於文學本身的發展。本土發生的歌謠，是沿乎
民情的渲洩，鄉土的、民俗的寫照。帝王的愛好詩歌，是政治的風
氣促使歌謠的興盛。胡樂的輸入，是胡漢文化交流、東西交通的結
果。社會經濟的繁榮，造成民間的尋歡作樂，歌謠興盛。宗教的流

行，因此有佛曲、道曲，以及勸世勸善的歌。民間疾苦的反映，於是有寫實的、諷諭的歌謠。唐代是詩歌的黃金時代，所以唐人的歌謠也有輝煌的成就和重大的發展。

第四章

唐代民間歌謠內容的探述

　　民歌的發生，往往有一定的時間，一定的地點，一定的背景；因此，每一首民歌，都有一則動人的本事。探討民歌的內容，從歌題本事入手，然後再瞭解歌詞的內容，以明發生的時代和流傳的區域，當時的社會背景，以及有關生活的、思想的、民俗的反映。

　　就以唐人的民間歌謠而言，有男女愛情的吟詠，有邊客遊子的嘆吟，忠臣義士的壯語，思婦閨怨的哀思，豪俠武勇的頌揚，隱君子怡情悅志的諷歌，少年學子的熱望與失望的歌，佛教道士的讚頌，醫生的歌訣，勸學勸世的謳歌，林林總總，莫不入歌，反映了唐代人們生活的實況，表現了怨偶、客子、征夫、思婦、豪俠、隱士、教徒、妓女、漁夫等各階層的社會現象，從這些歌謠中，窺知唐人生活的一斑。

　　一首古老的民歌，傳達了古代人們共同的意願，訴說了民間共同愛憎的態度，透過民間詩人豐富的想像，自然的抒吐，借大眾的語言，傳達大眾的情感，傳唱著一項美麗的傳說，或是一則傳奇的民間故事。雖然這些古老的歌，歌聲已遠，從歌詞中，依然悠悠地透出綿綿的餘情，從俚俗、簡樸的口語中，依然隱約地傳來活躍的神采，千載之下，沒有激情，沒有悲哀，只是更使人懷念，更使人惓綣不已。

　　今將唐代民間歌謠可考者，一一列述於下：

## 一、〈破陣樂〉

　　　受律辭元首，相將討叛臣。咸歌〈破陣樂〉，共賞太平人。

　　《樂府詩集》及《全唐詩》「樂章」均收有五言四句的〈破陣樂〉一首。〈破陣樂〉，始稱「秦王破陣樂」，是唐太宗為秦王

時，發生於軍中的一首民歌，樂署清商，內容是頌揚秦王作戰的英勇，戰無不克，故名為「破陣」。太宗即位後，始定為唐代第一樂曲，相當於近代國家的國歌。

關於此曲的本事，《舊唐書·音樂志》記載甚詳：

> 貞觀元年，宴群臣，始奏〈秦王破陣〉之曲。太宗謂侍臣曰：「朕昔在藩，屢有征討，世間遂有此樂。豈意今日登於雅樂，然其發揚蹈厲，雖異文容，功業由之，致有今日，所以被於樂章，示不忘於本也。」……其後令魏徵、虞世南、褚亮、李百藥改制歌辭，更名〈七德〉之舞，增舞者至百二十人，被甲執戟，以象戰陣之法焉。[1]

又云：

> 永徽二年十一月，高宗親祀南郊，黃門侍郎宇文節奏言：「依儀，明日朝群臣，除樂懸，請奏〈九部樂〉，上因曰：「〈破陣樂舞〉者，情不忍觀，所司更不宜設。」言畢慘愴久之。顯慶元年正月，改〈破陣樂舞〉為〈神功破陣樂〉。[2]

可知〈破陣樂〉最早發生於軍中，太宗時作為宴群臣的雅樂，在唐九部樂中列於「清樂」。其後經魏徵等改製為舞曲，又經高宗、玄宗、文宗三次修訂，已為大曲。

---

[1] 後晉·劉昫等著：《舊唐書》，鼎文書局（新校本），1979年，卷28，頁1045。
[2] 同註1，頁1046。

　　所謂「大曲」，爲歌舞相兼之曲，而一曲之中，常有數遍；即歌辭不只一組，是由好幾組歌辭組成的歌舞曲。今《敦煌曲校錄》亦收有〈破陣子〉四首，已是雙疊的長短句：

人去瀟湘
蓮臉柳眉休暈，青絲罷攏雲。暖日和風花帶媚，畫閣雕梁燕語新，捲簾恨去人。　寂寞長垂珠淚，焚香禱盡靈神。應是瀟湘紅粉繼，不念當初羅帳恩，拋兒虛度春。

又：

單于迷虜塵
日暖風輕佳景，流鶯似問人。正是越溪花捧豔，獨隔千山與萬津，單于迷虜塵。　雪落梅庭愁地，香檀枉注歌脣。攔徑萋萋芳草綠，紅臉可知珠淚頻，魚牋豈易呈？

又：

三邊無事
風送征軒迢遞，參差千里餘。目斷妝樓相憶苦，魚雁山川鱗跡疏，和愁封去書。　春色可堪孤枕，心焦夢斷更初。早晚三邊無事了，香被重眠比目魚，雙眉應自舒。

又：

軍帖書名
年少征夫軍帖，書名年復年。為覓封侯酬壯志，攜劍彎

弓沙磧邊，拋人如斷絃。　迢遞可知閨閣，吞聲忍淚
孤眠。春去春來庭樹老，早晚王師歸卻還，免教心怨
天。③

這四首〈破陣子〉，是從大曲〈破陣樂〉內摘來，因為大曲的樂章
有好幾組，民間流傳的，往往摘其中一章，為最精采、最動聽的，
填以新詞。這四首敦煌曲，內容上雖非征戰之歌，卻為閨怨思念遠
人的情歌。
　　〈破陣子〉是七世紀初葉發生的歌，始於太宗時代，以後流傳
各地，甚至傳到國外，遠達吐蕃。其舞為〈七德〉，還流入日本，
且歌譜、舞裝、舞具，皆有所傳。敦煌曲中的四首〈破陣樂〉，可
能是盛唐流行民間的歌謠。玄宗時，教坊中也演唱此曲，所以〈破
陣樂〉是唐朝流行朝野最著稱的清樂。

## 二、紫塞之歌

　　唐朝從高祖、太宗到玄宗，國力強盛，東征西討，不斷地開
拓疆土，於是有關紫塞之歌（即長城的歌謠）和邊塞的歌謠特別
發達。
　　歷代詩歌中，以長城為題材的作品，在文學史上占有鮮明的一
頁。其中謳歌塞外風光的壯麗，青年開拓邊土的熱情，士卒戍守朔
方的辛勞，以及征人家屬思念征夫的哀怨，都能撼人心魄，開闢詩
界的新蹊徑。例如文人所寫的邊塞詩：

　　吹角出塞門，前瞻即胡地。（皇甫冉〈出塞〉）

---

③ 任二北校：《敦煌曲校錄》，上海文藝聯合出版社，1955年，頁15-16。

　　秦時明月漢時關，萬里長征人未還。（王昌齡〈出
　　塞〉）

　　一去紫臺連朔漠，獨留青塚向黃昏。（杜甫〈詠懷古
　　蹟〉其三）

詩中所謂「關」、「塞」，是指長城的關塞。「紫塞」是長城的別
稱。晉・崔豹《古今注》云：「秦築長城，土色紫，漢塞亦然；
一云雁門關草皆紫色，故曰紫塞。」[4]今張家口、雁門山一帶的長
城，便是紫色的。駱賓王的〈詠雁詩〉：

　　唼藻滄江遠，銜蘆紫塞長。

在晨暉夕照下，連山絕壑，漠野蒼茫，塞外黃沙千里，雁啼雲飛，
而紫色長城，翻山越嶺而來，越見長城的雄巍和壯麗。這些悲壯的
紫塞之歌，都成了歷代青年保疆衛土的血淚史。
　　當秦漢修築長城時，必然產生大量的歌謠，配以胡笳羌笛，
更是幽怨，反映邊塞的生活，唱出築塞者的哀怨。如今時代相去久
遠，歌聲已渺，我們能看到最古老的長城歌謠，要算〈飲馬長城窟
行〉：

　　青青河畔草，綿綿思遠道；遠道不可思，宿昔夢見之。
　　夢見在我旁，忽覺在他鄉。他鄉各異縣，輾轉不相見。
　　枯桑知天風，海水知天寒；入門各自媚，誰肯相為言？

---

④　晉・崔豹著：《古今注》，臺灣商務印書館（《四部叢刊》本），1966年，卷上，頁
　　10。

　　客從遠方來，遺我雙鯉魚。呼兒烹鯉魚，中有尺素書。
　　長跪讀素書，書中竟何如？上言加餐飯，下言長相憶。

這是一首漢代的民歌，作者不可考；《玉臺新詠》作蔡邕作。從歌
題中，想像長城的役夫，當他們辛勞地做完一天工，帶著一身疲
憊，牽著馬匹，來到長城的水窟邊，讓馬兒喝水，然後口中哼著這
支小調，情不自禁地、悠悠地想起故鄉和親人來。

　　此外，《漢書‧賈捐之傳》也記錄了一首長城歌，歌詞是：

　　生男慎勿舉，生女哺用脯。不見長城下，屍骸相支拄。[5]

秦漢築塞，這是苦難的年代，多少壯丁被調遣到荒涼苦寒的邊地
來，甚至捐軀在此。於是民間的俚謠反映人民對徭役恐懼的心理，
使民間向來重視生男的民俗，只好棄養男嬰，改為重視生女了。
　　唐代築城、守邊的題材，屢見於詩文，如〈出塞〉、〈入
塞〉、〈涼州詞〉、〈隴西行〉、〈飲馬長城窟行〉，是文人常寫
的樂府詩。民歌率真、樸拙，含有濃厚的鄉土本色，是絕好的文
學，因此文人的作品，往往吸取民歌的成分，真實地反映民間的現
象。如唐太宗的〈飲馬長城窟行〉，和王翰、王建的〈飲馬長城窟
行〉，雖是仿民歌之作，但所表現的思想不同。

　　揚麾氛霧靜，紀石功名立。荒裔一戎衣，靈臺凱歌入。
　　（唐太宗）

　　黃昏塞北無人煙，鬼哭啾啾聲沸天。無罪見誅功不賞，
　　孤魂流落此城邊。（王翰）

---

[5] 漢‧班固著：《漢書》，中華書局（臺北），1964年，冊6，卷64下，頁13。

　　　枕弓睡著待水生，不見陰山在前陣。馬蹄足脫裝馬頭，
　　健兒戰死誰封侯。（王建）

一爲豪氣干雲，立功紀石；一爲孤魂流落，戰死沙場，多少流露出
反戰的意識。

　　然而唐代畢竟是個強盛的時代，民心振奮，於是唐人邊塞的歌
最蓬勃，也最雄壯、激昂，好似一百二十面鼓，七十面金鉦，合奏
的鼓吹曲，洋溢著樂觀、豪放的情調，跟以往邊塞的歌，含有濃濃
悲涼、怨愁的調子，大不相同。他們感受了大沙漠的印象，長城雄
偉的氣勢，由恐怖到豪壯，這偉大的關城沙塞，便成了他們偉大的
詩境。在民間歌謠中流傳著歌頌英雄的歌，如西北邊塞的民歌——
〈哥舒歌〉：

　　　北斗七星高，哥舒夜帶刀。至今窺牧馬，不敢過臨洮。

哥舒是唐玄宗時守邊的名將哥舒翰。詩中盛讚他的勇猛，有如漢代
的飛將軍李廣，使北方的遊牧民族，不敢跨過長城的臨洮關來。
　　又如《新唐書‧薛仁貴傳》的〈薛仁貴軍中歌〉：

　　　將軍三箭定天山，壯士長歌入漢關。⑥

可惜沒有保留全首，雖僅短短兩句，但已可以看出歌中盛讚他們的
將領，帶著勝利的隊伍，高唱著凱歌入關，這種熱烈的情緒，震盪
了廣漠的沙塞，使強悍的敵人，聞歌也爲之喪膽。
　　此外，王昌齡、高適、岑參、王之渙、盧綸等詩人，以寫邊
塞詩而著稱，他們出入關塞，捍衛國土，借長城舊有的歌題，編以

---

⑥　宋‧歐陽修、宋祁等著：《新唐書》，鼎文書局（新校本），1989年，卷110，頁4141。

新詞。加以唐人的詩，本來就可以吟唱，於是他們的生命與長城結合，唱出保國衛土的決心，浩氣沖天的豪情，表現了奔放的熱情，借紫塞之歌，發揮大無畏的長城精神。

　　民歌中有雄壯的一面，也有悲涼的一面，在長城的民歌中，最悲涼的要推〈孟姜女〉了。古代「孟姜女」的本事，往往與「杞梁妻」混爲一談。

　　〈杞梁妻〉這首民歌，由來已久，然本辭早已不傳，今所流傳的，是南朝宋吳邁遠和唐代和尙貫休所寫的樂府詩。〈杞梁妻〉是一首歌頌忠臣貞女的民歌，描寫齊國大夫杞梁戰死莒國，杞妻哭夫的故事。事情發生在春秋時代，《左傳》和《禮記》都加以記載，漢・劉向的《說苑》、《列女傳》，便就史事加以增飾，拿杞妻哭夫，城牆也因此倒塌來形容她的哀痛。從此民間流傳杞梁妻的故事和民歌，便將哭夫城倒的事，視爲眞實。到南朝宋時，故事的內容大致不變，所以吳邁遠的〈杞梁妻詩〉，與《列女傳》所記載的，仍能吻合。

　　到了唐代，杞梁妻哭夫的事，便和孟姜女哭夫哭倒長城的事混合爲一。從唐・貫休所作的〈杞梁妻〉便可看出：

> 秦之無道兮四海枯，築長城兮遮北胡。築人築土一萬里，杞梁貞婦啼嗚嗚。上無父兮中無夫，下無子兮孤復孤。一號城崩塞色苦，再號杞梁骨出土。疲魂飢魄相逐歸，陌上少年莫相非。

這本是兩件事，一在春秋時，一在秦時，由於故事的男主角名字相同，被後人附會在一起。春秋時齊國杞梁的妻子，姓氏無可考；秦時被徵調築長城而死的壯丁范杞梁，他的妻子叫做孟姜女。可見漢代，這兩個故事都在民間流傳，也有俚謠歌唱這兩個貞婦。一個是爲國捐軀的勇士，一個是被暴政折磨而死的役夫，但他們的妻子都是那麼貞烈，而受人歌頌。

　　孟姜女的故事，從什麼時候起，被民間所傳誦，已不可考。相傳秦始皇時，有個范杞梁的，被徵調去築長城，他的妻子孟姜女，送寒衣到役所，而范杞梁已死。孟姜女便哭於城下，由於哭聲哀苦，長城因而崩倒，露出杞梁的骸骨來。從這則民間的故事，可知秦始皇調遣天下的壯丁去築長城，而死在長城邊的，是很普遍的現象，孟姜女送寒衣，尋夫哭夫，只是一個典型的例子罷了。因此孟姜女的歌，在秦漢時便產生了，可惜沒傳下來。

　　唐代孟姜女的故事和歌謠很流行，在敦煌變文和敦煌曲子詞中，都有關於孟姜女的資料。敦煌變文有〈孟姜女變文〉殘卷，這是唐代流行在寺院中或民間的俗講，有講唱孟姜女的故事。其中有段唱詞是這樣：

　　　既云骸骨築城中，妾亦更知何所道。姜女自雹哭黃天，
　　　只恨賢夫亡太早。婦人決列（烈）感山河，大哭即得長
　　　城倒。

又云：

　　　若是兒夫血入骨，不是杞梁血相離。果報認得卻迴還，
　　　幸願不須相惟（違）棄。大哭咽喉聲已閉，雙眼長流淚
　　　難止；黃天忽爾逆人情，賤妾同向長城死。

變文是韻文和散文夾雜的講唱文學，本來用以傳播佛教，渲染教義，亦用以講唱民間故事，從敦煌變文中，可知孟姜女哭倒長城的故事，在唐代也很流行。

　　此外，《敦煌曲子詞》中的〈送征衣〉和〈擣練子〉，便是唐人歌唱孟姜女的俚謠。〈送征衣〉的歌詞是：

今世共你如魚水，是前世姻緣，兩情準擬過千年。轉轉計較難，教汝獨自孤眠。每見庭前雙飛燕，他家好自然，夢魂往往到君邊。心專石也穿，愁甚不團圓。

又〈擣練子〉四首，歌詞是：

堂前立，拜辭娘，不覺眼中淚千行。勸你耶娘少悵望，為喫他官家重衣糧。
辭父娘了，入妻房，莫將生分向耶娘。君去前程但努力，不敢放慢向公婆。
孟姜女，杞梁妻，一去燕山更不歸。造得寒衣無人送，不免自家送征衣。
長城路，實難行，乳酪山下雪紛紛。喫酒只為隔飯病，願身強健早還歸。

這是本緣孟姜女送寒衣故事而作，從歌詞中，可窺見唐代邊戍與勞役給民間帶來多少疾苦。像〈孟姜女〉這類長城的民謠，聲調哀苦，於是成為征人役夫思親的懷鄉曲，他們詠唱此曲，藉此發洩心中的怨愁。而民間婦女詠唱此調，便成為思念家人丈夫的相思曲。
　　唐代帝王的開疆未休，因此民間離愁別恨的事不絕，在《教坊記》中，如〈憶漢月〉、〈遐方怨〉、〈牧羊怨〉、〈歸國遙〉等，與〈送征衣〉、〈擣練子〉同一內容，可惜歌詞不傳。他如〈歎疆場〉、〈怨胡天〉、〈臥沙堆〉、〈怨黃沙〉、〈回戈子〉等，都是厭戰的民間歌謠，他們借歌聲作為心靈苦痛的安慰劑。文人的仿作，有王建的〈送衣曲〉，張籍的〈寄衣曲〉、〈築城曲〉，都是這類的樂府詩。
　　又清人葉堂的《納書楹曲譜》，其中也有〈孟姜女〉，把整個

故事說得更清楚：

> 秦因依，奴是齊國東人氏，祖貫居民孟氏，名姜女。我
> 夫婿范杞梁，到此築城池，誰想他喪在邊城。念奴家迢
> 迢千里送寒衣，送寒衣，實指望夫婦一同還鄉。……我
> 兒夫，我兒夫，築城死在長城底，要尋屍首無蹤跡。嘆
> 命低，小婦人到處尋屍，哭得我流紅淚。忽然間城倒
> 地，驀見屍骸跡，這便是骨肉重逢。[7]

如今民間尚流傳著〈孟姜女〉的小調，是唱四季的，其中首章的歌
詞是：

> 正月裡來是新春，家家戶戶點紅燈。
> 別家丈夫團圓聚，奴家丈夫造長城。

〈孟姜女〉小調，不知流行多久了，恐怕是明代修築長城時所流下
的產物吧！人們在離亂中，在春花秋月下，想念親人，往往借這類
小調來解憂。

　　從唐人敦煌俗講俚曲的〈孟姜女〉，到元明以來流行民間的
俚俗曲子，以及今人的〈孟姜女〉小調，都是哀怨的民謠，儘管在
歌詞曲譜上有所變化，但表達思婦掛念征夫的心，卻是一致的；他
們借孟姜女的歌祈求國家的邊境寧靜，望君早歸的願望，也是相同
的。民謠是民間真實生活的寫照，也是民間共同意願的申訴。

---

[7] 王秋桂主編：《納書楹曲譜》，收入《善本戲曲叢刊‧第六輯》，學生書局，1987年，
第5集，頁2194-2195。

## 三、宮廷樂歌

　　唐代宮廷所用的樂曲，開始沿隋代舊制，為九部樂，即〈清商樂〉、〈西涼樂〉、〈天竺樂〉、〈高麗樂〉、〈胡旋樂〉、〈龜茲樂〉、〈安國樂〉、〈疏勒樂〉、〈康國樂〉。太宗時又增加〈高昌樂〉，是為十部樂，統稱為「燕樂」。所謂燕樂，乃俗樂之總稱，是朝廷公讌遊樂、節日助興、皇上壽誕所用的樂曲，與宗廟郊祀所用的「雅樂」相對，同屬太常寺所管轄。

　　其後，又分立、坐兩部：立伎部是站在堂下演唱的，演唱的歌曲有：〈太平樂〉、〈破陣樂〉、〈慶善樂〉、〈大定樂〉、〈上元樂〉、〈聖壽樂〉、〈光聖樂〉。〈破陣樂〉以下，還雜以龜茲樂、西涼樂等胡樂。坐伎部是坐在堂上演唱的，技藝高於立伎部的樂工，演唱的歌曲有：〈燕樂〉、〈長壽樂〉、〈天授樂〉、〈萬歲樂〉、〈龍池樂〉、〈小破陣樂〉。〈長壽樂〉以下，皆用龜茲舞，〈龍池樂〉則用雅樂。〈小破陣樂〉則為玄宗所作的樂曲。

　　太宗時，長孫無忌製〈傾杯曲〉，魏徵製〈樂社樂曲〉，虞世南製〈英雄樂曲〉，又命樂工製〈黃驄疊曲〉。高宗時，呂才作〈琴歌〉、〈白雪〉等曲。

　　玄宗時，宮廷聲樂最盛。玄宗是喜愛音樂的帝王，特選坐伎部子弟三百人，教於梨園，號「皇帝梨園弟子」。開元年間，並下詔令謂：「太常禮司，不宜典俳優雜伎。」又設置「教坊」，專掌俗樂雜伎的演出。教坊之始義，指教習的場所，教宮人習書、算、眾藝，而以伎樂為主。教坊的人數，據《新唐書・百官志》「太樂署」條注：「散樂三百八十二人，仗內散樂一千人，音聲人一萬二十七人。」[8]可知玄宗時，長安教坊人員多達萬人。陳暘《樂

---

⑧　同註6，卷48，頁1244。

書》云：

> 唐明皇開元中，宜春院妓女謂之「內人」，雲韶院謂之
> 「宮人」，平人女選入者，謂之「搊彈家」。內人帶
> 魚，宮人則否。每勤政樓大會，樓下出隊，宜春人少，
> 則以雲韶足之。

又王建〈宮詞〉：

> 青樓小婦研裙長，總被鈔名入教坊。春設殿前多隊舞，
> 朋頭各自請衣裳。

故每遇節日，如上元燈節、端午泛舟鬥草、七夕乞巧及皇上妃子的
華誕，都大肆鋪張，在勤政樓宴會群臣，歌舞隊出，熱鬧異常。

　　至天寶亂後，樂工散去，宮廷樂舞稍衰，樂曲亦多亡佚，然教
坊之設，依然存在。晚唐風俗華靡，王孫宦者，家中多蓄有聲伎，
聲樂普遍。宮廷用樂，除楚漢舊聲外，多雜以胡樂，顯示大唐的博
大和文化的融合，故唐代宮廷聲歌之盛，非前朝可比。今就唐代宮
廷中，宴樂所用的歌舞曲，分別介紹於下：

## （一）節日的歌舞

　　唐代自太宗、高宗作三大舞，〈七德舞〉本名〈秦王破陣
樂〉，以為武舞，此曲調相當於唐朝的國歌；其次〈九功舞〉，本
名〈功成慶善樂〉，以為文舞，皆太宗所作。而〈上元舞〉，是高
宗時所作。這三大舞曲，皆雜用於燕樂；其他諸曲，也多出於當時
人所作。

　　〈慶善樂〉：《舊唐書·音樂志》云：「麟德二年十月，制
曰：『國家平定天下，革命創制，紀功旌德，久被樂章。今郊祀四

懸，猶用干戚之舞，先朝作樂，韜而未伸。其郊廟享宴等所奏宮懸，文舞宜用〈功成慶善〉之樂，皆著履執拂，依舊服袴褶、童子冠。』」⑨此為雅樂，亦用於燕饗之樂。

〈上元樂〉：高宗時所作的大曲，比照太宗時的〈破陣樂〉，用以宴群臣的舞曲。《舊唐書・音樂志》：「〈上元樂〉，高宗所造。舞者百八十人，畫雲衣，備五色，以象元氣，故曰『上元』。」⑩又〈上元子〉，應出於〈上元樂〉大曲。

〈慶雲樂〉：為〈上元樂〉的末遍。〈上元樂〉包含十二舞曲，其末為〈慶雲樂〉。唐代大曲每每有數遍，配以舞蹈，然民間往往摘取其中一遍，另定曲調名，故〈慶雲樂〉便是摘取〈上元樂〉中最精采的一章。

〈落梅花〉：正月十五元宵燈節所唱的歌，不但流行宮中，也流行於民間。蘇味道〈上元詩〉：「遊妓皆穠李，行歌盡〈落梅〉。」郭利貞〈上元詩〉：「更逢清管發，處處〈落梅花〉。」

〈回波樂〉：三月三日上巳，曲水流觴的歌。歌詞為六言四句的詩，其後勸酒的酒令，也多為六言詩句。〈回波樂〉，創調甚早，《北史・爾朱榮傳》記載榮「與左右連手踏地唱〈回波樂〉」。⑪唐代，入為大曲，《教坊記》載有此調，然未見本辭。唐・孟棨《本事詩》云：

沈佺期以罪謫，遇恩，復官秩，朱紱未復。嘗內宴，群臣皆歌〈回波樂〉，撰詞起舞，因是多求遷擢。佺期曰：「回波爾似佺期，流向嶺外生歸；身名已蒙齒錄，袍笏未復牙緋。」中宗即以緋魚賜之。

又李景伯作〈回波樂〉，其詞為：

> 回波爾時酒巵，微臣職在箴規。侍御既過三爵，誼譁竊
> 恐非儀。

可知此調以「回波爾」為發端，是勸酒的歌。《朝野僉載》
云，中宗時，長寧公主曾設流杯池，安樂公主曾設九曲流杯池。
除〈回波樂〉外，尚有〈祓禊曲〉、〈上行杯〉、〈下水船〉等曲
調，皆為上巳的歌。
　　〈鬥百草〉：〈鬥百草〉和〈泛龍舟〉都是端午節的歌。端午
划龍船、鬥百草之戲，由來已久。梁·宗懍《荊楚歲時記》云：

> 五月五日，……四民並蹋百草，……即今人有鬥百草之
> 戲也。[12]

唐代〈鬥百草〉與〈泛龍舟〉，皆源於隋煬帝令白明達所製之曲。
唐·韋絢的《嘉話錄》，記中宗時，安樂公主鬥草，亦在端午。
崔顥〈少婦詩〉：「閑來鬥百草，度日不成妝。」又貫休〈春野
詩〉：「牛兒小，牛女少，拋牛沙上鬥百草。」故鬥草之戲，不僅
行於宮中，也流行於民間。今敦煌曲中有大曲〈鬥百草〉：

第一
建寺祈長生，花林摘浮郎。有情離合花，無風獨搖草。
喜去喜去覓草，色數莫令少。

---

[12] 梁·宗懍著：《荊楚歲時記》，新興書局（《筆記小說大觀》本），1983年，頁1137。

第二

佳麗重名城，簪花競鬥新。不怕西山白，惟須東海平。
喜去喜去覓草，覺來鬥花先。

第三

望春希長樂，南樓對百花。但看結李草，何時染繢花。
喜去喜去覓草，鬥罷且歸家。

第四

庭前一株花，芬芳獨自好。欲摘問旁人，兩兩相捻笑。
喜去喜去覓草，灼灼其花報。

可知宮中所唱的〈鬥百草〉是四遍的大曲，歌詞的內容，借鬥草之
戲，以表達小兒女的愛情，且多暗示、雙關意的手法，如「花林
摘浮郎」句，浮郎，指輕薄郎。「有情離合花，無風獨搖草」，
「庭前一株花，芬芳獨自好」，詞句中的「花」，都用以比喻「女
子」，像六朝〈吳歌〉，寫豔情，清新明麗，但有些句子俚俗不易
解。而民間摘其中精采的一遍，徒歌且作鬥草之戲，兼用以道情。
　　在所有的節日中，歌舞最盛、最熱鬧的節日，莫過於八月五日
的「千秋節」。千秋節是唐明皇誕辰之日，宮廷中是日大宴百僚，
萬方同樂，舉國騰歡。《新唐書‧禮樂志》云：

　　　唐之盛時，凡樂人、音聲人、太常雜戶子弟，隸太常及
　　　鼓吹署，皆番上，總號音聲人，至數萬人。玄宗又嘗以
　　　馬百匹，盛飾分左右，施三重榻，舞〈傾杯〉數十曲，
　　　壯士舉榻，馬不動。樂工少年姿秀者十數人，衣黃衫、
　　　文玉帶，立左右。每千秋節，舞於勤政樓下，後賜宴設
　　　酺，亦會勤政樓。其日未明，金吾引駕騎，北衙四軍陳
　　　仗，列旗幟，被金甲、短後繡袍。太常卿引雅樂，……

奏〈小破陣樂〉，歲以為常。千秋節者，玄宗以八月五
日生，因以其日名節，而君臣共為荒樂，當時流俗多傳
其事以為盛。⑬

　　唐代有舞馬之事，類今馬戲團的馬舞，張說有〈舞馬詞〉凡六
章，且有送聲，可知舞馬之盛，且歌且舞，其中一章的歌詞是：

絲旄八佾成行，時龍五色因方。屈膝銜杯赴節，傾心獻
壽無疆。四海和平樂。

這是獻壽的馬舞，末句以「四海和平樂」作送聲，是歌謠中熱鬧的
場面。宮廷設宴款待百僚使臣，故又有〈大酺樂〉。《樂苑》曰：
「〈大酺樂〉，商調曲，唐張文收造。」今《樂府詩集》卷八十所
收〈大酺樂〉一首，觀歌詞，恐非本詞。其詞曰：

淚滴珠難盡，容殘玉易銷。儻隨明月去，莫道夢魂遙。

歌詞與祝壽無關，已是民間的雜曲，類似餞別之歌。
　　又有〈傾杯曲〉，此曲由太常命長孫無忌始創，繼作者亦頗
有人，大曲、雜曲均備。高宗龍翔前，以此調為六言體的豔歌。其
後，《樂府雜錄》謂宣宗喜吹蘆管，其標題作「新傾杯樂」，已非
舊曲。《敦煌曲校錄》收有〈傾杯樂〉兩首，已是青樓宴飲的豔
詞，亦非宮廷祝壽之歌。其一為：

憶昔笄年，未省離合，生長深閨院。閒凭著繡牀，時拈

---

⑬　同註6，卷22，頁477。

金針，擬貌舞鳳飛鸞，對妝臺重整嬌姿面。自身貌算
料，□□豈教人見。又被良媒，苦出言詞相誘銜。　每
道說水際鴛鴦，惟指梁間雙燕。被父母將兒匹配，便認
多生宿姻眷。一旦聘得狂夫，攻書業拋妾求名宦。縱然
選得，一時朝要，榮華爭穩便。

　　在千秋節中，也演唱〈小破陣樂〉，〈破陣樂〉本舞曲，唐太
宗所造。玄宗又作〈小破陣樂〉，亦舞曲。《樂府詩集》卷八十有
〈破陣樂〉小歌：

　　秋來四面是風沙，塞外征人暫別家。千里不辭行路遠，
　　時光早晚到天涯。

〈破陣子〉本為征戰的民歌，玄宗時的〈小破陣樂〉，也是征人征
戰的歌，用於宮廷作舞曲，以示武勇。
　　千秋節的主題樂是〈千秋樂〉，可惜〈千秋樂〉的本辭已不
傳。今所見的，有張祜的〈千秋樂〉：

　　八月平時花萼樓，萬方同樂奏〈千秋〉。傾城人看長竿
　　出，一伎初成妙解愁。

又張祜的〈大酺樂〉云：

　　車駕東來值太平，大酺三日洛陽城。小兒一伎竿頭絕，
　　天下傳呼萬歲聲。

這些詩描寫千秋節時，宮中除了宴飲、歌舞之外，還有百戲、雜伎
的表演，一連歡樂三天，是一年中最大的節日。據《唐會要》記載

唐代祝壽的歌舞曲，還有〈長壽樂〉、〈無疆壽〉、〈萬壽樂〉、〈獻壽曲〉、〈天長寶壽〉、〈聖壽樂〉等曲。《全唐詩》「樂章」收錄有〈賀聖歡〉一首，也是慶賀節日的歌，歌詞是：

> 四海皇風被，千年德水清。戎衣更不著，今日告功成。

又有〈君臣同慶樂〉：

> 主聖開昌歷，臣忠奉大猷。君看偃革後，便是太平秋。

都是歌功頌德的歌，在太平盛世，人民歡樂，除了唱頌歌外，哀愁怨苦之聲自然少了。

## （二）娛樂的歌舞

　　朝廷宴樂歌舞，無日無之，唐代帝王，素好音樂的有太宗、高宗、玄宗、文宗、宣宗、懿宗等，且唐室諸王多習音聲倡優雜戲，故樂工歌伎多匯集於京洛一帶，可謂一時之選，以供帝王諸王歡樂歌舞之用。民歌的創始，本非用於娛樂，然傳入宮中便成了娛樂品。唐室燕樂有九部曲，清樂除六朝舊曲外，多近代曲辭，即唐人所創的俗樂，其他多為四方的胡樂，以西涼樂和龜茲樂為最多。《舊唐書·音樂志》有云：

> 自長安以後，朝廷不重古曲，工伎轉缺，能合於管絃者，唯〈明君〉、〈楊伴〉、〈驍壺〉、〈春歌〉、〈秋歌〉、〈白雪〉、〈堂堂〉、〈春江花月〉等八曲。舊樂章多或數百言。……自周隋以來，管絃雜曲，將數百曲，多用西涼樂，鼓舞曲多用龜茲樂，其曲度皆

　　時俗所知也。⑭

　　至於胡樂之由來，是由胡人使者所貢，不然便是都護、節度使所
獻。有些經樂工增飾，成胡樂清樂混合的「法曲」。民間所流行的
歌謠，多為小令雜曲，但宮廷所用的曲調，便與舞曲混合，並且歌
詞多至數遍，便成了「大曲」。今就宮廷著名娛樂的歌舞，略舉數
首，以見一斑：

　　〈拋毬樂〉：《唐音癸籤》云：「〈拋毬樂〉，酒筵中拋毬
為令，其所唱之詞。」是唐人勸酒的歌，並配合拋毬的遊戲。所拋
的毬是「香毬」，大約是一種繡金的小毬，上繫紅綃帶。夜筵在燭
下，晝筵在花下，先由伎歌舞，飛毬入席。席上方傳遞花枝，有
中毬者，則分數定。掌酒令的便記下籌碼，以旗發令，客人按律引
杯，是一項挺熱鬧的酒令。劉禹錫有〈拋毬樂〉詩：

　　　　五色繡團圓，登君玳瑁筵。最宜紅燭下，偏稱落花前。
　　　　上客如先起，應須贈一船。

又云：

　　　　幸有〈拋毬樂〉，一杯君莫辭。

〈拋毬樂〉起於盛唐，《教坊記》有此曲，當時如何拋毬行酒令，
唐人未曾詳記，想是美人勸酒的另一方式，用拋香毬催酒，故張祐
〈夜讌〉有云：「亞身催蠟燭，斜眼送香毬。」敦煌曲有〈拋毬
樂〉兩首：

<hr>

⑭　同註1，卷29，頁1067。

　　　　珠淚紛紛濕綺羅，少年公子負恩多。當初姊妹分明道，
　　　　莫把真心過與他。子細思量著，淡薄知聞解好麼。

　　　　寶髻釵橫綴鬢斜，殊容絕勝上陽家。蛾眉不掃天生綠，
　　　　蓮臉能勻似早霞。無端略入後園看，羞煞庭中數樹花。

這是一首道情的小令，與拋香毬、行酒令之戲已無關係。宋人填
詞，更變化此曲調，有雙調的〈攤破拋毬樂〉。所謂「攤破」，便
是將整句破開加字，成為較短的兩句。據《宋史・樂志》載：「女
弟子隊……三曰拋毬樂隊。」⑮由唐人的小令變為舞曲。《詞譜》
有云：「此調三十字者，始於劉禹錫詞……四十字者，始於馮延已
詞，因詞有『且莫思歸去』句，或名〈莫思歸〉，然皆五、七言小
律詩體。至宋柳永則藉舊曲名，別倚新聲，始有兩段一百八十七字
體。」
　　〈荔枝香〉：楊貴妃生日所進的新曲。《新唐書・禮樂
志》：「帝幸驪山，楊貴妃生日，命小部張樂長生殿，因奏新曲，
未有名，會南方進荔枝，因名曰〈荔枝香〉。」⑯
　　由於唐玄宗寵幸楊貴妃，加以他們都喜愛音樂，於是後宮娛
樂性的新曲，增加不少，像〈荔枝香〉、〈清平調〉、〈霓裳羽衣
曲〉等，都是富傳奇性的歌舞。玄宗設皇帝梨園子弟，便是配合宮
廷作樂的樂隊，全部約三百人，有時只抽調一小部分樂伎，作小
型的演出，便是〈禮樂志〉所謂的「小部」。因楊貴妃愛吃荔枝，
杜牧詩有云：「一騎紅塵妃子笑，無人知是荔枝來。」用驛騎送荔
枝，近於諷矣。故當時宮中有〈荔枝香〉的曲調。

---

⑮ 原文為：「女弟子隊凡一百五十三人，一曰菩薩蠻隊……二曰感化樂隊……三曰拋毬樂
　　隊……。」元・脫脫等著：《宋史》，鼎文書局（新校本），1983年，卷142，頁3350。
⑯ 同註6，卷22，頁476。

〈清平調〉：宮中行樂的新歌。根據宋‧樂史的〈李翰林別集序〉記載：

> 天寶中，李白供奉翰林，時禁中初種木芍藥，移植興慶池沉香庭前。會花開，上賞之，太真妃從，上曰：「賞名花，對妃子，焉用舊樂詞為？」命李龜年持金花牋，宜賜白，為〈清平樂詞〉三章。

可知李白的〈清平調〉三首是新詞以配舊曲，宋‧王灼的《碧雞漫志》也記載此事，於是詩壇傳為佳話。〈清平調〉詞云：

> 雲想衣裳花想容，春風拂檻露華濃。若非群玉山頭見，會向瑤臺月下逢。
> 一枝紅豔露凝香，雲雨巫山枉斷腸，借問漢宮誰得似，可憐飛燕倚新妝。
> 名花傾國兩相歡，常得君王帶笑看。解識春風無限恨，沉香亭北倚欄杆。

這是借芍藥花以比貴妃之美，詞成，帝命梨園弟子撫絲竹，李龜年歌之。玄宗親調玉笛以倚曲，每曲遍將換，則遲其聲以媚之。太真以頗梨七寶杯，酌西涼葡萄酒笑飲。事見《唐詩紀事》。唐人七言絕句可唱，除旗亭酒會諸絕句外，此又一例證。

在唐朝宮廷中最著名的歌舞曲，要算〈霓裳羽衣曲〉。考其最稱著的原因：一為歌舞場面大，音調優美；一為民間盛傳唐明皇與楊貴妃的故事，而此曲作為代表，提到楊貴妃，便連帶提到〈霓裳〉曲。

〈霓裳羽衣曲〉是大曲，《唐書》載有十二遍，視為大曲無疑。又白居易《新樂府‧法曲》云：「法曲法曲舞〈霓裳〉，政

和世理音洋洋，開元之人樂且康。」〈霓裳羽衣曲〉，簡稱〈霓裳〉，又是法曲。所謂「法曲」，是梨園中設有「法曲部」，即梨園的小部，取佛曲與胡曲混和的歌曲作為法曲部演奏的曲子。

> 蓬萊池上望秋月，萬里無雲懸清輝。上皇半夜月中去，三十六宮愁不歸。月中秘樂天半聞，玎璫玉石和塤箎。宸聰聽覽未終曲，卻到人間迷是非。

鄭愚〈津陽門〉詩注云：「葉法善引上入月宮，時秋已深，上苦淒冷，不能久留。歸，於天半尙聞仙樂，及上歸，且記憶其半，遂於笛中寫之。會西涼都督楊敬述進〈婆羅門曲〉，與其聲調相符，遂以月中所聞，爲之散序，用敬述所進曲，作其腔，而名〈霓裳羽衣法曲〉。」〈霓裳羽衣曲〉，又名〈婆羅門曲〉。《唐會要》卷三十三亦載此事：

> 天寶十三載七月十日，太常署供奉曲名及改諸樂名。……〈婆羅門〉改為〈霓裳羽衣〉。[17]

據王灼的《碧雞漫志》所考訂，認爲〈霓裳羽衣曲〉創始於西涼，玄宗加以潤色，並更換美名。唐代胡樂，多爲都護、節度使所獻，〈霓裳羽衣曲〉便是河西節度使楊敬述（《新唐書·禮樂志》作楊敬忠）所獻。《新唐書·禮樂志》云：

> 其後，河西節度使楊敬忠獻〈霓裳羽衣曲〉十二遍，凡

---

[17] 宋·王溥著：《唐會要》，上海古籍出版社，2012年，卷33，頁718。

曲終必遽，唯〈霓裳羽衣曲〉將畢，引聲益緩。[18]

又王灼《碧雞漫志》云：

> 〈霓裳羽衣曲〉，說者多異，予斷之曰：「西涼創作；
> 明皇潤色，又為易美名。其他飾以神怪者，皆不足信
> 也。」[19]

《漫志》中的說法，是合理可信的。〈婆羅門〉，係梵語之譯音，
則此曲蓋來自印度之佛曲。王建〈霓裳辭〉云：「中管五絃初半
曲，遙教合上隔簾聽。一聲聲向天頭落，效得仙人夜唱經。」〈婆
羅門〉本印度佛曲，由西涼（即今新疆）傳入中國，玄宗時加以增
飾，改名為〈霓裳羽衣曲〉。其所用舞衣，不著人間俗衣服。《唐
語林》卷七，記宣宗時的〈霓裳舞〉云：

> 率皆執幡節，被羽服，飄然有翔雲飛鶴之勢。如是者數
> 十曲。教坊曲工遂寫其曲奏於外，往往傳於人間。[20]

據《國文月刊》陰法魯〈霓裳羽衣曲考證〉，認為：「全曲可分三
大段：（一）散序，六遍（遍即「段」的意思）；（二）中序，未
言遍數；（三）破，十二遍。中序雖未言遍數而至少應有一遍，

---

[18] 同註6，卷22，頁476。

[19] 宋‧王灼著：《碧雞漫志》，新興書局（《筆記小說大觀》本），1983年，卷3，頁
714。

[20] 宋‧王讜著：《唐語林》，臺灣商務印書館（《四庫全書》本），1983年，卷7，頁
178。

然則全曲至少應具備十九遍矣。」[21]而《唐書》所云十二遍，當是〈霓裳〉曲終的十二遍，且曲終時，引聲緩慢，與他曲加快收結不同。可惜〈霓裳羽衣曲〉的歌詞已佚，否則，當可知其內容，以增今人對該曲的瞭解程度。

其他如〈涼州曲〉、〈伊州〉、〈甘州〉，都是以邊地為名的樂曲。均是胡樂而傳入中土的，王灼《碧雞漫志》亦有考訂。

在唐代除了〈霓裳羽衣曲〉是有名的舞曲外，其次，便要算〈劍器〉了。

〈劍器〉，又稱〈西河劍器〉，曲用西涼樂，當為西北民間的綵帛舞，傳入中原後，作為宮廷娛樂的歌舞。杜甫有〈觀公孫大娘弟子舞劍器行〉詩，寫公孫大娘舞〈劍器〉的舞姿為：

> 昔有佳人公孫氏，一舞〈劍器〉動四方。觀者如山色沮喪，天地為之久低昂。爧如羿射九日落，矯如群帝驂龍翔。來如雷霆收震怒，罷如江海凝清光。

〈劍器〉之舞，初唐已有。宋·陳暘《樂書》云：「唐自天后末年，〈劍器〉入〈渾脫〉，始為犯聲之始。〈劍器〉，宮調；〈渾脫〉，角調。」[22]所謂犯聲，便是離開原宮調，改入他宮調之聲。又《樂書》云：「樂人孫楚秀，善吹笛，好作犯聲，時人以為新意而效之，因有犯調。」[23]蓋〈劍器〉宮聲，而入〈渾脫〉之角調，故謂犯。《教坊記》大曲名內，雖未列〈劍器〉，但雜曲名內，有〈西劍器〉、〈劍器子〉。

---

[21] 陰法魯著：〈霓裳羽衣曲考證〉（《國文月刊》，第77期，1949年），頁20。

[22] 宋·陳暘著：《樂書》，臺灣商務印書館（《四庫全書》本），1983年，卷164，頁755。

[23] 同上。

　　此外，〈菩薩蠻〉也是一首很有名氣的胡樂。至於〈菩薩蠻〉的創調時代，依任二北的《教坊記箋訂》云，其始義共有四種解釋：[24]

　　甲、《杜陽雜編》與《南部新書》說，以為宣宗時，女蠻國入貢之人作菩薩裝，乃有此名。此說僅與後來懿宗朝李可及所作〈菩薩蠻隊舞〉之情形相合，於他方面不能賅括。

　　乙、日人中村久四郎說，認三字為阿剌伯語內稱回教徒之音，並有「木速蠻」、「鋪速滿」、「普速完」、「鋪述蠻」諸異譯。此乃宋、元時事，於唐無涉。盛唐間回教尚未大行。

　　丙、近人楊憲益說，三字乃「驃苴蠻」或「符詔蠻」之異譯，其調乃古緬甸樂，開元、天寶間傳入中國，李白有辭。此說可取。

　　丁、唐‧許棠《奇男子傳》及《太平廣記》一六六「吳保安」條引《紀聞》，皆述天寶十二載郭仲翔從南詔之菩薩蠻洞逃歸，足證唐之〈菩薩蠻〉曲屬於佛教，不屬回教，已可以斷。

由上四說，知〈菩薩蠻〉創始於盛唐，本為古緬甸樂，由南詔傳入中國。前人對〈菩薩蠻〉的由來，多從王灼的《碧雞漫志》的說法，認為《杜陽雜編》所說的：「大中初，女蠻國貢雙龍犀。……其國人危髻金冠，瓔珞被體，故謂之菩薩蠻。當時倡優遂製〈菩

---

[24] 任二北校：《教坊記箋訂》，宏業書局，1973年，頁89。

薩蠻〉曲，文士亦往往聲其詞。」㉕大中是唐宣宗的年號，即西元八四七至八五九。去開元、天寶（西元七一三至七五五）約百餘年，因此不敢相信李白或盛唐人有〈菩薩蠻〉的作品。今依楊憲益的說法，盛唐時已有此調，且《教坊記》也載有此曲調，便可證明李白作〈菩薩蠻〉是有可能。李白原為氐人，小時習過此調，開元十三年，李白二十五歲，曾流落襄漢間，於湖南鼎州滄水驛樓，題此曲辭。其詞曰：

> 平林漠漠煙如織，寒山一帶傷心碧。暝色入高樓，有人樓上愁。　玉階空佇立，宿鳥歸飛急。何處是回程，長亭更短亭。

今敦煌曲有無名氏的〈菩薩蠻〉十首，其一為：

> 枕前發盡千般願，要休且待青山爛。水面上秤錘浮，直待黃河徹底枯。　白日參辰現，北斗迴南面。休即未能休，且待三更見日頭。（斯4332）

任二北《敦煌曲校錄》謂：「此辭可能寫於天寶元年，而作於開元間。就現有資料言：可能為歷史上最古之〈菩薩蠻〉。」㉖又：

> 敦煌古往出神將，感得諸蕃遙欽仰。效節望龍庭，麟臺早有名。　只恨隔蕃部，情懇難申吐。早晚滅狼蕃，一齊拜聖顏。（伯3128）

---

㉕　唐・蘇鶚著：《杜陽雜編》，臺灣商務印書館，1979年，頁19。

㉖　同註3，頁35。

《敦煌曲校錄》謂：「此首可能為德宗建中初之作，亦甚早。」[27]
敦煌曲中的〈菩薩蠻〉，其詞已非宮廷中娛樂用的歌舞，它已反映
社會民間的意識，如「枕前發盡千般願」，純然是一首民間的情
歌。後一首「敦煌古往出神將」，則是西北邊境之民，渴望唐室如
盛唐之強盛，免受吐蕃之侵凌。

## （三）宮人的怨歌

　　唐代宮怨的詩不少，其中以王建、張祜的宮詞最為出色。但
發自宮人所唱出的怨歌必然不少，不外歎不得承恩，不然便感歎虛
度青春，深守深宮的哀怨。由於唐代詩風的盛行，宮女也能寫詩作
歌，相傳在玄宗時，宮人縫在戰袍中的詩歌，用以傳達心願。《唐
詩紀事・開元宮人》云：

　　　　開元中，賜邊軍纊衣，製於宮中。有兵士於短袍中得詩
　　　　曰：「沙場征戍客，寒苦若為眠！戰袍經手作，知落阿
　　　　誰邊？蓄意多添線，含情更著綿。今生已過也，重結後
　　　　生緣。」兵士以詩白帥，帥進呈明皇，以詩遍示宮中，
　　　　曰：「作者勿隱，不汝罪也。」有一宮人自言萬死。上
　　　　深憫之，遂以嫁得詩者，謂曰：「吾與汝結今生緣。」
　　　　邊人感泣。[28]

他如落葉題詩，隨流水流出宮外，亦見《唐詩紀事・宮女》：

　　　　天寶末，宮娥衰悴，不願備宮掖。有落葉題詩隨御水而

---

㉗　同註3，頁36。
㉘　宋・計有功著：《唐詩紀事》，臺灣商務印書館（《四庫全書》本），1983年，卷78，
　　頁1017。

流，云：「舊寵悲秋扇，新恩寄早春。聊題一片葉，將寄接流人。」顧況聞而和之，云：「愁見鶯啼柳絮飛，上陽宮女斷腸時。君恩不禁東流水，葉上題詩寄與誰？」既達宸聰，由是遣出禁中者，有五使之號焉。[29]

又：

宣宗朝，又有題紅葉隨流者，為盧渥得之。詩曰：水流何太急，深宮盡日閒。殷勤謝紅葉，好去到人間。[30]

這些詩歌，都是無名氏的宮女所詠唱的，她們幽居深宮，不得恩寵，又不得出嫁，只好借詩歌以渲洩心中的怨情，故詞意真切，情款而意綿了。

在唐代宮廷的怨歌，最負盛名的，當是〈何滿子〉這個調子。關於這調子的本事，宋・尤袤《全唐詩話》曾有記載：

祜所作宮詞也，傳入宮禁。武宗疾篤，目孟才人曰：「我即不諱，爾何為哉？」才人指笙囊泣曰：「請以此就縊。」上惻然。復曰：「妾嘗藝歌，請對上歌一曲，以泄其憤。」上許。乃歌一聲〈何滿子〉，氣亟立殞。上令醫候之，曰：「脈尚溫而腸已絕。」[31]

這段記事，近乎傳奇，不外形容〈何滿子〉的聲調哀戚，聽了令人

[29] 同註28，頁1021。

[30] 同上。

[31] 宋・尤袤著：《全唐詩話》卷4〈張祜〉。

斷腸。從這則本事，知道當時宮中流行〈何滿子〉的曲調，而張祜作的〈何滿子〉可唱，且作了宮女的代言人，其詞為：

> 故國三千里，深宮二十年。一聲〈何滿子〉，雙淚落君前。

又敦煌曲中，也有大曲的〈何滿子〉（斯6537、伯3271）：

> 第一
> 半夜秋風凜凜高，長城俠客逞雄豪。手執鋼刀利如雪，腰間恆掛可吹毛。
> 第二
> 秋水澄澄深復深，喻如賤妾歲寒心。江頭寂寞無音信，薄暮惟聞黃鳥吟。
> 第三
> 城傍獵騎各翩翩，側坐金鞍調馬鞭。胡言漢語真難會，聽取胡歌甚可憐。
> 第四
> 金河一去路千千，欲到天邊更有天。馬上不知時曆變，回來未半早經年。

此四首是征人的怨歌，與宮怨不同。又王灼《碧雞漫志》考〈何滿子〉的本事，以為何滿子是犯人，唱此哀歌求赦，然終不得免：

> 〈何滿子〉，白樂天詩云：「世傳滿子是人名，臨就刑時曲始成；一曲四詞歌八疊，從頭便是斷腸聲。」自注云：「開元中，滄州歌者姓名，臨刑進此曲以贖死，上

　　　　竟不免。」㉜

〈何滿子〉是盛唐時出自宮廷的怨歌，《教坊記》載有此調。據白
居易云，創此調者，是滄州的歌者何滿子，至於他爲何犯法，被判
死刑，史料不足，無從考證。由於〈何滿子〉聲調哀苦，傳於宮
中，便成了宮人的怨歌。

　　在唐人的樂府中，尚有〈宮怨〉、〈宮人怨〉、〈婕妤
怨〉、〈長信怨〉、〈玉階怨〉、〈娥眉怨〉等，並同此旨。

## 四、民間的歌謠

　　民間俚俗的歌謠，多半是行歌謳謠的小調，道情抒怨的民
謠，或是淫哇不典正的委巷之歌。由於發生的區域不同，歌詞的性
質亦異，如發生在市井之間的，有酒令、情歌、流行歌曲；如發生
在鄉野的，有漁歌、樵歌、山歌、農歌。由於各地人民的生活習俗
不同，歌詞曲調的情趣，自然有所差異；大抵這些民歌，反映出不
同的生活形態，不同的遭遇和經驗，各自表達了他們心中的願望。

　　從唐人的民歌中，也可以瞭解唐人各階層生活的一斑，今分市
井之歌與鄉野之歌來介紹：

### （一）市井之歌

　　唐朝社會繁榮，人們生活富足，由於都市的繁華，歌樓酒肆
林立，歌聲不絕，最足以代表唐人市井之歌的，要推酒令和流行小
曲了。酒令是勸酒行樂的歌，如〈玉樓春〉、〈醉花間〉、〈鸚鵡
杯〉等小令。其次是流行歌曲，如白居易〈楊柳枝〉云：「〈六
么〉〈水調〉家家唱，〈白雪〉〈梅花〉處處吹。」像〈楊柳

---

㉜　同註19，卷4，頁723

枝〉、〈同心結〉、〈六么〉、〈水調歌〉、〈白雪〉，以及一些
夷歌胡樂，都能流行於街陌之間，甚至宮廷中的大曲、法曲，也會
摘取其中精采的一遍，傳唱於街頭巷尾。《唐語林》云：

> 舊制：三二歲必於春時內殿賜宴宰輔及百官，備太常諸
> 樂，設魚龍曼衍之戲，連三日，抵暮方罷。宣宗妙於音
> 律，每賜宴前，必製新曲，俾宮婢習之。至日，出數百
> 人，衣以珠翠緹繡，分行列隊，連袂而歌，其聲清怨，
> 殆不類人間。其曲有曰〈播皇猷〉者，率高冠方履，褒
> 衣博帶，趨赴俯仰，皆合規矩；有曰〈蔥嶺西〉者，士
> 女踏歌為隊，其詞大率言蔥嶺之士，樂河湟故地，歸國
> 而復為唐民也；有〈霓裳曲〉者，率皆執幡節，被羽
> 服，飄然有翔雲飛鶴之勢。如是者數十曲。教坊曲工遂
> 寫其曲奏於外，往往傳於人間。[33]

唐代多遊宴之事，攜妓樂，所唱歌曲多士大夫的詩詞。且士大夫家
中蓄有歌姬，妓樂之盛，自東西二京外，太原、廣陵、襄陽、揚
州、益州等地，時有招妓聚宴之事。王灼《碧雞漫志》云：

> 唐時，古意亦未全喪。〈竹枝〉、〈浪淘沙〉、〈拋
> 毬樂〉、〈楊柳枝〉乃詩中絕句，而定為歌曲。故李
> 太白〈清平調〉詞三章皆絕句。元、白諸詩，亦為知
> 音者協律作歌。白樂天守杭，元微之贈云：「休遣玲
> 瓏唱我詩，我詩多是別君辭。」自注云：「樂人高玲瓏

---

[33] 同註20。

能歌，歌予數十詩。」樂天亦〈醉戲諸妓〉云：「席上
爭飛使君酒，歌中多唱舍人詩。」又〈聞歌妓唱前郡
守嚴郎中〉詩云：「已留舊政布中和，又付新詩與豔
歌。」……然《唐史》稱：李賀樂府數十篇，雲韶諸工
皆合之絃笙。又稱：李益詩名與賀相捋，每一篇成，樂
工爭以賂求取之，被聲歌，供奉天子。又稱：元微之
詩，往往播樂府。舊史亦稱：武元衡工五言詩，好事者
傳之，往往被於笙絃。又舊說：開元中詩人王昌齡、高
適、王之渙詣旗亭飲，梨園伶官亦招妓聚燕。……一伶
唱昌齡二絕句……一伶唱適絕句……須臾，妓唱「黃河
遠上白雲間……」（之渙詩）……以此知李唐伶妓，取
當時名士詩句入歌曲，蓋常俗也。㉞

唐人的絕句可唱，如〈竹枝〉、〈浪淘沙〉、〈拋毬樂〉、〈楊柳
枝〉、〈清平調〉、〈涼州詞〉等便是，且李白、白居易、元稹、
李益、李賀、王昌齡、高適、王之渙的詩，被配以管絃，入於歌
曲，傳唱於民間。今擇其本事可考的歌謠，探述於後：
　　〈木蘭花〉，唐人宴飲勸酒的歌，五代時稱〈玉樓春〉，是
唐人酒令的歌。酒令中所應用的小舞和小唱，是唐代市井間流行的
歌，其後稱詞之短者為「小令」，便是由勸酒的酒令而演變成詞的
小令。酒令不僅行於民間，且行於宮廷中。故花蕊〈宮詞〉：「新
翻酒令著詞章，侍宴初聞憶卻忙。」惟宴席間令繁而時促，每次歌
舞，不得不求其簡短。宋・劉攽《中山詩話》：

　　古人多歌舞飲酒，唐太宗每舞，屬群臣。長沙王亦小舉

---

㉞　同註19，卷1，頁704。

袖，曰：「國小不足以回旋。」張燕公詩云：「醉後歡
更好，全勝未醉時。動容皆是舞，出語總成詩。」李白
云：「要須回舞袖，拂盡五松山。醉後涼風起，吹人舞
袖環。」[35]

又曰：

> 唐人飲酒，以令為罰。……白傅詩云：「醉翻襴衫拋小
> 令。」今人以絲管歌謳為令者，即白傅所謂。大都欲以
> 酒勸，故始言送，而繼承者辭之；搖首、按舞之屬，皆
> 卻之也。[36]

其所謂「送」，即勸酒，「搖」、「按」，為卻酒，再配以歌舞，
是為酒令之歌。除〈木蘭花〉外，尚有〈調笑〉、〈南歌子〉、
〈上行杯〉、〈望遠行〉，皆酒令的歌，且可配以舞蹈。
　　《全唐詩》收有〈打令口號〉：

> 送搖招，由三方；一圓分成四片，送在搖前。

故知唐人飲酒作樂，配以歌舞，市井之歌，酒令之歌，風行於街陌
之間。
　　〈楊柳枝〉，唐代街陌間的情歌。「楊柳枝」三字當為和聲而
得名。本前朝舊曲，古有〈折楊柳〉及〈月折楊柳歌〉。《碧雞漫

---

[35] 宋·劉攽著：《中山詩話》，臺灣商務印書館（《四庫全書》本），1983年，頁274。
[36] 同註35，頁276。

志》云：「〈柳枝〉歌，亡隋之曲也。」③考〈折楊柳〉本胡歌，
爲北朝道情的小調，其詞曰：「門前一株棗，歲歲不知老；阿婆不
嫁女，那得孫兒抱。」而〈月折楊柳歌〉，亦〈月節折楊柳歌〉之
稱，爲唱十二個月的月令歌，南朝〈西曲〉，爲戀歌的一種。其
〈正月歌〉云：「春風尙蕭條，去故來入新，苦心非一朝。折楊
柳，愁思滿腹中，歷亂不可數。」凡是〈折楊柳〉皆民間的情歌。

　　初唐盛唐時代，民間仍流行〈楊柳枝〉的曲調，教坊曲有此
調。中唐時白居易新翻入健舞曲，已非舊聲，然歌詞的內容，依然
是情歌。可惜民間的歌詞不傳，僅白居易、劉禹錫、李商隱、溫庭
筠、張祜諸詩人的仿作傳世。《碧雞漫志》引《樂府雜錄》云：

　　　白傳作〈楊柳枝〉。予考樂天晚年與劉夢得唱和此
　　　曲詞。白云：「古歌舊曲君休聽，聽取新翻〈楊柳
　　　枝〉。」又作〈楊柳枝〉二十韻云：「樂童翻怨調，才
　　　子弄妍詞。」注云：「洛下新聲也。」③

可知〈楊柳枝〉本市井街陌流行的情歌，其後白居易翻作新聲，流
行洛下。白居易的新詞爲：

　　　一樹春風萬萬枝，嫩於金色軟於絲。永豐西角荒園裡，
　　　盡日無人屬阿誰？

又一首：

---

③　同註19，卷5，頁279。
③　同上。

> 蘇州楊柳任君誇，更有錢塘勝館娃。若解多情尋小小，
> 綠楊深處是蘇家。

語詞平淺，以楊柳道豔情。市井中除酒令、情歌之外，尚有民間自製的歌曲，如〈夜半樂〉、〈還京樂〉、〈喜回鑾〉、〈帝歸京〉等頌歌。中宗景龍三年十月二十五日，玄宗為太子時，自潞州還京師，夜半舉兵，誅韋后，民間自製〈夜半樂〉、〈還京樂〉二曲，見《新唐書・禮樂志》。

他如〈曲江遊人歌〉，為遊人行樂的歌：

> 春光且莫去，留與醉人看。

〈王法曹歌〉，諷刺貪贓枉法的官吏，表現了人民對他們鄙視的民歌，歌詞是：

> 前得尹佛子，後得王癩獺。判事驢咬瓜，喚人牛嚼沫。
> 見錢滿面喜，無鎚從頭喝。常逢餓夜叉，百姓不可活。

又如〈兩京童謠〉：

> 不怕上蘭單，惟愁答辯難。無錢求案典，生死任都官。

感歎無錢想平訟獄，比什麼都難，大有諷刺的意味存在。像這類民歌民謠，著實不少，如諷刺楊貴妃的〈楊氏謠〉，諷刺唐玄宗的〈神雞童謠〉，都是指責在位者的奢侈，寵幸佞人，反映了民間人心的不滿。這類諷刺的歌謠，比起街陌的酒令、情歌，更具有社會背景和歷史價值，反映了唐人生活的另一面。

## （二）鄉野之歌

任何時代，民間都製作他們自己的歌，於是在廣大的原野上，隨時可以聽到樸質的、粗獷的、活潑的歌聲。在澤畔水湄，有舟歌、漁歌；在桑林田野，有桑歌、農歌；各行各業，歌唱他們工作的情形和快樂的心情。同時，也會傳唱一些歷史的傳奇，民間的故事。遇到災害，也訴之於民歌，林林總總，不外反映當時生活的實況，把喜怒哀樂的情緒，宣付於歌謠。

在鄉野民歌中，最動人、最出色的要算山野情歌，在這方面，唐人的〈竹枝〉，最具特色。〈竹枝〉本出於巴渝之間鄉土的歌謠，唐·馮贄《雲仙雜記·竹枝曲》云：「張旭醉後唱〈竹枝曲〉，反覆必至九回，乃止。」[39]教坊曲中有〈竹枝子〉，想必與張旭所唱的相同。又貞元間劉禹錫改訂建平（今四川巫山縣）一帶的民歌〈竹枝〉，應不相同。〈竹枝〉純然是長江上流的民歌，可惜它的本辭未被記錄下來，今所見者，為劉禹錫改寫的歌詞，他在九首的〈竹枝詞〉前有一節「小引」云：

> 四方之歌，異音而同樂。歲正月，余來建平，里中兒聯歌〈竹枝〉，吹短笛，擊鼓以赴節。歌者揚袂睢舞，以曲多為賢。聆其音，中黃鐘之羽，卒章激訐如〈吳聲〉，雖傖儜不可分，而含思宛轉，有淇澳之艷音。昔屈原居沅湘間，其民迎神詞多鄙陋，乃為作九歌。到于今荊楚歌舞之。故余亦作〈竹枝〉九篇，俾善歌者颺之，附于末。後之聆巴歈，知變風之自焉。

從這段記載中，已明〈竹枝〉乃建平的民歌，且為「聯歌」，即男

---

[39] 唐·馮贄著：《雲仙雜記》，收入《龍威秘書》，新興書局，1969年，冊1，頁487。

女贈答之歌，聲調〈竹枝〉亦是因和聲而得名的俚歌。劉氏的改作，多少仍保留了鄉土民歌的面貌，今擇其一首，並配以和聲，以見其情趣：

　　　山桃紅花<sup>竹枝</sup>滿上頭<sup>女兒</sup>，蜀江春水<sup>竹枝</sup>拍山流<sup>女兒</sup>；
　　　花紅易衰<sup>竹枝</sup>似郎意<sup>女兒</sup>，水流無限<sup>竹枝</sup>似儂愁<sup>女兒</sup>。

晚唐皇甫松作〈竹枝〉便記錄下此和聲，且用雙關語，必本源於劉禹錫的〈竹枝詞〉，故劉氏所作，以及後人的仿作，均可合樂，此為可唱的聲詩。且歌詞的內容以情愛為主，可知〈竹枝詞〉本為男女相悅的情歌。

　　今敦煌曲有〈竹枝子〉兩首，其一為：

　　　高捲珠簾垂玉牖，公子王孫女，顏容二八小娘。滿頭珠
　　　翠影爭光，百步惟聞蘭麝香。　口含紅豆相思語，幾度
　　　遙相許，修書傳與蕭娘。倘若有意嫁潘郎，休遣潘郎爭
　　　斷腸。（斯1441、《敦煌零拾》）

這與七言絕句的〈竹枝詞〉句法大不相同，且篇幅倍之。足見其必別有來源，與文人仿製的〈竹枝詞〉無關。顧況有詠〈竹枝〉云：「渺渺春生楚水波，楚人齊唱〈竹枝歌〉。」

　　民間的歌謠除了情歌，此外便是工作的歌謠，例如〈浣溪沙〉。〈浣溪沙〉是唐人洗金者勞動的歌。

　　〈浣溪沙〉，調名原作〈浪濤沙〉或〈浪淘沙〉，由於洗金者在沙裡淘金而得名。〈浣溪沙〉的本辭已不可得，但從劉禹錫的〈浪淘沙〉中，得知是淘金者勞動的歌，詞曰：

　　　日照澄洲江霧開，淘金女伴滿江隈。美人首飾侯王印，

盡是沙中浪底來。

又云：

> 莫道讒言如浪深，莫言遷客似沙沉。千淘萬漉雖辛苦，
> 吹盡狂沙始到金。

劉禹錫被貶，居朗州十年。朗州，即今湖南常德縣，則知〈浪淘
沙〉的歌謠，起源於湖南常德縣附近，在沅江邊，唐人曾在此淘
金，淘金者亦有女子。故〈浪淘沙〉雖是勞動歌，同樣地也是情
歌，如白居易的〈浪淘沙〉云：

> 借問江湖與海水，何似君情與妾心。相恨不如潮有信，
> 相思始覺海非深。

這是文人仿民歌而作的唐聲詩，是合樂的。教坊曲有〈浣溪沙〉、
〈浪淘沙〉的曲調，但歌詞俱失傳，唯敦煌曲〈浣溪沙〉十五首傳
世，其中有聯章歌，亦有演故事的歌，且以船歌爲多。

> 五兩竿頭風欲平，張帆舉棹覺船行。柔艣不施停卻棹，
> 是船行。　滿眼風波多戰灼，看山恰似走來迎。子細看
> 山山不動，是船行。　（伯3128、3155　斯2607）

這是行船之歌，描寫舟子行船，先看風向和風級的大小，用竹竿懸
掛五兩羽毛，以定向和風級的大小，然後張帆啓程。於灘頭陝汊
間，猶如坐在船上，「看山恰似走來迎，子細看山山不動，是船
行」，筆觸巧妙逼眞。
　　「結草城樓不忘恩」這首是演故事：「浪打輕船雨打篷」和

「一陣風來吹黑雲」兩首，意思貫聯，是聯章的歌，宋元詞曲中，多此現象，唯曲不稱「聯章」，卻稱「套數」。

　　其他如〈魚歌子〉、〈撥棹子〉，是漁歌、棹歌。〈魚歌子〉，敦煌曲有此曲，五代《花間集》作「漁歌子」。今敦煌曲有四首〈魚歌子〉，都是民間的情歌，且詞語俚俗，與漁歌無關。今錄其詞兩首如下：

　　　　春雨微，香風少，簾外鶯啼聲聲好。伴孤屏，無語笑，
　　　　寂對前庭悄悄。　當初去，向郎道，莫保青娥花容貌。
　　　　恨狂夫，不歸早，教妾實在煩惱。（《敦煌零拾》、傅
　　　　惜華所見本、《西陲秘笈叢殘》第一集）

又：

　　　　繡簾前，美人睡，庭前猧子頻頻吠。雅奴白，玉郎至，
　　　　扶下驊騮沉醉。　出屏幃，整雲鬢，鶯啼濕盡相思淚。
　　　　共別人好，說我不是，得莫辜天負地。（《敦煌零
　　　　拾》、《敦煌詞掇》）

這是雙疊的曲子詞，內容是閨怨抒吐相思的情歌，比起張志和的〈漁父〉，大不相同。張志和是盛唐的詞人，十六歲時，就被擢為明經，很得肅宗的賞識，命待詔翰林，並授他左金吾衛錄事參軍。後來因事被貶為南浦尉，赦還以後，因為雙親亡故，便不願再作官。從此浪跡江湖，日與山水漁樵為友，自號為「煙波釣徒」。

　　他的五首〈漁父〉被收在《尊前集》裡，是仿巴陵的漁父棹歌而作的新詞，由此可知，他的五首〈漁父〉，在時代上來看，要比敦煌曲的〈魚歌子〉早，因為這五首〈漁父〉，在內容上與漁歌、棹歌有關，一般探討詞的起源，往往引此作為有力的例證。今引兩

首如下：

> 西塞山前白鷺飛，桃花流水鱖魚肥。青箬笠，綠簑衣，
> 斜風細雨不須歸。
> 青草湖中月正圓，巴陵漁父棹歌連。釣車子，橛頭船，
> 樂在風波不用仙。

其兄張松齡亦有〈漁父〉一首，子題作「和答弟志和」，其詞云：

> 樂是風波釣是閑，草堂松檜已勝攀。太湖水，洞庭山，
> 狂風浪起且須還。

漁歌互答，保留和答的形態，可知民間的漁歌，有贈答唱和的方式，且唐代太湖、洞庭湖一帶的漁歌，原始是單片的，到敦煌曲的時代，發展為雙疊的戀歌。

〈得蓬子〉，任二北《教坊記箋訂》云：「〈得蓬子〉，應即《舊唐書‧韋堅傳》之〈得体歌〉，五言六句聲詩。亦即《樂府雜錄》之〈得鞵子〉，因『蓬』『体』『鞵』三字音近。《廣韻》：『「体」同「笨」，麤貌。』体夫，舉重者，勞動之人也。」[40]因此，〈得蓬子〉、〈得体歌〉，應是舉重時的歌聲，歌詞是：

> 得体紇那也，紇囊得体耶？潭裡船車鬧，揚州銅器多。
> 三郎當殿坐，看唱〈得体歌〉。

據《舊唐書‧韋堅傳》：「韋堅，京兆萬年人。……天寶元年三

---

[40] 同註24，頁130。

月，擢爲陝郡太守、水陸轉運使。自西漢及隋，有運渠自關門西抵長安，以通山東租賦。奏請於咸陽擁渭水作興成堰，截灞、滻水傍渭東注，至關西永豐倉下，與渭合。於長安城東九里長樂坡下、滻水之上架苑墻，東面有望春樓，樓下穿廣運潭以通舟楫，二年而成。堅預於東京、汴、宋取小斛底船三二百隻置於潭側，……凡數十郡。駕船人皆大笠子、寬袖衫、芒屨，如吳、楚之制。先是，人間戲唱……〈得体歌〉。」[41]可知〈得体歌〉爲長安渭水邊夯夫舉貨物時的勞動歌。歌詞中的「紇那也」爲和聲。其他如〈得寶子〉、〈得輽子〉、〈得至寶〉、〈康老子〉。

　　田野工作的農歌，被記錄下來的不多，教坊曲中，有〈採蓮子〉、〈採桑〉、〈拾麥子〉、〈麥秀兩歧〉、〈楊下採桑〉、〈生查子〉等，皆爲農事的歌。可惜歌詞失傳，唯敦煌曲有〈生查子〉兩首傳世。

　　〈阿濫堆〉，本宮廷的樂歌，後流傳民間，成爲村野的牧歌。《碧雞漫志》云：「〈阿濫堆〉，《中朝故事》云：『驪山多飛禽，名阿濫堆，明皇御玉笛採其聲，翻爲曲子名，左右皆傳唱之，播於遠近，人競以笛效吹。』故張祜詩云：『紅樹蕭蕭閣半開，玉皇曾幸此宮來；至今風俗驪山下，村笛猶吹〈阿濫堆〉。』賀方回〈朝天子〉曲云：『待月上，潮平波豔豔，塞管孤吹新〈阿濫〉。』即謂〈阿濫堆〉。江湖尚有此聲，予未之聞也。」[42]

　　其次，民間歌謠有唱五更的「五更轉」，唱四季的「子夜四時歌」，唱十二時的「十二時」，這些歌謠或是勸善，或是教誨，或是述故事。唐代此類民歌，僅存於敦煌曲中。如〈五更轉〉（《敦煌零拾》）：

---

[41]　同註1，卷105，頁3222。

[42]　同註19，卷4，頁725。

一更初，自恨長養枉生軀。耶娘小來不教授，如今爭識文與書。

二更深，《孝經》一卷不曾尋。之乎者也都不識，如今嗟嘆始悲吟。

三更半，到處被他筆頭算。縱然身達得官職，公事文書爭處斷。

四更長，晝夜常如面向牆。男兒到此屈折地，悔不《孝經》讀一行。

五更曉，作人已來都未了。東西南北被驅使，恰如盲人不見道。

此定格聯章的歌謠，敦煌曲共有六首，且每首句法不同，故〈五更轉〉為一時頗為廣泛之體製，或入變文，或為帶過曲，或為簡單之聯章，為俗曲中常見的俚歌。

## 五、道曲和佛曲

### （一）佛曲

唐代是個興盛的時代，民間的宗教信仰，也得到自由的發展。其間，巫道僧尼常借道術、神鬼之事，以說吉凶，勸世行善，普及於委巷，深中於人心。唐代道教的流行，不及佛教之盛，然佛、道二教，常比附而行，就以唐朝佛寺、僧尼之數，以及產業之富，已成社會一特殊階級。如趙令時《侯鯖錄》所云：

會昌五年，始命西京留佛寺四，僧唯十人。東京二寺，節度觀察同華汝三十四治所得留一寺，僧如西京數，其餘刺史州不得有寺。……凡除寺四千六百，僧尼笄

冠二十六萬五百，其奴婢至十五萬，良人枝附為使令
者，倍笄冠之數。良田數千頃，奴婢日率以百畝編入農
籍。[43]

由於佛教、道教的流行，產生不少的佛曲和道曲。敦煌石室所發現
的變文和曲子詞，大部分是佛教徒宣揚教義的講唱文學，其中也有
一些是道曲。

　　唐代變文的興起，與佛教經典中長篇敘事詩有關，其最初形式
當來自民間。在我國傳統文學中，如六朝以來文士所作的頌、贊、
銘、誄諸文章，前有散文的序，後有韻文的文辭，在民間亦有韻散
混合的唱詞，所以唐代變文的發生，是佛教徒採用民間歌謠的形
式，來講唱佛典中的故事，或借民間流傳的故事，來傳播教義。

　　至於敦煌曲中，多半是民間的雜曲，其中亦有不少與佛道有關
的歌謠，從歌詞的內容便可得知。

　　在盛唐的教坊曲中，也載有佛曲道曲的曲調，唯不見歌詞，及
敦煌曲發現，始與教坊曲的曲目相引證。《教坊記》中的佛曲有：

　　　　〈獻天花〉、〈菩薩蠻〉、〈南天竺〉、〈毗沙子〉、
　　　　〈胡僧破〉、〈達摩〉、〈五天〉。

道曲有：

　　　　〈眾仙樂〉、〈太白星〉、〈臨江仙〉、〈五雲仙〉、
　　　　〈洞仙歌〉、〈女冠子〉、〈羅步底〉、〈內家嬌〉。

---

[43] 宋‧趙令時著：《侯鯖錄》，臺灣商務印書館（《四庫全書》本），1983年，卷2，頁
364。

今敦煌曲中的佛曲，有〈散花樂〉，是佛教法會道場中所唱的梵曲。用「散花樂」或「滿道場」作和聲，因而得名。其詞如下：

稽首皈依三學滿，<sup>散花樂</sup>；天人大聖十方尊，<sup>滿道場</sup>。
昔者雪山求半偈，<sup>散花樂</sup>；不顧軀命捨全身，<sup>滿道場</sup>。
……
大眾持花來供養，<sup>散花樂</sup>；一時稽首散虛空，<sup>滿道場</sup>。

葉德鈞《宋元明講唱文學》二云：「敘事〈蓮花落〉。它是源出隋末唐初僧侶募化時所唱的〈落花〉曲子（《續高僧傳》卷四十），唐五代時叫〈散花樂〉，並非僧侶募化的歌，觀其內容，是道場禮贊的歌。」除上引的〈散花樂〉外，尚有兩首，其一為法照和尚〈散花樂讚〉：

散花樂，散花樂，奉請釋迦如來入道場，散花樂！
散花樂，散花樂，奉請十方如來入道場，散花樂！
散花樂，散花樂，奉請阿彌陀入道場，散花樂！
散花樂，散花樂，奉請觀世音入道場，散花樂！
道場莊嚴極清淨，散花樂！天上人間無比量，散花樂！

另一首是〈請觀世音讚〉：

奉請觀世音，<sup>散花樂</sup>；慈悲降道場，<sup>散花樂</sup>。
歛容空裡現，<sup>散花樂</sup>；忿怒伏魔王，<sup>散花樂</sup>。
騰身振法鼓，<sup>散花樂</sup>；勇猛現威光，<sup>散花樂</sup>。
手中香色乳，<sup>散花樂</sup>；眉際白毫光，<sup>散花樂</sup>。

如將和聲「散花樂」刪去，便是一首五言禮讚的詩。這類佛曲，並無文學價值可言，僅保留民俗之一面而已。而《教坊記》中有〈獻天花〉一曲，是否與〈散花樂〉有關，因資料不足，無法證實。

　　〈好住娘〉，也是因和聲而得名的佛曲。內容是演故事，大意是辭拜母親，入山歸佛的唱詞，詞語俚俗。其詞為：

> 兒欲入山修道去，<sup>好住娘</sup>；兄弟努力好看娘，<sup>好住娘</sup>。
> 兒欲入山坐禪去，<sup>好住娘</sup>；迴頭頂禮五台山，<sup>好住娘</sup>。
> ……
> 佛道不遠迴心至，<sup>好住娘</sup>；全身努力覓因緣，<sup>好住娘</sup>。（伯2713　斯19　乃74　《敦煌雜錄》）

這是出家的讚歌，意在慰母安居，故「好住」有安居之意。

　　〈悉曇頌〉，敦煌曲中有〈俗流悉曇頌〉（鳥64、《敦煌雜錄》）和〈佛說楞伽經禪門悉談章〉（伯2204、2212、3099、3082　斯4583）兩首，這是講經傳道，廣開禪門的佛曲，本是印度的梵曲，歌詞也是梵文，今為定惠和尚所譯。從〈佛說楞伽經禪門悉談章序〉有一段說明，可知此為佛教傳道的梵唱。其序云：

> 諸佛子等，合掌至心聽，我今欲說〈大乘楞伽悉談章〉。〈悉談章〉者，昔大乘在楞伽山，因得菩提達摩和尚，元嘉元年，從南天竺國，將《楞伽經》來至東都，跋陀三藏法師奉詔翻譯，其經總有五卷，合成一部。文字浩瀚，意義難知，和尚慈悲，廣濟群品，通經問道，識攬玄宗，窮達本原，皆蒙指受。又嵩山會善沙門定惠，翻出〈悉談章〉，廣開禪門，不妨慧學，不著文字，並合秦音。

這段文字說明〈悉曇頌〉是南朝宋元嘉元年（西元四二四），達摩和尚由南天竺傳來中原，是《楞伽經》禪心悟道的讚頌。唐時始由定惠譯成漢文，且合大秦的方音。歌詞在傳經義，今擇一章，以見一斑：

> 頗邏墮，頗邏墮，第一捨緣清淨座，萬事不起真無我。直進菩提離因果，心心寂滅無殃禍。念念無念當印可，可底利摩，魯留盧樓頗邏墮。　諸佛弟子莫嬾惰，自勤課，愛河苦海須渡過。憶食不餐常被餓，木頭不鑽不出火。那邏邏，端坐，娑訶耶，莫臥。

其中和聲的使用至為普遍，故意必紆迴，聲多齊和，造成梵唱的莊嚴肅穆氣氛。

其他如〈五更轉〉、〈十二時〉、〈歸去來〉，也是宣揚佛教的歌曲，故唐代佛教滲透民間，深入且廣。以下再以佛曲中分時聯章歌體來探究其創作源頭。

1. 〈十二時〉

〈十二時〉乃是以古時十二時辰的記時方法為基礎而形成的分時歌唱。殷墟出土的甲骨即以天干、地支記時，起源甚早，但這可能使用於知識分子之間，一般民間則習用夜半子、平旦寅、日出卯、食時辰、隅中巳、日中午、日昳未、晡時申、日入酉、黃昏戌、人定亥來記算晝夜時辰。至於以十二時辰來創作歌曲，一時辰一首，則始見於北魏楊衒之的《洛陽伽藍記》：「有沙門寶公者，……造十二時辰歌。」[44]而慧皎的《高僧傳》中也提及梁武帝與寶誌和尚的對話：

[44] 北魏・楊衒之著：《洛陽伽藍記》，收入《大正藏》第52冊，頁1014。

　　誌曰：「十二識者，以為十二因緣，治惑藥也。」
　　（帝）又問十二之旨，答云：「旨在書字時節刻漏
　　中。」識者以為書之在十二時中。……⑮

此外，《景德傳燈錄》收有寶誌和尙的〈十二時頌〉，北宋胡仔的
《苕溪漁隱話後集》則記載了其中最後一首〈雞鳴丑〉，字句相
同。鄭阿財據此推論定格聯章十二時，當爲南朝高僧寶誌和尙所創
製。⑯周丕顯則持保留態度，以爲寶公、寶誌是否爲同一人，尙難
判定。⑰又羅振玉、鄭振鐸曾將此曲與以下將談及之〈五更轉〉、
〈百歲篇〉歸爲「俚曲」。任二北則以爲將此三調之辭，與《雲
謠集》之〈鳳歸雲〉等比較，並無軒輊，但於當時民間之力量則
有過之，即在當時社會所謂上層階級中，亦有其地位。⑱再以形式
而言，敦煌曲〈十二時〉，以五、七言爲主，或只有主曲，或有輔
曲。且除佛教外，道教亦曾借用此曲，如正一眞人所撰之〈十二時
修道龍虎丹歌訣一卷〉等。

　　2.〈五更轉〉
　　「轉」字有更迭、歌詠二重意義，故〈五更轉〉即五分夜以歌
唱。而流行於唐五代的〈五更轉〉起於何時？顏之推《顏氏家訓》
中提到漢魏時已有一夜分爲五更者，而〈西都賦〉裡則提及當時已
有「嚴更之署」。但以五更分時來歌唱起於何時，則難以斷定。
宋·郭茂倩的《樂府詩集》三十三卷裡記載了南陳伏知道的五首

---

⑮　梁·慧皎著：《高僧傳》，《大正藏》第50冊，頁394。

⑯　鄭阿財著：《敦煌文獻與文學》，新文豐出版公司，1993年，並於此提及《景德傳燈
　　錄》所收之十二時頌，不知是否為後人所託，頁107-109。

⑰　周丕顯著：〈敦煌俗曲分時聯章歌體再議〉（《敦煌學輯刊》第4期，1983年6月），頁
　　19。

⑱　任二北著：《敦煌曲初探》，上海文藝聯合出版社，1954年，頁54。

〈從軍五更轉〉，可謂目前所知最早的五更轉。任二北引郭文說：

> 郭氏曰：「伏知道已有從軍辭，則〈五更轉〉蓋陳以前曲也。」可知其創調之始，當在陳以前。㊾

而敦煌所出土的〈五更轉〉大約有五十多種寫本，年代複雜，多數難以確定。以其形式看來，有每更一首者，亦有每更二首三首的，或許因爲要表達較多的內容，而作此變通，曲辭多以首句末字來引韻，這點在〈十二時〉、〈五更轉〉、〈百歲篇〉三者是相同的。

3.〈百歲篇〉

關於其起源，《古今樂錄》曾提及：「百年歌，晉王道充、陸機並作。」任二北《敦煌曲初探》中則說：

> 〈百歲篇〉——此調分明起源於六朝僧侶唱導之用，創始更早；至晚唐，已為舞曲。㊿

〈百歲歌〉之作，當始於晉朝。又說：

> 梁慧皎《高僧傳》十五「唱導」門，記宋釋道照，以宣唱為業……曾對武帝敘百年迅速，遷滅俄頃，苦樂參差，必由因果。足見佛教之誘導人心，早即闡發「百年迅速，必由因果」之義，為適應唱唄之需要，而百歲篇之曲調乃產生。(51)

---

㊾ 同註48，頁57。

㊿ 同註48，頁63。

(51) 同註48，頁65。

這是任二北以為〈百歲篇〉始於佛家唱導的原因。而在《敦煌曲校錄‧緇門百歲篇》下，任二北又言：「百歲篇分題緇門、丈夫、女人，乃三套相聯之作。」又因斯坦因2947卷辭前題有「寶積經第一帙，第一卷，三律儀會」，而查經引其說：

> 當有比丘，年紀二十，三十，四十，乃至百歲，為老所侵。莊嚴衣服，雖剃鬚髮，毀壞威儀，老病衰朽，無有威光，趣向邪法。臨命終時，由罪意樂之所障蔽，熟思已犯，懈怠不修，而於三處示現，證得何為主。……此乃套曲辭之所因也。[52]

由此可知佛曲喜用〈百歲篇〉的形式是有其淵源的。其將人生以十年為單位，由十歲到百歲，分別用十首歌辭聯成一套，由少至壯至老，歷述年輕歡樂至年老衰頹的心態、情狀，正與佛教以為人生無常相合，因而被廣用於佛曲。但也因其內容固定，故其流行層面，是不能與前述之〈十二時〉、〈五更轉〉等體裁相比的。

　　中國民間雜歌謠善用數字調，以其形式規則，又富韻律。佛曲亦廣泛運用，除了前述三類，尚有〈十無常〉、〈三歸依〉等以數字架構形式的曲調，下文將再論及。

　　敦煌佛曲中，內容主要以佛教教義為主，《大智度論》曰：「菩薩欲淨佛土，故求好音聲。欲使國土中眾生聞好音聲，其心柔軟。心柔軟，故易可受化，是故以音聲因緣而供養佛。」[53]佛曲旨在柔心起信，故「意必紆迴，語必反覆，聲多齊和，體多聯章」。這是佛曲的特點。以下就其內容粗略分類為五：

---

[52] 同註3，頁165-166。

[53] 後秦‧鳩摩羅什譯：《大智度論‧釋佛國土品第八十二之餘》，《大正藏》第25冊，頁710。

## 1. 勸人行孝

「百善孝為先」，孝道為中國傳統美德。佛教初傳中國時，曾被批評有違倫理孝道，謂其「破國、破家、破身」。因佛教主張冤親平等，「無始以來一切眾生，於六道中互為父子」，且「識體輪迴，六趣無非父母，生死變易，三界孰辨冤親」。佛教的輪迴說引來中國傳統衛道之士稱其「視父母如路人」的譴責，亦成為儒、道反佛的一有力依據。而佛教對此有所警覺，為獲得中國人的接受，適應中國傳統倫理，故致力於與孝道有關之佛教經典的傳譯。迦葉摩騰、竺法蘭，首譯《四十二章經》提及人們事天地鬼神，不如孝順其雙親：「人事天地鬼神，不如孝其親矣，二親最神也。」[54]後漢安世高亦譯《佛說父母恩重難報經》以明親恩深重，難以報答。《雜寶藏經》也說：「若欲供養諸聖賢及佛，但供養父母，諸聖賢及佛，即在家中。」[55]意在表明佛教並非不注重倫常，而出家比丘，為成就道業而辭親，亦非絕情滅理。此外尚有《大方便佛報恩經》、《孝子經》、《出曜經》等經典的出現。且歷代孝經注疏家亦不乏僧人，有釋慧琳、釋慧始等。僧人且作《勸孝文》，如僧宗頤，凡此可謂儒釋思想之合流，更促使了佛教中國化。佛教徒更在每年七月舉行盂蘭盆會，陳設供齋，為父母祈福，不只要孝順現世父母，還要超渡七世父母，在在表明佛教徒並非棄親拋家，實乃行大孝者。

敦煌文獻中，佛教徒倡導孝道之文章亦為數不少，如著名的《大目乾連冥間救母變文》、《二十四孝押座文》等，而在佛曲的範圍中有關孝順之作品甚多。任二北在《敦煌歌辭總編》普通雜曲中收有〈皇帝感新集孝經十八首〉，這是唐玄宗注解《孝經》之

---

[54]　後漢・迦葉摩騰、竺法蘭譯：《四十二章經》，《大正藏》第17冊，頁722。

[55]　元魏・吉迦夜、曇曜譯：《雜寶藏經》卷2，《大正藏》第4冊，頁455。

後，更藉佛、道宣揚孝道，也提升自己名望而請人編集的作品。[56]
又定格聯章中有〈十二時・天下傳孝〉、〈禪門十二時〉，此外尚
有〈十恩德・報慈母十恩德〉、〈孝順樂〉、〈十種緣・父母恩重
讚〉等佛讚。以〈十種緣・父母恩重讚〉（斯2204、0126）爲例：

> 父母恩重十種緣，第一懷躭受苦難。不知是男還是女，
> 慈悲恩愛與天連。
> 第二臨產足心酸，命如草上露珠懸。兩人爭命各怕死，
> 恐怕無常落九泉。
> 第三母子足安然，莫忘孝順養殘年。親情遠近皆歡喜，
> 冤家懷抱競來看。
> 第四血入腹中煎，一日二升不屢餐。一年計乳七石二，
> 母身不覺自焦乾。
> 第五漸漸長成年，愁饑愁渴又愁寒。乾處常迴兒女臥，
> 濕處母身自家眠。
> 第六哺乳恩最難，如餳如蜜與兒餐。母喫家常如蜜味，
> 恐怕兒嫌腥不餐。
> 第七洗濯不淨衫，腥騷臭穢母向前。除洗不淨無遍數，
> 尚恐諸人有讒言。
> 第八為避惡業緣，躬親負重驀關山。若是長男造惡業，
> 要共小女結成緣。
> 第九遠行煩惱緣，一回見出母於先。父母心中百計較，
> 眼中流淚似如泉。

---

[56] 龍晦著：〈大足石刻父母恩重經變像與敦煌音樂文學的關係〉，收入任二北編《敦煌歌
辭總編》，上海古籍出版社，1987年，頁1845。

第十憐憫無二般，從頭咬取指頭看。十指咬著無不痛，
教娘爭忍兩般憐。[57]

〈十種緣〉、〈十恩德〉、〈孝順樂〉等曲的中心思想與孝順之內
容情節是類似的，近人龍晦有專文論之。由懷胎、臨產、生子、哺
乳、提尿、洗濯、造業、遠行、憫恩，歷述爲人父母者養兒育女
之勞苦，將子女撫養成人之辛酸。茲以〈十恩德〉之第一首（斯
4438、5564　伯2843、3411）對照之：

### 第一懷躬守護恩

説著氣不舒，慈親身重力全無，起坐待人扶，如恙病，
喘息粗，紅顏漸覺焦枯。報恩十月莫相辜，佛且勸門
徒。[58]

同於〈十種緣〉第一首描寫母親懷胎之不適，也明白揭示佛門勸孝
之主旨。再以〈孝順樂〉（伯2843）第三首比較之：

第二臨產更艱辛，須臾前看喪其生，好惡只看一晌子，
思量爭不鼻頭酸。孝順樂，孝順樂，孝順阿耶娘，孝順樂。[59]

同〈十種緣〉第二首，都在描述母親生產的危險，生死一線之隔，
故今人謂生日爲「母難日」實爲貼切，思及此，能不心懷感恩？而
這裡也可以看見文學、音樂的感人力量，佛教藉著佛曲歌讚，歌謠

---

[57]　任二北編：《敦煌歌辭總編》，上海古籍出版社，1987年12月，頁766。

[58]　同註57，頁748。

[59]　同註57，頁773。

雜曲，於勸學修道之外，兼行勸孝，經常於民間寺院傳唱，使僧俗皆能受熏習，感染向道行孝之心。

### 2. 佛陀本生

　　佛曲中有敘述佛陀本生故事者。敘述悉達多太子誕生至修道成佛，以迄雙林說法入滅的過程，亦即佛教所說的「八相成道」：(1)下天——佛乘白象由兜率天降下人間。(2)入胎——佛乘白象從摩耶夫人右脅入胎。(3)出胎—佛於四月八日從摩耶夫人右脅誕生。(4)出家——太子於十九歲時出王宮學道。(5)降魔——降服欲阻撓其成道的魔王。(6)成道——經六年苦行，後於菩提樹下成佛。(7)轉法輪——成道後五十年間說法普渡眾生。(8)入滅——八十歲時，佛陀於莎羅樹下入涅槃。佛經中有關太子成道的篇章很多，如《修行本起經》、《佛本行經》、《方廣大莊嚴經》、《過去現在因果經》……，而在敦煌變文中，我們可以看到已經改寫通俗形式的講唱文體，如《太子成道變文》、《破魔變文》等，而佛曲中則有〈五更轉·太子成佛〉、〈太子入山修道讚〉、〈十二時·聖教（佛本行讚）〉等。以〈十二時·聖教〉（伯2734、2918 斯5567）為例：

　　　　夜半子，摩耶夫人誕太子。步步足下生蓮花，九龍齊吐溫和水。
　　　　雞鳴丑，昔日諸親本自有。黃羊車匿圈東西，不那千人自心有。
　　　　平旦寅，太子因中是佛身。本有三十二相好，神通智慧異諸人。
　　　　日出卯，出門忽逢病死老。即知此戒正堪修。便是回心求佛道。
　　　　食時辰，本性持戒斷貪嗔。不羨世間為國王，唯求涅槃

成佛因。

隔中巳，庫藏金銀盡布施。憐貧恤老又慈悲，每有苦災
今日是。

正南午，太子修行實辛苦。每日持齋一麻麥，捨卻慳貪
及父母。

日昳未，太子神通實智慧。眉間放光照十方，救拔眾生
出五趣。

晡時申，太子廣開妙法門。降得魔王及外道，莎羅林裡
見世尊。

日入酉，閻浮提眾生難化誘。願求世尊陀羅尼，若有人
聞誦持受。

黃昏戌，佛聞雙林無有失。阿難合掌白佛言，文殊來問
維摩詰。

人定亥，十大弟子來懺悔。佛説西方淨土國，見聞自消
一切罪。⑥⓪

第一首夜半子即「八相成道」之「出胎」；第五首食時辰，第六首
隔中巳及第七首正南午則言太子之「出家」修道；第九首晡時申則
爲「降魔」與「成道」；第十首日入酉爲「轉法輪」，十一首人定
亥則爲「入滅」。與〈五更轉・太子成佛〉、〈五更轉・太子入
山修道讚〉比較，基本上都是以「八相成道」爲敘述主軸的。只是
〈五更轉・太子成佛〉（伯2483、3083）較爲簡短：

　　一更初，太子欲發坐尋思。奈知耶娘防守到，何時度得

---

⑥⓪　同註57，頁1479-1480。

雪山川。

二更深，五百個力士睡昏沉。遮取黃羊及車匿，朱駿白馬同一心。

三更滿，太子騰空無人見。宮裡傳聞悉達無，耶娘肝腸寸寸斷。

四更長，太子苦行萬里香。一樂菩提修佛道，不藉你世上作公王。

五更曉，大地上眾生行道了。忽見城頭白馬蹤，則知太子成佛了。[61]

將〈太子成佛〉與〈聖教〉相較，後者彷彿是前者的濃縮版，至於〈太子入山修道讚〉則篇幅較長、表現出較多的情感轉折，但所要傳達的內容和精神則大致是相同的。

### 3. 宣揚教理

　　佛教認為人生無常，修行當及時。無常，道理甚深，謂世事緣起無自性，而人又因無明而執著，誤以世事為實有、不變，不知其無常性，非吾人可主宰，因而煩惱生起，起惑造業，輪迴不斷。這是佛教苦、集、滅、道四聖諦的立論基礎。然而此等精妙之道理，於一般知識程度不高之民眾，未必能夠明瞭，故而藉由通俗的民間文學形式，琅琅上口的曲詞，反有深入人心的效果。也因此佛教常用的因果、輪迴、煩惱、空、涅槃等字眼也常見於佛曲中。這類的佛曲有〈十無常〉、〈無常取〉、〈十二時‧勸凡夫〉等。如〈十無常〉（斯2204、0126）其中二首：

　　愚人不信身虛幻，得久遠，英雄將謂沒人過，使傴儸。

---

[61] 同註57，頁1473。

> 縱然勸得教歸仰，招毀謗，直須追到閻羅王，不免也無常。
> 人居濁世逢劫壞，惡世界，星霜暗改幾多時，作微塵。
> 生居濁世人之苦，須怕怖，饒君鐵櫃裡潛藏，不免也無常。(62)

直接點出人居五濁惡世，飽受無常之苦，其中且可見末劫思想。又如〈十二時．普勸四衆依教修行〉（伯2054、2714、3087、3286）全篇一百三十四首，分爲十二時辰，內容多爲人生庸碌，或迷戀親情，或貪圖食色，或不知生老病死之無常……以此勸導世人須知世事空幻無常，宜覺悟趁早修行。以其中幾首爲例：

> 火宅忙，何日了，朽樹臨崖看即倒。只憂閑事不憂身，蹉跎不覺無常到。
> 葬荒郊，安宅兆，古柏寒松蔭荒草。津梁險路一無憑，合眼沉淪三惡道。
> 況此身，如聚沫，終是無常歸壞滅。暫時光膩與肥充，兩日不安瘦如刮。
> 春復秋，旦復暮，改變桑田易朝祚。三皇五帝總成空，四皓七賢皆作土。(63)

因人生無常，修行當及時。故又如〈十二時．禪門〉（伯3821、3116、3604　斯5567　《敦煌零拾》）：

---

(62) 同註57，頁1081-1082。

(63) 同註57，四首頁數分別為1601、1601、1611、1627。

夜半子，減睡還須起，端坐正觀心，揮卻無明蔽。

雞鳴丑，擷木看窗牖，明來暗自除，佛性心中有。[64]

〈十二時‧學道〉（伯2943）其中三首：

夜半子，蔭中真如止，觀心超有無，寂然俱空理。

日出卯，佛性除煩惱，正念知色空，可得菩提道。

晡時申，法性契於塵，善作無住相，生滅體為真。[65]

以及〈十二時‧法體〉等皆言其打坐觀心，循法門以期契入佛法正道之種種修行體悟。再如〈百歲篇‧緇門〉以十歲一首的形式，歷述出家後的生活，與其逐年的修行進階，描繪出僧人由凡俗邁向神聖的心路歷程。佛教是實踐的宗教，除了瞭解甚深的佛理，更重要的是實踐，以能成正等正覺，在敦煌佛曲中自然也反映了此特點。

### 4. 道場禮讚

佛教法會道場中禮拜、唸誦、梵唱不可少，而其中所唱的梵曲亦有見於敦煌者。如〈散花樂〉、〈滿道場〉：

稽首皈依三學滿，<sup>散花樂</sup>；天上大聖十方尊，<sup>滿道場</sup>。

昔者雪山求半偈，<sup>散花樂</sup>；不顧軀命捨全身，<sup>滿道場</sup>。

巡歷百姓求善友，<sup>散花樂</sup>；敲骨出髓不生嗔，<sup>滿道場</sup>。

帝釋四王捧馬足，<sup>散花樂</sup>；夜半逾牆出宮城，<sup>滿道場</sup>。

苦行六年成正覺，<sup>散花樂</sup>；鹿苑初度五歸尊，<sup>滿道場</sup>。

弘誓慈悲度一切，<sup>散花樂</sup>；三乘說教濟群生，<sup>滿道場</sup>。

---

[64] 同註57，頁1376。

[65] 同註57，頁1406。

　　　　大眾持花來供養，<sup>散花樂</sup>；一時稽首散虛空，<sup>滿道場</sup>。[66]

此中之「散花樂」、「滿道場」為和聲。法照和尚敘道場儀式曰：

> 作道場時，先須□梵，梵了，啓請；啓請即須發願。
> 了，即須誦〈散花樂讚〉。了，即四字念佛三五十口。
> 即誦《阿彌陀經》，眾和，了，即五會唸佛。了，即誦
> 〈散花樂讚〉。即至誠懺悔佛前，慇勤至心發願，作清
> 淨梵唱。回禮，即散。[67]

可知在梵唄之前，須先唱此曲。將之和《大正藏》四十七冊善導編
撰之《轉經行道願往生淨土法讚卷》中所收〈請觀世音讚〉比較：

> 奉請觀世音，<sup>散花樂</sup>；慈悲降道場，<sup>散花樂</sup>。
> 斂容空裡現，<sup>散花樂</sup>；忿怒伏魔王，<sup>散花樂</sup>。
> 騰身振法鼓，<sup>散花樂</sup>；勇猛現威光，<sup>散花樂</sup>。
> 手中香色乳，<sup>散花樂</sup>；眉際白毫光，<sup>散花樂</sup>。[68]

兩首皆以簡潔整齊的形式，讚誦佛陀、菩薩功德，在人數眾多的法
會道場，自有收攝人心，引起宗教情感的力量。又如法照和尚的
〈歸去來·寶門開〉（伯2066）其中三首：

---

[66] 同註3，頁101。

[67] 轉引自任二北著：《敦煌曲初探》，同註48，頁77。關於法會儀軌，可參見〈淨土五會
念佛誦經觀行儀卷〉，《大正藏》第85冊，及〈淨土五會念佛略法事儀讚〉，《大正
藏》第47冊。

[68] 《轉經行道願往生淨土法讚卷》，《大正藏》第47冊，頁427。同冊法照〈淨土五會念佛
略法事儀讚〉亦有形式相類的〈散花樂文〉，頁476。

歸去來,寶門開,正見彌陀升寶座,菩薩散花稱善哉!
稱善哉!
寶林看,百花香,水鳥樹林念五會,哀婉慈聲讚法王!
讚法王!
歸去來,上金臺,勢至觀音來引路,百法明門應自開!
應自開![69]

這一類的作品純粹是道場中對諸佛菩薩的讚頌,雖然較無文學技
巧,但充滿道場莊嚴氣氛。佛曲中還有一首〈三歸依〉,佛教
徒每日早晚課必唱誦〈三歸依〉表明自己一心皈依佛、法、僧三寶。敦
煌佛曲中的〈三歸依〉歌詞與此不同,但表達的精神是同樣的。

## 5. 顯揚宗派

佛教傳入中國至隋唐時,可謂為宗派時代。因「東晉以來,教
理之疏討日益繁密,於是華人漸自關門戶,辯論遂興。陳隋之際,
乃頗多新說,而宗派之分以起。」[70]故而南北朝時期並沒有宗派之
說,佛經說教、列祖繼宗的說法雖前已有之,但也至隋唐時才興盛
起來。盛行於當時的敦煌佛曲當然也反映了此時期佛教的特色。以
下即以淨土宗與禪宗為例。

### (1)淨土宗

淨土宗是較他宗深入民間的宗派,因其法門簡便,對一般知
識程度的民眾來說,不須透過精深佛理的學習,較為容易接受並實
踐。淨土宗以念佛禪定為主,主張憑藉彌陀願力,可以往生極樂淨
土。《阿彌陀經》說:

---

[69] 同註57,頁1063。亦著錄於法照〈淨土五會念佛誦經觀行儀卷〉,《大正藏》第85冊。
[70] 湯用彤著:《隋唐及五代佛教史》,慧炬出版社,1986年12月,頁130。

> 若有善男子、善女人，聞說阿彌陀佛，執持名號。若一
> 日，若二日，若三日，若四日，若五日，若六日，若七
> 日，一心不亂。其人臨命終時，阿彌陀佛與諸聖眾，現
> 在其前。是人終時，心不顛倒，即得往生阿彌陀佛極樂
> 國土。[71]

如此簡捷、速超生死的法門，使百姓樂於接受，並進而多行善業，親近佛法，並期「滅八十億劫生死重罪」，不墮惡道，往生極樂。唐初因玄奘信彌勒淨土，故彌勒淨土曾盛行一時，道綽以後，彌勒淨土衰微，阿彌陀淨土轉而大興。以淨土宗法照和尚之〈歸去來·歸西方讚〉（伯2250、3373　文89）為例：

> 歸去來，誰能惡道受輪迴，且共念彼彌陀佛，往生極樂
> 坐花臺。
> 歸去來，誰能此處受其災，總勸同緣諸眾等，努力相將
> 歸去來，且共往生安樂界，持花普獻彼如來。[72]
> 歸去來，娑婆苦處哭哀哀，急須專念彌陀佛，長辭五濁
> 見如來。

此曲鏗鏘有力地唱出超脫這苦集的娑婆世界的願望，也明白闡述只要一心念佛，往生時，阿彌陀佛必來接引的淨土思想。法照和尚是蓮宗七祖的第四祖，曾製五會唸佛，亦即依《無量壽經》「清風時發，出五音聲，微妙宮商，自然相和」，而以五音曲調禮念佛、菩薩，以音樂的力量來弘揚淨土。而前述之〈十二時·普勸四眾依教

---

[71] 後秦·鳩摩羅什譯：《佛說阿彌陀經》，《大正藏》第12冊，頁347。

[72] 同註57，頁1066。

修行〉亦有淨土思想，如：

> 罪誰無，要猛決，一懺直教如沃雪，求生淨土禮彌陀，
> 九品花中常快活。
> 利益言，須切記，功果教君不虛棄，若非淨土禮彌陀，
> 定向天宮睹慈氏。[73]

此中歌誦淨土宗最推崇的阿彌陀佛，及「九品」凡聖不拘的常樂淨
土，並叮囑信眾切記莫忘，如此之歌詠，顯然是淨土宗信徒所做。

(2)禪宗

禪宗是唐代佛教極為興盛的一個宗派，在敦煌佛曲裡禪宗的作
品以南宗為多，這可能與佛教史上南宗較北宗興盛有關。六祖慧能
主張「一切善惡都莫思量，自然得入清淨心體，湛然常寂，妙用恆
沙。」六祖倡無念為宗，明心見性，即可頓悟成佛。神會和尚為慧
能之弟子，其曾解釋「無念」：

> 不作意即是無念，……一切眾生心本無相，所言相者，
> 並是妄心。何者是妄？所作意住心，取空取淨，乃至起
> 心求證菩提涅槃，並屬虛妄。但莫作意，心自無物，即
> 無物心，自性空寂……。[74]

神會和尚承六祖思想，而南宗至此才算是真正興盛起來。其所作
〈五更轉·南宗定邪正〉（斯2679、4634、6083　伯2045）：

---

[73] 同註57，頁1611、1619。
[74] 胡適校：《神會語錄》敦煌本，《大正藏》第85冊，頁102。

一更初，妄想真如不異居。迷則真如是妄想，悟則妄想是真如。　念不起，更無餘，見本性，等空虛。有作有求非解脱，無作無求是功夫。
二更催，大圓寶鏡鎮安台。衆生不要攀緣病，由斯障閉心不開。　本自淨，沒塵埃，無染著，絕輪迴。諸行無常是生滅，但觀實相見如來。……
四更闌，法身體性不勞看。看則住心便作意，作意還同妄想摶。　放四體，莫攢頑，任本性，自觀看。善惡不思即無念，無念無思是涅槃。……(75)

辭中闡釋眞、妄的差別，而以無念爲悟入的基礎，與《六祖壇經》「無念爲宗」的宗旨相同。〈五更轉．南宗贊〉（伯2963、2984　斯4173、4654、5529　周70　蘇1363）：

二更長，三更嚴，坐禪習定苦能甜，不信諸天甘露蜜，魔軍眷屬出來看。　諸佛教，實福田，持齋戒，得生天，生天終歸還墮落，努力回心取涅槃。
三更嚴，四更闌，法身體性本來禪，凡夫不念生分別，輪迴六趣心不安。　求佛性、向裡看，了佛意，不覺寒。廣大劫來常不悟，今生作意斷慳貪。(76)

此曲由標題即可知屬南宗的作品，倡內「求佛性」，亦符禪宗見性成佛之旨。又〈求因果．修善〉（斯5588）則直言「自從發意禮

(75) 同註57，頁1443。
(76) 同註57，頁1429。

南宗，終日用心功，一法安心萬法通，無不盡消溶。」(77)明顯可知是南宗的信徒所作，此外，眞覺和尚亦爲禪宗南宗之人物，其所作〈證道歌〉自然也不離南宗法門。

此外，在敦煌佛曲中，自然也有許多無宗派色彩或色彩不甚明顯的作品，如前第三項「宣揚教義」所述。一則因爲作於隋唐之前，再者因各宗有共通的基礎佛法，三則因敦煌多民間創作，作品必然也反映出一般民衆，並不如僧伽中的精英分子那麼明白宗教劃分之道。尙有佛、道不分的信衆，更遑論此了。

佛曲經由西域傳入中國，刺激了民間俗曲的發展，進而互相融合，在群衆之間有了蓬勃的發展。二種不同文化下的產物，要融合爲一，其本質必有相同的因子，或許易於傳唱、引起共鳴是民間文學與佛教歌讚共同的部分，而結合之後，重奏複沓的效果，莊嚴的曲調，發人深思的辭句則爲其特色。其中又以定格聯章〈十二時〉、〈五更轉〉、〈百歲篇〉等具有民間特色的形式最普遍。而佛曲在勸孝、宣揚教理、闡述宗派理念或是作爲道場禮讚等方面，都與音樂作了很好的結合，達到教化人民、深入人心的效果。曲詞描繪了佛菩薩的形象，佛教徒的心理，淺顯易懂，這也是民間通俗文學的必然發展。此外，佛曲更反映了中國佛教史的發展，初傳時爲適應中國倫理故而著重勸孝，及其時佛教宣揚的教義重點，以迄宗派紛立的隋唐，所反映的各宗派思想。故而在敦煌佛曲中，我們不只看到了民間文學的特色，更看到佛教文學與史學的契合展現。

---

(77) 同註57，頁871。

## 佛曲的音樂起源

　　佛曲在音樂的分類上，屬於「宗教音樂」。[78]在印度，傳統的佛教音樂以聲明（Śabdavidya意指「有關聲音的學問」，含有音韻學及音聲學）為代表，是古代印度具有支配權力的知識階級（婆羅門僧）必須之科目。[79]

　　有人企圖從現存佛教經典中，探尋出草創梵唄、聲明的情形。認為釋尊抱持否定的態度，禁止弟子像世俗人一般地唱歌舞。但是筆者以為文獻是後人所結集，關係到編輯者的好惡取捨，靡靡之音當受不受修持者歡迎，但是在經典中加入協調的曲調有易於理解則被接受。佛教聲聞時期沙門的「頭陀行」更注重刻苦禁欲，其主其修行法門必須要放捨欲樂相配合，所謂「獨一靜處，專精思惟」以利觀照五蘊，音樂在此當然被視為障礙。

　　在佛教的戒律中有禁止前往「觀聽伎樂」，一方面是因為聲色場所往往多是非，容易損壞威儀，佛徒應該避免譏謗；[80]另一方面是因為不希望沙門以聲色自誤，以免失去正念而妨礙禪定及解脫的

---

[78] 一般狹義形態學的方類是：（一）歌樂（二）器樂（三）歌舞音樂（四）說唱音樂（五）戲曲音樂（六）宗教音樂。以上所用的分類，可以在一個單純的結構外形上顯出非常直接、強烈的分野性。另一種角度，則是從社會階層特色切入理解傳統音樂，在音樂表現形式、場域乃至風格上，卻更容易掌握到不同樂的特質。其分類為（一）宮廷音樂（二）文人音樂（三）民間音樂（四）宗教音樂。林谷芳著：《傳統音樂概論》，漢光文化出版公司，1998年，頁14-35。

[79] 片岡義道著：〈佛教音樂的源流及其發展〉，收入《世界佛學名著叢譯》，華宇出版社，1988年，頁9。「梵唄」在本國內譯作之定義，可見於唐・義淨著《南海寄歸內法傳》T54/2125，頁228。及唐・玄奘著《瑜伽師地論》T30/1579，頁360-1。亦見於近人呂澂在其《聲明略》，廣文書局，1993年。

[80] 例佛世時，某比丘尼故往觀聽歌舞伎樂被譏嫌為「如王夫人，如大臣婦」，某比丘尼教婦人唱歌，被譏為「徒自剃頭，情懷欲染」。

目的，(81)況且從事音樂曠時廢事，(82)往往投入太多時間。(83)

佛滅後四、五百年的大乘佛教時代，對佛教中心問題「悟道」的想法及嚴格戒律，不再強調去除迷惑之心，而朝迷惑之心中找出補救之道，也因此對以往一向以排斥態度之音樂，反而積極地將其轉換成修行的一種手段。因爲梵唄具有清淨、和雅、寧謐的特性，容易營造宗教氣氛，可以收攝浮躁渙散之心神，並引發特殊的宗教經驗（例如密教以爲可以藉用音聲來打開各種「輪脈」）。在佛教的傳播，因爲需要凝聚廣大的信衆，音樂在儀式中起了一種渲染的氣氛，將生命的關懷帶進儀式的節奏中，因此扮演著重要的角色。(84)佛教徒也認爲梵聲具有清淨的特質，能使身心寧靜而不易疲倦，心情也會受其薰陶而精進不懈倦，對於正法即能善思惟而能憶持不忘。(85)

---

(81) 鳩摩羅什所譯之《維摩詰所說經》（406譯）中亦提及，一向持重的迦葉聽到音樂竟不覺手蹈足舞。其中又有持世菩薩白佛言說「……我昔住於靜室時，魔波旬從萬二千天女，狀如帝釋，鼓樂絃歌來詣我所。」

(82) 弘一和尚未出家時，於藝術方面無所不精，但是他曾對夏丏尊說：「平生於音樂用力最苦，蓋樂律與演奏皆非長期練修無由適度，不若他種藝事之可憑藉天才也。」見〈清涼歌集．序〉，收入秦啓明著：《弘一大師李叔同音樂集》，慧炬出版社，1991年，頁109。

(83) 在《十誦律》及《薩婆多部毘尼摩得勒伽》中有記述。即使在東方中國的道家，老子所謂：「五音令人耳聾」，而墨子又提倡以樸質生活以減低慾望以達兼愛非攻的主張其重點有三：一、君民眈於音樂而廢事。二、造樂器，養樂人費財。三、廢事費財，國必敗喪。

(84) 片岡義道著：〈佛教音樂的源流及其發展〉，頁14。

(85) 《十誦律》：「有比丘名跋提，於唄中第一，是比丘聲好，白佛言，世尊，願聽我作聲唄，佛言，聽汝作聲唄，唄有五利益，……身體不疲、不忘所憶、心不懈倦、音聲不壞、諸天聞唄聲，心則歡喜。」在《長阿含經》卷五，梵童子告忉利天曰：「其有音聲五種清淨乃名梵聲，何等為五，一者其音正直，二者其音和雅，三者其音清澈，四者其音深滿，五者其音周遍遠聞，具此五者乃名梵音。」

　　佛曲中的唱誦分爲「諷詠」與「梵唄」，[86]現代的說法爲「念誦」及「唱讚」二部分，[87]同樣是具有音樂性，但是唱讚注重音樂的成分較重，音域起伏變化較大，所以一般而言，如果不事先看過詞，則不太能了解其中的意義。而念誦大都以重覆的平板音調進行，比較能了解經文的意義。[88]一般「佛曲」運用在宗教儀式中，因爲其功能在安定人心，所以講求平直舒緩，同一主旋律的組合可能會反覆出現，尤其在長篇的經文念誦中是整段重覆。而曲讚過程中也沒有明顯的強弱、快慢和速度的轉變，當然也不太講求表情。

　　「梵唄」，梵語譯音，其原意含有「光明、絢麗」的意思，也有「戲劇化詩人的」之義；而後引申出「覺悟」等意味。在漢譯佛典中，「梵唄」一辭，可能具有曲調誦經、歌詠讚嘆佛德，乃至止

---

[86] 佛教文獻中較早的記載是慧皎《高僧傳·經師篇》評論，其中提及：「然天竺方俗凡是歌詠法言皆稱爲唄；至於此土，詠經則稱爲轉讀。歌讚則號爲梵唄」，而其中有關聲唄的說法叫作「唱導」：「唱導者，蓋以宣唱法理，開導衆心也」，把佛理以宣唱的方式表達出來，以達到教化民心的作用。而「轉讀」有兩種意義，一謂「詠經則稱爲轉讀」，第二種是僅僅選讀每卷經的「初、中、後」數行，所以叫做「轉讀」，也就是「轉翻經卷而讀也」的意思。這樣選取部分起頭，以諷詠或詠歌的方式展現，可以說是中國音聲梵唄因之而起。「詠」的解釋：「歌也、長言也」，即拉長音聲、有節拍的唱誦經文。見T50/2059，頁415b。

[87] 《高僧傳》中「經師」「轉讀」、「諷詠」經典，並配合音聲梵唄之技藝。其中「唱導」宣唱法理於齋會中以化導衆生，套用現代語言，即是以「音聲佛事」爲業，藉誦經、禮懺、宣導度化衆生。

[88] 在人類的語言中，結構上必須在母音之外再加上子音，雖略損母音的樂音之美，卻又是語文的生命所在，給語言帶來了意義，否則，全用母音無法表達人類的思想情緒。就歌者而言，在歌唱中，子音的發音要清晰。鄭秀玲著：《奇妙的聲音》，三民書局，1981年，頁9。

斷外緣而悟道的功能。[80]

　　在宋・法雲《翻譯名義集》中提及：

> 梵唄……唄者短偈以流頌……契之一字，猶言一節
> 一科也。《弘明集》頌經三契，道安法師集契梵音
> （T54/2131，伯1055）

另在《南海寄歸內法傳》（西元六九一，義淨撰）亦提：「所誦
之經多誦三啓，乃是尊者馬鳴之所集置，[90]……取經意而讚歎……
次述正經……迴向發願，節段三開，故云三啓。」其中「三啓」應
該是諷詠經典的三個步驟，即是讚歎、誦經與迴向發願（內容的前
段禮讚三寶，後段迴向發願，中間夾誦佛經）。而馬鳴之後的偉大
佛詩人是Matrcata，曾造四百讚和一百五十讚，義淨在《南海寄歸
內法傳》中說它：「文情婉麗，與天華齊芳；理致清高，與地岳爭
峻」（T54/2125，伯227）。若在僧團布薩日的靜夜，於那爛陀學
苑讀誦此書，「大眾淒然傾耳」。義淨在印度時，將後者譯好寄回
故國，回國後再加以改訂而剩一百五十讚佛頌（T32/1680），此

---

[80] 其實，在中國傳統音樂之中，也有一種「道藝一體」的觀念，原來是強調人格與藝術相
　　接的一種態度，認為「樂為心聲」，因此要求藝術家不得有作假、偏離人格的表演性
　　存在。而究其極，更認為透過「藝」的掌握可以真正有「道」的體悟，同樣，「道」也
　　無時無刻不貫穿真正的藝術之間，以此，藝術不必能自外於生活，而還得從此關聯到
　　「道」的體悟，否則就成為一種戲論。林谷芳著：《傳統音樂概論》，漢光文化出版公
　　司，1998年，頁84。

[90] 馬鳴是佛教中少有的詩人，除了大家所熟悉的「Buddhacarita」（佛所行讚）之外，還
　　留下一些很美的作品，其作品由日人金倉圓博士作過詳細的考證。《馬鳴的著作》收入
　　《宗教研究》No.153，頁100-121。山田龍城著、許洋主譯：《梵語佛典導論》，收入
　　《世界佛學名著叢譯》，華宇出版社，1988年，頁193。

讚頌爲全印度所愛吟，諸論師競加註。[91]以上所展現的是古代印度有關「唱讚」和「念誦」在儀式中的安排，即使現在的許多懺儀也是這樣編排。佛曲唱誦隨譯經傳入中國慧皎在《高僧傳‧譯經篇》中曾記載：

> 支謙、聶承遠、竺佛念、釋寶雲、竺叔蘭、無羅叉等，並妙善梵漢之音。故能盡翻譯之致。一言三復，詞旨分明。然後更用此土宮商飾以成制。（T50/2059，伯345c）

他舉出的幾位高僧，都是能夠巧妙善達梵漢之音，也就是對聲韻之學精通，所以能盡翻譯的極致。即使像印度有重複歌頌的「一言三復」，也能令其詞旨分明，更重要的是運用了本土宮商樂調裝飾而以成爲制式的唱誦方法。

### 敦煌佛曲的音樂性

在敦煌發現了唐五代之俚曲，例如「太子五更轉」、「禪門十二時」（羅振玉《敦煌零拾》）等，[92]朱自清引前人研究《白話文學史》：

> 梵唄之法，用聲音感人，先傳的是梵音，後變爲中國各地的唄讚；遂開佛教俗歌的風氣。後來唐五代所傳的〈淨土讚〉、〈太子讚〉、〈五更轉〉、〈十二時〉

---

[91] 山田龍城著、許洋主譯：《梵語佛典導論》，收入《世界佛學名著叢譯》，華宇出版社，1988年，頁186。

[92] 唐朝時所流行之梵唄如〈云何唄〉、〈散花樂〉等之唱法如今已經失傳了。林子青著：《中國佛教儀規》，常春樹書坊，1988年，頁113。

等，都屬於這一類。梵唄是佛教宣傳的一種方法，是支曇籥（月支人）等從印度輸入的。「五更調」是直到現在還盛行的曲調，但其來源甚早，據吳立模先生的考查，陳·伏知道已有〈從軍五更轉〉了（《歌謠週刊》五一號）。[93]

由引文中，朱自清引用之史書，以為月支人支曇籥由印度傳入中國，筆者以為文化的傳入非一時一人，在《高僧傳·支曇籥傳中》載：

> 曇籥，本月支人，寓居建業。……晉孝武初，敕請出都，止建初寺，孝武從受五戒，敬以師禮。籥特稟妙聲，善於轉讀，嘗夢天神授其聲法，覺因裁製新聲，梵響清靡四飛卻轉……雖復東阿先變，康會後造，始終循環，未有如籥之妙。後進傳寫，莫匪其法。所製六言梵唄，傳響於今。（T50/2059，伯413c）。

從引文中得知曇籥的新製佛曲，在南朝時可以說是「空前絕後」地受到歡迎。而至少在陳時，已經有人知道佛曲被運用在類以「從軍五更轉」的情況，可見其普及程度，已是深入民間了。

## （二）道曲

唐代的道曲傳世不多，道曲多假神仙之事，充滿浪漫神奇的色彩，在唐以前有遊仙、神怪的文學。在唐代道曲中，〈臨江仙〉多言仙事，〈女冠子〉多述道情。故道曲不入玄思，便入豔情，似乎

---

[93] 朱自清著：《中國歌謠》，收入《中國俗文學叢刊》，世界書局，1977年，頁40。

與道教的教義無關。考唐人除男子爲道士，且有女子爲女道士的。
《舊唐書・則天皇后本紀》：

> （載初二年）夏四月，令釋教在道法之上，僧尼處道士
> 女冠之前。[94]

女冠，即女道士之意。蓋因武則天重佛教的緣故，故使佛教置於道
教之前。

　　〈臨江仙〉，應爲道曲的一種。《教坊記箋訂》云：「敦煌
曲作〈臨江山〉，乃登臨寄慨之曲，與〈看江波〉三一九頗相近。
辭意涉及『臨江』，不及『仙』。五代〈臨江仙〉之辭幾乎首首詠
『仙』，全爲豔情之曲。」[95]〈臨江山〉與〈臨江仙〉不同，敦煌
曲〈臨江山〉詞是登臨之作：

> 岸闊臨江帝宅賒，東風吹柳向西斜。春光催綻後園花，
> 鶯啼燕語撩亂，爭忍不思家。　每恨經年離別苦，等閒
> 拋棄生涯。如今時世已參差，不如歸去，歸去也，沉醉
> 臥煙霞。（伯2506　斯2607）

今五代毛熙震有〈臨江仙〉，是遊仙豔情的詞：

> 南齊天子寵嬋娟，六宮羅綺三千。潘妃嬌豔獨芳妍，椒
> 房蘭洞，雲雨降神仙。　縱態迷歡心不足，風流可惜當
> 年。纖腰婉約步金蓮，妖君傾國，猶自至今傳。

---

[94]　同註1，卷6，頁121。

[95]　同註24，頁91。

因此可證〈臨江山〉、〈臨江仙〉是兩種不同的曲調。

　　〈女冠子〉，唐人稱女道士為女冠，故〈女冠子〉為道曲之一種。敦煌曲不收〈女冠子〉，唯教坊曲有此調，然詞已不傳，可知盛唐有此曲。今溫庭筠有〈女冠子〉二首，其一云：

> 含嬌含笑，宿翠殘紅窈窕。鬢如蟬，寒玉簪秋水，輕紗捲碧煙。　雪胸鸞鏡裡，琪樹鳳樓前。寄語青娥伴，早求仙。

此為豔情的詞，寫女子嬌笑窈窕，對鏡思量，卻願早求仙，仍有道曲之本意。

### 1. 道曲的內容

#### (1)征婦閨怨

　　唐代邊役繁重，特別是玄宗開元以後，極力擴疆拓土，沿邊設立十大兵鎮，動用四十多萬人長期戍守，征兵戍邊成為當時人民最感傷痛的惡夢，王昌齡、高適、岑參等詩人所做的〈塞下曲〉、〈思遠人〉、〈送衣曲〉等在在都透露出大舉征戍下百姓莫名的傷痛。《雲謠集》道曲中的〈洞仙歌〉透過思念將時代下的不得已含蓄地表達出來：

> 〈洞仙歌・今宵恩義〉（斯1441　《敦煌零拾》）
> 華燭光輝，深下屏幃。恨征人久鎮邊夷，酒醒後多風醋。少年夫婿，向綠窗下左偎右倚。擬鋪鴛被，把人尤泥。　須索琵琶重理，曲中彈到，想夫憐處，轉相愛幾多恩義。卻再絮衷鴛衾枕，願長與今宵相似。

「恨征人久鎮邊夷，酒醒後多風醋。」怨他一去不回，害人牽腸掛

肚，甚至懷疑他到邊地尋花問柳，樂而忘返；女兒家最不講理就在癡情處，也因爲如此才能「想夫憐處，轉相愛幾多恩義。」感情上的魂牽夢繫，化爲行動的關懷就是祝禱平安及裁送征衣了。[96]

〈洞仙歌・戍客流浪〉（斯1441　《敦煌零拾》）
悲雁隨陽，解引秋光，寒蛩響夜作堪傷。淚珠串滴，旋流枕上，無計恨征人。爭向金風飄蕩，擣衣嘹亮。
嬾寄迴文先往，戰袍待縫，絮重更熏香。殷勤憑驛使追訪，願四塞來朝明帝，令戍客休施流浪。

征人遷徙不定，即使寒衣縫好了，即使征衣寄去了，也沒有把握牽掛的他是否能收到自己的關懷與祝福，「殷勤憑驛使追訪」切切寄望的心，不知藏有多少的擔心與不捨，只能虔誠祈求「願四塞來朝明帝，令戍客休施流浪」。[97]

(1)五陵風情

〈天仙子・五陵淚眼〉（斯1441　《敦煌零拾》）
燕語鶯啼三月半，煙蘸柳條金線亂，五陵原上有仙娥。

---

[96] 絲麻或布帛經過「練」，便成潔白的綢絹。在古代是把絲麻或布帛煮得柔軟潔白，《周禮・天官・染人》：「凡染，春暴練。」鄭玄注：「暴練，練其素而暴之。」作寒衣必先擣練，敦煌變文孟姜女故事「送寒衣」即是故事核心之一。唐代詩人中盛行擣練送衣之類的詩歌，如宋之問的〈明河篇〉：「南陽征人去不歸，誰家今夜擣寒衣。」王建〈送衣曲〉：「願郎莫看裹屍歸，願妾不死長送衣」等；《太平廣記》也收錄了民間流傳製寒衣的故事。不論初唐、盛唐或中晚唐，皆不難從詩歌或傳說故事中發掘婦人爲遠征親人製送寒衣的感情特徵，筆者於本文中只列盛唐詩作，純就與其它所求之證據作交集，藉以對所推論之事建立有利的聯繫。

[97] 有學者懷疑〈洞仙歌〉爲歡場女子假託之詞，然不管其中所表現思慕良人的情緒爲何，都非調名「洞仙」本意，筆者依個人欣賞角度來論全首所表，將此歸於征婦閨怨一類。

攜歌扇，香爛漫，留住九華雲一片。　犀玉滿頭花滿面，負妾一雙偷淚眼。淚珠若得似真珠，拈不散，知何限，串向紅絲應百萬。

「犀玉滿頭花滿面」，戴著犀角與珠玉製成的首飾，「金線」、「歌扇」與「爛漫」營造出富貴的氣氛，想必女主角並非鄉女俗婦之流。任二北先生評曰：「此首乃游女情辭，特點在下片詭喻奇譬，但情未必真耳。……游女遊戲情場，擇肥而媚，百萬真珠，其所望也。惟恨情之真不如珠之真，淚珠終不能換真珠耳。」固然有此類游女，一旦兩情相悅，朝夕恩愛，突遭遺棄，能不怨泣？

〈天仙子・誰是主〉（斯1441　《敦煌零拾》）
燕語鶯啼驚夢覺，羞見鸞臺雙舞鳳，思君別後信難通。
無人共，花滿洞，羞把同心千遍弄。
叵耐不知何處去，正值花開誰是主？滿樓明月夜三更。
無人語，淚如雨，便是思君腸斷處。

「五陵」原為漢帝王墓塚，[98]陵邑之盛，戶口之富，在盛唐曾風光一時，成為繁華之地代稱。五陵原實為王孫與游女相互追逐的嬉遊之所，〈傾杯樂〉有「堪聘與公子王孫，五陵年少風流婿」之句。「天仙」、「仙娥」自是假女仙之名而為豔情之行的游女、妓女，第二首寫「燕語鶯啼」風光明媚，而人卻孤獨寂寞，別去的所歡者始與後半闋「思君」相呼應。以游女心情寫別後思念，雖未正面描繪五陵公子輕狂負心，然而「淚如雨」、「思君腸斷」便以襯寫游女的深怨之處了。

---

[98]　「五陵」是指漢高祖長陵、惠帝安陵、景帝陽陵、武帝茂陵、昭帝平陵。

　　(3)千嬌百媚

　　古詩詞中描寫女性美姿者不可勝數，尤其宮體詩作更視女性為尤物，敦煌曲中對女子容貌情態的描寫也是嬌美可人的。她們的容貌是「麗質紅顏越希眾，素胸連臉柳眉低。」（〈浣溪沙〉）「臉如花自然多嬌媚，翠柳畫蛾眉，橫波如同秋水。」（〈傾杯樂〉伯2838）裝扮是「青絲髻綰臉邊芳，淡紅衫子掩酥胸。」（〈柳青娘〉斯1441、《敦煌零拾》）當然婚嫁是「堪聘與公子王孫，五陵年少風流婿。」（〈傾杯樂〉伯2838）在《雲謠集》道曲中兩首〈內家嬌〉對女性的描寫，也是如此嬌柔可人的。

　　〈內家嬌·應奉君王〉　（伯2838）
　　絲碧羅冠，搔頭綴髻，寶妝玉鳳金蟬。輕輕敷粉，深深長畫眉綠。雪散胸前，嫩臉紅唇，眼如刀割，口似朱丹，渾身掛異種羅裳，更熏龍腦香煙。　　屐子齒高，慵移步兩足恐行難。天然有□□靈性，不聘凡間，教招事無不會。解烹水銀，鍊玉燒金，別盡歌篇。除非卻應奉君王，時人未可覷顏。

　　看如此華豔的字眼，對照於敦煌曲中純樸的敘寫，大致可以設想此首出於樂工或文人之手的可能性了。詞曲中的女主角是如此雍容富貴，「雪散胸前」，雪白酥胸撩人，春意蕩漾；「渾身掛異種羅裳，更熏龍腦香煙。」不須濃妝豔抹，只要「輕輕敷粉，深深長畫眉綠。」麗質天生，「眼如刀割，口似朱丹」，同樣地可人兒，有另一種風情：

　　〈內家嬌御製林鍾商內家嬌·長降仙宮〉　（伯2838、3251）
　　兩眼如刀，渾身似玉，風流第一佳人。及時衣著，梳頭京樣，素質豔麗青春。善別宮商，能調絲竹，歌令

尖新。任從說洛浦陽臺，謾將比並無因。　半含嬌
態，逶迤緩步出閨門。搔頭重慵憁不插，□□□□，
□□□□□。只把同心，千遍撚弄，來往中庭。應長
降王母仙宮，凡間略現容真。

如上首「屐子齒高，慵移步兩足恐難行」的娉婷嬌弱，此首所述女
子「半含嬌態，逶迤緩步出閨門」更是窈窕輕盈，「及時衣著，
梳頭京樣」打扮時髦摩登，尤其多才多藝，「善別宮商，能調絲
竹」，「解烹水銀，鍊玉燒金，別盡歌篇。」如此色藝雙全的第一
佳人，除了帝王之外，當然「時人未可覩顏」了。

## 2. 道曲的藝術特色

　　唐代歌辭是音樂、詩歌、舞蹈三者合而爲一的，而口語白描則
是民間歌辭的本色。國風、漢魏樂府、唐詩、宋詞、元曲，皆本於
民間歌辭演衍而來。《雲謠集》上承前代樂府，並汲取民間小曲講
唱文學精華，其主題內容反映百姓心聲，其表現藝術除了坦率質樸
的特性之外，連帶而有抒情麗美的手法。

### (1)通俗生動，坦率熱誠

　　歌辭生命力，是由坦率熱情、通俗生動的語言所呈現，如
「渾身似玉」細緻如雪的肌膚，「兩眼如刀」嫵媚儷人的眼神
（〈內家嬌〉）。又如「思君腸斷」（〈天仙子〉）明明白白裸呈
傳統女子的羞澀情愛。

　　在口語方面，如〈洞仙歌〉「擬舖鴛被，把人尤泥。」「尤
泥」意爲「軟纏」，不過兩個字眼罷了，就把青樓女子左偎右倚的
纏人情態畢現。再如「招事無不會」（〈內家嬌〉）「招」爲「大
凡」、「美好」的意思。「酒醒後多風醋」（〈洞仙歌〉）「風
醋」爲「風流」，唐代方言的運用的確使詩歌的流暢性更爲通順，
毫無做作，比之於溫庭筠的「新帖繡羅襦，雙雙金鷓鴣」的華麗飾
辭，是活潑質樸得多了。

(2)故事手法，詩歌本色

不管繪景也好，寫人也罷，所表現的情感都是詞中人物的思想世界。如〈天仙子〉五陵風情女子的熾熱愛情，〈內家嬌〉裡女性形態之富豔，〈洞仙歌〉中望征人早回的期待，聯章歌辭的敘事性除敘「事」外，也添了許多的抒情。

(3)審美趣味，抒情風華

唐代文藝絢爛的風華，實爲那噴湧奔騰的時代生命力寫照，「煙蘸柳條」、「五陵仙娥」、「豔麗青春」，自然由歌辭中感染大唐城市的浪漫與繁華，對女性的描寫亦美豔非常，此審美傾向爲晚唐五代的花間詞人另闢蹊徑。

(4)誇張比喻，想像突出

這是民間文學作品常見的特點，如寫傷秋之情「悲雁隨陽，解引秋光，寒蛩響夜作堪傷。」（〈洞仙歌〉）寫女子悲傷之狀「淚珠若得似眞珠，拈不散，知何限，串向紅絲應百萬。」雁引秋光，淚如眞珠，將閨中人畫思夜想，凝聚於夢魂的天涯追尋，極力誇張了愁思及傷悲。「渾身似玉」的肌膚，「兩眼如刀」的嫵媚，（〈內家嬌〉）女子形貌在想像飛馳中引人遐思。

大體而言，從仙、妓意象到相關文學的運用，其特質到格律題材的發揮，文學的演進就是創新。道曲歌辭的抒寫，不管是寫春日五陵歌妓的〈天仙子〉，望征人歸來的〈洞仙歌〉，還是詠美人的〈內家嬌〉，其主題涵蓋征婦怨思、五陵風情、讚美女子姝顏等，爲後人展現大唐社會的文化面貌；在辭情上，飽含生命的動人性、故事的活潑性、音樂的律動性及女子窈窕柔麗的唯美性，進而成爲花間詞人婉約豔麗風格的催發劑。在辭律上雖不嚴格卻也非一味寬鬆，句式參差，通常以調名爲題。最引人注目的，該是〈內家嬌〉一〇六字的篇幅，顚覆了北宋詞壇張先由小令過渡到慢詞的說法，將慢詞的上限大膽推演至唐代。

道曲語意象徵的建立，不但反映當時的社會文化現象，而且在題材及音樂的配合上，更爲道教文學的生成發展，創造一種延續及

發揮的局面，在民間歌詞的承繼開展具重要的地位。

## 六、從曲子詞中看敦煌民俗

　　敦煌曲子詞中保留著相當多唐、五代時的民俗資料，內容涵蓋很廣，如喪葬風俗、歲時風俗、巫術信仰風俗、卜卦信仰風俗等。然而，最大部分要屬於和生活息息相關的服飾問題了。

　　敦煌曲子詞中與服飾相關的詩，為數眾多。這可能與詩人多從人物外貌的描寫來反映他們的內心世界與精神層面有關；又服飾是最容易從一般生活中看見的問題，因此，被廣泛運用。任二北說：「唐代婦女勤於裝飾，有佛窟壁畫中之女佛身及供養女形象可驗。《雲謠辭》內於婦女體貌、顏容、頭髻、眉、眼、胸、腕、指、口、釵花、香澤、冠、屨、衫、裙，乃至行步、言語、靈性、伎藝……無不寫到，若經整理以後，堪與壁畫溝通研究。」基於上述原因，故選定敦煌民俗中之服飾作為研究主題，又因為「服飾」牽扯的範圍相當廣泛，因此又細分為：衣裳、配件、髮型、化妝四方面來談。

　　由於敦煌曲子詞內所描寫的，並不僅僅限於敦煌莫高窟中，而是落實在一般民間生活裡，因此本文所探討的內容就不僅限於敦煌壁畫中的作品，而有一般大眾所常見之唐詩代表作，希望能更貼切於當時人的生活。

### （一）衣裳

　　衣裳的用途有禦寒保暖、表示身分地位、區別性別等作用。在此，將曲子詞中所出現的服飾做一簡單介紹。

## 1. 戰袍式樣

〈十二月‧遼陽寒雁〉（斯6208）

正月孟春春漸暄，狂夫一別□□□。無端嫁得長征婿，
教妾尋常獨自眠。

二月仲春春未熱，自別征夫實難掣。貞君一去到三秋，
黃鳥窗邊喚新月。也也也也。

三月季春春極暄，忽念遼陽愁轉添。賤妾思君腸欲斷，
君何無行不歸還。

四月孟夏夏漸熱，忽憶貞君無時節。妾今猶存舊日意，
君何不憶妾心結。也也也也。

五月仲夏夏盛熱，忽憶貞夫愁更發。一步一望隴山東，
忽見君紐愁似結。

六月季夏夏共同，妾亦情如對秋風。□容日日□胡月，
後園春樹□□□。

七月孟秋秋已涼，寒雁南飛數萬行。賤妾思君腸欲斷，
□□□□□□□。

八月仲秋秋已闌，日日愁君行路難。妾願秋胡速相見，
□□□□□□□。

九月季秋秋欲末，忽憶貞君無時節。鴛鴦錦被冷如水，
與向將□□□□。

十月孟冬冬漸寒，今尚紛紛雪敷山。尋思別君盡憔悴，
愁君作客在□□。

十一月仲冬冬嚴寒，幽閨猶坐綠窗前。戰袍緣何不開
領，愁君肌瘦恐嫌寬。

十二月季冬冬極寒，晝夜愁君臥不安。枕函褥子無人

見，忽憶貞君□□□。

〈十二月‧邊使戎衣〉（伯3812）

正月孟春春漸暄，一別狂夫經數年。□□□□□□□，
遣妾尋常獨自眠。

二月仲春春盛暄，深閨獨坐綠窗前。□□□□□□賴，
教兒夫婿遠防邊。

三月季春春極暄，花開處處競爭鮮。花□□□□□笑，
賤妾看花雙淚漣。

四月孟夏夏初熱，為憶狂夫難可徹。□□□□□秦箏，
更取瑤琴對明月。

五月仲夏夏盛熱，狂夫歸否問時節。庭□□□□□□，
□見鶯啼聲哽咽。

六月季夏夏共同，妾心恨如對秋風。□□□□□□改，
教兒憔悴只緣公。

七月孟秋秋漸涼，教兒獨寢守空房。君在尋常嫌夜短，
君無恆覺夜能長。

八月仲秋秋已涼，寒雁南飛數萬行。賤妾獨存舊日意，
君何無幸不還鄉。

九月季秋秋欲末，狂天一去獨難活。願營方便覓歸□，
使妾愁心暫時豁。

十月孟冬冬漸寒，為君擣練不辭難。莫怪裁衣不開領，
愁君肌瘦恐嫌寬。

十一月仲冬冬雪寒，戎衣造得數般般。見今專訪巡使，
寄向君邊著後看。

十二月季冬冬已極，寒衣欲送愁情逼。莫怪裁縫針腳

粗，為憶啼多竟無力。

〈洞仙歌·戍客流浪〉（斯1441　《敦煌零拾》）

悲雁隨陽，解引秋光，寒蛩響夜作堪傷。淚珠串滴，旋
流枕上，無計恨征人。爭向金風飄蕩，擣衣嘹亮。
嬾寄迴文先往，戰袍待縫，絮重更熏香。殷勤憑驛使追
訪，願四塞來朝明帝，令戍客休施流浪。

〈喜秋天·擣練千聲〉（伯2838）

芳林玉露催，花蕊金風觸。永夜嚴霜萬草衰，擣練千聲
促。

〈歌樂還鄉〉本辭（斯0289）

匈奴擾亂四方，丈夫按劍而王。鐵衣年年不脫，龍馬歲
歲長韉。腰間寶劍常掛，手裡遮月恆張。一去掃除蕩
陣，為須歌樂還鄉，為須歌樂還鄉。

　　唐為府兵制，征人一切自備因而會自製軍裝。當有戰事時，婦
人會為男人準備戰衣，因此有「擣練」之聲。任二北曰：「練指葛
布，生硬難裁，古法以杵擣之砧上，使柔，然後裁衣送遠。」
　　隋、唐時的軍裝，有鎧甲。鎧甲有全身披掛的，也有保護胸
背的裲襠甲，還有戰袍與戰襖。袍襖比鎧甲要輕，有時即為一般戎
衣使用。唐代的鎧甲有鐵、銅製，《舊唐書，太宗本紀》：「（武
德四年）六月凱旋，太宗親披黃金甲，陳鐵馬一萬騎，甲士三萬
人」，[99]或以金銀塗之，或以五彩髹漆。在〈歌樂還鄉〉中，有

---

[99]　同註1，卷2，頁28。

「鐵衣年年不脫」爲證。

在〈遼陽寒雁〉中有「戰袍緣何不開領」；〈邊使戎衣〉中有「莫怪裁衣不開領」，古代戰衣的領子大多是靠近脖子開小口，這很有可能是因爲征胡地時爲防天氣嚴寒，且爲方便作戰避免累贅所設計。

## 2. 婦女衣裳

〈十二時・普勸四眾依教修行〉（伯2054、2714、3087、3286）

女若多，費綾絹，好物不可教覻見。紅羅帳上間銀泥，緋繡牀幃慙金雁。

鳳凰釵，鸚鵡盞，枕盞妝函金花鈿。搬將送與別人家，任你耶娘賣家產。

〈鳳歸雲・魯女堅貞〉（斯1441　《敦煌零拾》）

幸因今日，得覿嬌娥。眉如初月，目引橫波，素胸未消殘雪，透輕羅，□□□□□。朱含碎玉，雲鬢婆娑。

東鄰有女，相料實難過。羅衣掩袂，行步逶迤。逢人問語羞無力，態嬌多。錦衣公子見，垂鞭立馬，腸斷知麼。

〈柳青娘・倚闌人〉（斯1441　《敦煌零拾》）

青絲髻綰臉邊芳，淡紅衫子掩酥胸。出門斜撚同心弄，意恛惶，故使橫波認玉郎。　叵耐不知何處去，教人幾度掛羅裳。待得歸來須共語，情轉傷，斷卻妝樓伴小娘。

碧羅冠子結初成，肉紅衫子石榴裙。故著胭脂輕輕染，淡施檀色注歌脣，□□含情喚小鶯。　只問玉郎何處去，纔言不覺到朱門。扶入錦幃□□□，□殷勤，因何辜負倚闌人。

〈思越人·美東鄰〉（伯2748）
美東鄰，多窈窕，繡裙步步輕攞。獨向西園尋女伴，笑時雙臉蓮開。　□□分手低聲問，匆匆恨闕良媒。怕被顛狂花下惱，牡丹不折先回。

〈南歌子·獎美人〉（伯3137）
翠柳眉間綠，桃花臉上紅，薄羅衫子掩酥胸。一段風流難比，像白蓮出水中。

〈失調名·賀當家〉（斯2607）
國泰人安靜，風沙向秀□，□□□□□□。□地種□□，□宮鬧，任船車。　聽海燕，坐金牙，提葫蘆帝薩金沙。長垂羅袖拂煙霞，齊拍手，賀我當家。

　　唐代紡織品以絲綢生產為主，蜀中錦織、吳越異樣紋綾紗羅、河南北紗綾，皆為國內珍品。《舊唐書·代宗紀》載大曆六年有詔：「纂組文繡，正害女紅。今師旅未息，黎元空虛，豈可使淫巧之風，有虧常制！其綾錦花紋所織：盤龍、對鳳、麒麟、獅子、天馬、辟邪、孔雀、仙鶴、芝草、萬字、雙勝、透背，及大繝綿、竭鑿、六破以上，並宜禁斷。」[10]可見，唐時服裝的材質眾多，且

---

[10]　同註1，卷11，頁298。

品質優良。因此，我們還能見到，透明羅衫這樣的作品。在雜曲中有「費綾絹」句，〈魯女堅貞〉「透輕羅」、「羅衣掩袂」，我們可以清楚的發現，無論在文學或繪畫中，透明羅紗的使用是相當普遍的，也可以看出，唐代婦女對衣著的開放程度已較前代不同，衣裳不再僅只是遮體的作用，更透露著美感與性感的意象。

　　「衫、襪、裙。隋唐時的婦女，大多以上身著襦、襖、衫，而下身束裙。如元稹詩：『藕絲衫子柳花裙』。裙色以紅、紫、黃、綠為多，尤以紅色最為流行。其染料大多為植物，如黃色，多為鬱金香採煉，故黃裙又稱鬱金香裙。而紅色可用茜草染成，所以又稱茜裙或蒨裙。又有用石榴花提煉，故又名石榴裙。」[10]〈倚闌人〉中也提到「肉紅衫子石榴裙」，在此便點明了衫子及長裙的顏色。

　　唐代婦女著裙，無不以長為美，當時婦女有的將裙束於胸部，有的乾脆束於腋下，且將裙幅置地。

　　衫子，是漢代以後才出現的服裝，有三大特點：

　　一不用襯裏，是一種單衣。

　　二是衣袖，衫質地單薄，兩袖垂直寬博，可置物於其中，在〈賀當家〉中有「長垂羅袖拂煙霞」。唐人喜在衣袖中放上香囊，便在行走時釋放出陣陣香味，更見其幽雅。

　　三衣襟，衫子採用對襟，衣領繞頸後，於前胸合併垂直而下。[12]

　　由敦煌曲子詞中，我們可以見出，婦人喜著衫子，且是用薄羅做成，作用是輕掩酥胸，其寫婦人的嬌媚，盡在不言中。如：〈倚闌人〉「淡紅衫子掩酥胸」、〈獎美人〉「薄羅衫子掩酥胸」。由此可見，衫子的作用並不在避寒，而是一種微隱作用，讓人不明顯的透露著身材的曼妙，更增添幾許浪漫。

---

[10]　周汛、高春明著：《中國歷代婦女妝飾》，南天書局，1988年，頁242-243。
[12]　同註101，頁205-206。

## （二）配件

### 1. 髮飾

〈南歌子・風情問答〉（伯3836）

斜隱朱簾立，情事共誰親？分明面上指痕新，羅帶同心
誰綰？甚人踏破裙？　蟬鬢因何亂？金釵為甚分？紅妝
垂淚憶何人？分明殿前實說，莫沉吟。

自從君去後，無心戀別人。夢中面上指痕新，羅帶同心
自綰，被猻兒踏破裙。　蟬鬢朱簾亂，金釵舊股分，紅
妝垂淚哭郎君。妾似南山松柏，無心戀別人。

〈失調名・六問枕不平〉（斯5852）

六問枕不平，看似□□□。君從後園去，後園□□□。
金釵薄落地，自作一股折。羅帶自嫌長，自作同心結。
所以枕不平，蓋緣郎轉歇。君作□□心，莫聽閒人說。

〈內家嬌 御製林鍾商內家嬌・長降仙宮〉（伯2838、3251）

兩眼如刀，渾身似玉，風流第一佳人。及時衣著，梳
頭京樣，素質豔麗青春。善別宮商，能調絲竹，歌令
尖新。任從說洛浦陽臺，謾將比並無因。　半含嬌
態，逶迤緩步出閨門。搔頭重慵憁不插，□□□□。
□□□□□□。只把同心，千遍撋弄，來往中庭。應長
降王母仙宮，凡間略現容真。

〈內家嬌・應奉君王〉（伯2838）

絲碧羅冠，搔頭綴髻，寶妝玉鳳金蟬。輕輕敷粉，深深

長畫眉綠。雪散胸前，嫩臉紅唇，眼如刀割，口似朱
丹。渾身掛異種羅裳，更熏龍腦香煙。　履子齒高，慵
移步兩足恐行難。天然有□□靈性，不聘凡間，教招事
無不會。解烹水銀，鍊玉燒金，別盡歌篇。除非卻應奉
君王，時人未可趨顏。

〈傾杯樂・五陵堪聘〉（伯2838）
窈窕透迤，體貌超群，傾國應難比。渾身掛綺羅，裝束
□□，未省從天得至。臉如花自然多嬌媚，翠柳畫蛾
眉，橫波如同秋水。裙生石榴，血染羅衫子。　觀豔質
語軟言輕，玉釵綴素綰烏雲髻。年二八久鎖香閨，愛引
猧兒鸚鵡戲。十指如玉如蔥，凝酥體雪透羅裳裡。堪聘
與公子王孫，五陵年少風流婿。

〈十二時・普勸四眾依教修行〉（伯2054、2714、
3087、3286）
女若多，費綾絹，好物不可教覷見。紅羅帳上間銀泥，
緋繡牀幃愍金雁。
鳳凰釵，鸚鵡盞，枕盞妝函金花鈿。搬將送與別人家，
任你耶娘賣家產。

〈鬥百草辭・喜去覓草〉（斯6537　伯3271）
佳麗重名城，簪花競鬥新。不怕西山白，惟須東海平。
喜去喜去覓草，覺走鬥花先。

〈竹枝子・蕭娘相許〉（斯1441　《敦煌零拾》）

高捲珠簾垂玉牖，公子王孫女。顏容二八小娘，滿頭珠翠影爭光，百步惟聞蘭麝香。　口含紅豆相思語，幾度遙相許。修書傳與蕭娘，倘若有意嫁潘郎，休遣潘郎爭斷腸。


笄、簪、釵、鈿、步搖：

笄：古代婦女將頭髮挽成髻鬟之後，還要以笄、簪固定，以避免散落。

簪：本名笄，質料多樣，有竹、木、筋、銀、骨等，主體成豎一狀，簪首為其主要變化的部分，有1.圓頂形：簪身為柱形，頂端成球體或半球體。2.花頂形：頂端刻有梅、蓮、菊、桃等圖案。3.耳挖形：以金屬或玉製成，簪身略扁，上端寬闊，至頸部收束，並朝正面翻轉，成耳挖形，使一物具二用。4.如意形：簪身做圓形或扁形，簪前彎轉，成如意狀。5.動物形：簪首飾以飛禽走獸，常見有龍鳳、麒麟、燕雀、游魚等。[103]

釵：隋唐時，高髻盛行，髮釵使用也多。髮簪為一股，而釵則為兩股。在〈風情問答〉「金釵為甚分」、〈六問枕不平〉「金釵薄落地，自作一股折」中可見一斑。釵首變化更多。通常用於固定頭髮者，因著重於實用價值，所以樣式也較簡單。而著重在裝飾作用者，花樣變化則多，重量也較重，在長篇定格聯章中有「鳳凰釵」句。

此外，還有搔頭，按任日：「搔頭即釵，別在釵雙股耳」。唐時，在髮飾上已下很大的功夫。其繁複變化多，使用材質也多，有時為展現工匠手藝，工麗華美，但卻因為重量過重，導致喪失實際

---

[103] 同註101，頁54-55。

作用。如：〈長降仙宮〉中「搔頭重慵懶不插」，除表現出女子因情呈慵懶態之外，也點顯出搔頭之重量。

　　除以上之外，簪在頭上的還有鮮花、金鈿。所謂的金鈿，其實是一種假花，就是以金屬製成的花狀飾物。有兩種類型：一為金花背面裝有釵梁，可直接插髮上。另一種背面無腳，在花上有小孔，使用時以簪釵固定。唐代金鈿的製作已達極致，現存日本大和文華館有一立體的葵花形金鈿，稱團花金鈿。另外，翠鈿，指的是較金鈿多一道功夫，即在金鈿上貼一層鳥羽，多選翠綠鳥，故名。若在金鈿上鑲寶石，便稱為寶金鈿。[104]〈蕭娘相許〉中有「滿頭珠翠影爭光」句，其實很有可能就是形容這樣的景況。另外，鮮花也是受到寵愛的一種，如〈喜去覓草〉中就有提到「簪花競鬥新」。

　　步搖，為在簪釵的基礎上發展出來的，步搖的基座通常為釵，釵上綴有活動的花枝，走起路來，隨步顫動，故曰步搖。《新唐書・五行志》：「天寶初，貴族及士民好為胡服胡帽，婦人則簪步搖釵，衿袖窄小。」[105]

## 2. 冠冕

〈柳青娘・倚闌人〉（斯1441　《敦煌零拾》）
青絲髻綰臉邊芳，淡紅衫子掩酥胸。出門斜撚同心弄，意恓惶，故使橫波認玉郎。　回耐不知何處去，教人幾度掛羅裳。待得歸來須共話，情轉傷，斷卻妝樓伴小娘。

碧羅冠子結初成，肉紅衫子石榴裙。故著胭脂輕輕染，

---

[104]　同註101，頁83。
[105]　同註6，卷34，頁879。

淡施檀色注歌脣，□□含情喚小鶯。　只問玉郎何處
去，纔言不覺到朱門。扶入錦幬□□□，□殷勤，因何
辜負倚闌人。

婦女之冠，其制始於秦始皇。《中華古今注》：「冠子者，秦
始皇之制也。令三妃九嬪，當暑戴芙蓉冠子，以碧羅爲之。」[106]唐
所謂的冠子，就有點類似我們所謂的「鳳冠霞披」中的「鳳冠」，
形制是類似的。而唐又有所謂「帽」者，其種類很多，今所見之唐
帽，其形有點像台灣鄉間婦女，在工作時爲防日曬所戴的遮陽帽。
唐代婦女因爲風氣開放，出門的時間很多，且可能爲防日曬及塵
土，故喜在帽帷加上一層羅紗，而非單純是爲了避人耳目。

## 3. 鞋襪

〈失調名‧出家讚文〉（斯5573、6273、6923、2143
伯4597　蘇1365、1364）
舍利佛國難為，吾本出家之時，捨卻耶娘恩愛。惟有和
尚闍棃。
舍利佛國難為，吾本出家之時，捨卻親兄熱妹。惟有同
學相隨。
舍利佛國難為，吾本出家之時，捨卻花釵媚子。惟有剃
刀相隨。
舍利佛國難為，吾本出家之時，捨卻胭脂胡粉。惟有澡
豆楊枝。

---

[106] 唐‧馬縞著：《中華古今注》，新興書局（《筆記小說大觀》本），1983年，卷中，頁
656。

舍利佛國難為，吾本出家之時，捨卻羅衣錦繡。惟有覆
膊相隨。

舍利佛國難為，吾本出家之時，捨卻高頭繡履。惟有草
鞋相隨。

〈失調名·冀國夫人歌辭〉（聞一多舊藏敦煌殘卷影片
　伯2555）

夫人封賞國初開，寶札綸言天上來。翔鵠日邊鸞不去，
盤龍印處鵲飛回。

柳暗南橋花撲人，紅亭獨占二江春。為愛錦波清見底，
時將羅襪踏成塵。

錦帽紅纓紫薄寒，織成團襜鈿裝鞍。翩翩出向城南獵，
幾許都人夾道看。

歌聲一發世間希，數月晴雲不肯歸。弱腕醉□歌扇落，
誤令翻酒汙羅衣。

翠羽珊珊金縷裙，清歌時惜世間聞。比來不向巫山住，
厭作陽台一片雲。

甲士千群若陣雲，一身能出定三軍。仍將玉指調金鏃，
漢北巴東誰不聞。

碎葉氍毹金燭盤，繁弦急管夜將闌。自憐丞相歌鍾貴，
卻笑陽臺雲雨寒。

〈內家嬌·應奉君王〉（伯2838）

絲碧羅冠，搔頭綴髻，寶妝玉鳳金蟬。輕輕敷粉，深深
長畫眉綠。雪散胸前，嫩臉紅脣，眼如刀割，口似朱
丹。渾身掛異種羅裳，更熏龍腦香煙。　屐子齒高，慵

移步兩足恐行難。天然有□□靈性，不聘凡間，教招事
無不會。解烹水銀，鍊玉燒金，別盡歌篇。除非卻應奉
君王，時人未可趨顏。

　　屐是一種在鞋底裝有雙齒的鞋，因屐齒較普通鞋高，因此適於
行走於雨後泥路，或青苔小道。婦女著屐，在《晉書‧五行志》就
有記載：「初作屐者，婦人頭圓，男子頭方。……，至太康初，婦
人屐乃頭方，與男無別。」[⑩]但有時齒高，也讓人難於行走，如見
〈應奉君王〉「屐子齒高，慵移步兩足恐行難」。材料多爲木材，
其實，與現今所見之木屐幾無差別。
　　鞋的素材有很多，在敦煌曲中多出現羅製鞋，但實際出土中
有：錦鞋，以五彩絲線織成，鞋面以變體寶相花紋錦爲之。〈出家
讚文〉中有提到「捨卻高頭繡履」，另有蒲鞋，以蒲葉、蒲心編
成，狀似台灣可見之草鞋。
　　襪，襪子的質料甚多，多依氣候而異。其狀與現今雷同，但材
質多與一般衣料相同。

## （三）髮式

　　〈鳳歸雲‧魯女堅貞〉（斯1441　《敦煌零拾》）
　　幸因今日，得覯嬌娥。眉如初月，目引橫波，素胸未消
　　殘雪，透輕羅，□□□□□。朱含碎玉，雲髻婆娑。
　　東鄰有女，相料實難過。羅衣掩袂，行步逶迤，逢人問
　　語羞無力，態嬌多。錦衣公子見，垂鞭立馬，腸斷知
　　麼。

---

⑩　唐‧房玄齡等著：《晉書》，鼎文書局（新校本），1987年，卷27，頁824。

〈拋毬樂・上陽家〉（伯2838）

寶髻釵橫綴鬢斜，殊容絕勝上陽家。蛾眉不掃天生綠，
蓮臉能勻似早霞。無端略入後園看，羞煞庭中數樹花。

〈南歌子・風情問答〉（伯3836）

斜隱朱簾立，情事共誰親？分明面上指痕新，羅帶同心
誰綰？甚人踏破裙？　蟬鬢因何亂？金釵為甚分？紅妝
垂淚憶何人？分明殿前實說，莫沉吟。
自從君去後，無心戀別人。夢中面上指痕新，羅帶同心
自綰，被猻兒踏破裙。　蟬鬢朱簾亂，金釵舊股分，紅
妝垂淚哭郎君。妾似南山松柏，無心戀別人。

〈傾杯樂・五陵堪聘〉（伯2838）

窈窕逶迤，體貌超群，傾國應難比。渾身掛綺羅，裝束
□□，未省從天得至。臉如花自然多嬌媚，翠柳畫蛾
眉，橫波如同秋水。裙生石榴，血染羅衫子。　觀豔質
語軟言輕，玉釵綴素綰烏雲髻。年二八久鎖香閨，愛引
猧兒鸚鵡戲。十指如玉如蔥，凝酥體雪透羅裳裡。堪聘
與公子王孫，武陵年少風流婿。

　　中國古代少女十五歲時，以簪結髮梳髻表成年，唐、五代婦女
十分重視髻形，其形式也豐富，因唐髮型眾多，此處僅舉敦煌曲中
出現者。
　　髻，挽髮束於頂，束髮高而實，曰髻。髮做環形而中空者，則
稱鬟。
　　雲髻，顧名思義，是一種雲狀的髮髻。
　　寶髻，在髻上鬢間綴以花鈿、金釵、金玉花枝等飾物，皆稱寶

髻。[108]唐婦女除將髮挽成各種髻鬟形外，還對鬢髮做種種修飾。鬢髮指的是面頰兩旁的頭髮，部位雖小，但婦女們仍很重視的將它修剪成各種形狀。

薄鬢，將鬢髮梳理成薄薄一片，因其輕薄透明，所以也稱雲鬢或蟬鬢。據說，最早發明蟬鬢的是魏文帝時期的宮人。晉‧崔豹《古今注》：「魏文帝宮人絕所愛者，有莫瓊樹、薛夜來、陳尚衣、段巧笑，皆日夜在帝側。瓊樹始制爲蟬鬢，望之縹緲如蟬翼，故曰蟬鬢。」[109]

## （四）化妝

### 1. 脂粉成分

周汛、高春明二位先生在《中國歷代婦女妝飾‧脂粉春秋》中，對脂粉的構成有相當精闢之研究，於此節錄如下，僅供參考用：

> 塗脂抹粉，是古代婦女常用的妝飾手段，因為脂粉可變媸為妍，所以深受婦女的喜愛，不論是大家閨秀，還是市井村姑，都樂於用它來修飾面容。
>
> 據文獻記載，早在戰國時期，中國婦女已經用妝粉來妝飾自己的顏面了。《戰國策‧趙策》：「鄭國之女，粉白黛黑。」《楚辭‧大招》：「粉白黛黑，施芳澤只。」都是婦女用粉的實錄。
>
> 古老的妝扮，有兩種成分，一種以米粒研碎後加入香料而成，故粉字從「米」，從「分」。另一種是糊狀的

---

面脂，俗稱「胡粉」。因為它是化鉛而成，也稱「鉛粉」。漢·史游《急就篇》：「芬薰脂粉膏澤筒。」唐·顏師古注：「粉謂鉛粉及米粉，皆以傅面，取光潔也。」其中就包括這兩種成分。

米粉的製作方法比較簡便，通常用一個圓形的粉缽，盛以米汁，使其沉澱，製成一種潔白細膩的粉英，然後放在太陽下曝曬，曬乾後的粉塊被研成粉末，即可使用。與此相比，鉛粉的製作過程要複雜一些。據《計然》、《抱朴子》等書記載，鉛粉是一種經過嚴密的化學處理後產生的物質，也是最早的人造顏料之一。它的配製方法是將鉛、錫一類物質與醋酸放在一起反應，使之生成黃丹，再由黃丹轉化為糊狀的鉛粉。大概為了儲存的方便，漢代以後，妝面用的鉛粉也被吸乾了水分，製成粉末或固體的形狀。由於它質地細膩，色澤潔白，且易於久藏，故深受婦女的喜愛。時間一長，鉛粉便取代了米粉。

除米粉、鉛粉外，婦女的妝粉也有用其它物質製作的。如在宋代，有以益母草、石膏粉製成的「玉女桃花粉」。在明代，有以紫茉莉花籽製成的「珍珠粉」。在清代，有用滑石及其它細軟的礦石研磨而成的「石粉」等等。粉的顏色也從原來的色增至多種顏色，並摻入了各種名貴的香料，使之更具迷人魅力。

……

和妝粉配套的化妝品是胭脂。胭脂亦作「焉支」、「燕支」，它是一種紅色的顏料，也是婦女妝面的主要用品。關於它的來歷，在文獻中也有記載。晉·崔豹《古

今注》：「燕支，葉似薊，花似蒲公，出西方，土人以染，名為燕支。中國人謂之紅藍，以染粉為面色，為燕支粉。」……唐·張泌《妝樓記》謂：「燕支，染粉為婦人色，故匈奴名妻『閼氏』（音同胭脂），言可愛如燕支也。匈奴有燕支山，歌曰：『失我祁連山，使我六畜不繁息；失我閼氏山，使我婦女無顏色。』」

紅藍是一種草本植物，因含有紅、黃兩種色素，要製成胭脂，必須去掉其中的黃汁，才能製成紅色的液體。婦人妝面的胭脂有兩種；一種是以絲綿蘸紅藍花汁製成，名為「綿燕支」；一種是加工成小而薄的花片，名叫「金花燕支」。兩種燕支都必須經過陰乾，使用時祇要蘸少量清水，即可塗抹。約在南北朝時期，人們在燕支之中，又加入了牛髓、豬脂等物，使其變為一種潤滑的脂膏。

……

從大量的文獻記載及形象資料來看，古代婦女化妝，往往是脂粉並用的，單以胭脂妝面的現象比較少見。具體的做法可分三種。

一、在化妝前預先將胭脂與鉛粉調合，使之變成檀紅——即粉紅色，然後直接塗抹於面頰。杜牧〈閨情〉詩：「暗砌勻檀粉」，即指此。以檀粉傅面，在古時稱「檀暈妝」，它在化妝後的效果，在視覺上與其它方法有明顯的差異。因為在傅面之前已經被調合成一種顏色，所以色彩比較統一，整個面部的敷色程度也比較均勻，能給人以莊重、文靜的感覺。從形象資料來看，這種妝式

多用於中年以上的婦女。

二、先抹白粉，再塗胭脂。胭脂的地位往往集中在兩腮，所以雙頰多呈紅色，而額頭及下頜部分則露出白粉的本色，使整個臉面的色彩富於變化。……這種妝式多用於青年。詩文中常見有「桃花妝」一詞，即指此妝式。

三、先在面部塗抹一層胭脂，然後用白粉輕輕罩之，俗稱「飛霞妝」。這種妝式較適合於老婦。

除紅妝外，古代婦女也有作白妝的。所謂白妝，就是不施胭脂，單以鉛粉傅面。這種妝飾常見於年輕的寡婦。白居易〈江岸梨花〉詩：「最似嬌閨少年婦，白妝素袖碧紗裙。」詠的就是這種裝束。由於它比較別緻，偶爾也施於宮中。如《中華古今注》記：「梁天監中，武帝詔宮人梳迴心髻，……作白妝青黛眉。」據說在盛唐時，連楊貴妃都模仿過這種妝式。……

此外，在歷朝的宮苑，還流行過一些怪異的面部妝飾，比較有名的如「啼妝」、「淚妝」、「半面妝」及「慵來妝」等。但由於這些面飾，與化妝的本意——美觀，距離得太遠，不受婦女的歡迎，所以很快便被人丟棄。⑩

## 2. 眉黛

〈百歲篇・壟上苗〉（伯3361　斯1588）

一十一，春禾壟上苗初出。東園桃李花漸紅，西苑垂楊

---

⑩ 同註101，頁118-120。

更齊密。

二十二，蒼鷹出籠毛爪利。四歲駃寒初搭鞍，狐狸並得
相逢值。

三十三，開筵美酒正初含。彎弓直向單于北，仗劍仍過
瀚海南。

四十四，蛾眉鏡裡無青翠。紅顏夜夜改常儀，蟬鬢朝朝
不相似。

五十五，林野東西徧道路。鬢邊白髮如素絲，頰上青顏
若秋露。

六十六，寒暑無端來逼逐。妻兒男女伴愁容，冤家肯教
寡情慾。

七十七，壽年鄉黨無人匹。童僕朝扶暮坐看，眼中冷淚
連珠出。

八十八，力弱形枯垂鶴髮。骨瘦窮秋怯夜風，身老霜天
愁盡日。

九十九，臨崖摧殘一株柳。新生白髮頭上無，映日紅顏
更何有。

一百終，寂寂泉臺掩夜空。閉骨不知寒暑變，月明長照
壟頭松。

## 〈鳳歸雲・魯女堅貞〉（斯1441　《敦煌零拾》）

幸因今日，得覩嬌娥。眉如初月，目引橫波，素胸未消
殘雪，透輕羅，□□□□□。朱含碎玉，雲鬢婆娑。
東鄰有女，相料實難過。羅衣掩袂，行步逶迤。逢人問
語羞無力，態嬌多。錦衣公子見，垂鞭立馬，腸斷知
麼。

〈破陣子‧人去瀟湘〉（斯1441　《敦煌零拾》）

蓮臉柳眉休暈，青絲罷攏雲。暖日和風花帶媚，畫閣雕
梁燕語新，捲簾恨去人。　寂寞長垂珠淚，焚香禱盡靈
神。應是瀟湘紅粉繼，不念當初羅帳恩，拋兒虛度春。

〈傾林樂‧五陵堪聘〉（伯2838）

窈窕逶迤，體貌超群，傾國應難比。渾身掛綺羅，裝束
□□，未省從天得至。臉如花自然多嬌媚，翠柳畫蛾
眉，橫波如同秋水。裙生石榴，血染羅衫子。　觀豔質
語軟言輕，玉釵綴素綰烏雲鬢。年二八久鎖香閨，愛引
猧兒鸚鵡戲。十指如玉如蔥，凝酥體雪透羅裳裡。堪聘
與公子王孫，五陵年少風流婿。

〈失調名‧阿羅漢〉（蘇聯藏《雙恩記》變文插曲）

貪嗔皆斷，盡是阿羅漢。來往得逍遙，生死難縈絆。
慧劍鎮，鋒鋩智，月常圓滿。　龍天釋梵人，見者皆稱
讚。會中羅好形儀，月面長眉眼。紺青身，掛衲袍，雲
片片。

　　古代婦女畫眉所用的材料，是一種名為「石黛」的礦物。使用
時必先放在石硯上磨碾，使成粉末，加水調和，其色深青黑，古多
稱綠黛。

　　唐時，畫眉已成一般婦女習尚，唐玄宗更令畫工畫《十眉
圖》，其實當時眉形何止十種。唐時風氣開放，思想活躍，連婦女
的裝束都受到影響，這可從唐出土的畫、陶俑等看出。

　　唐的眉形眾多，總的說來，唐畫眉較前代粗寬，一般多畫成柳
眉狀。另一種，較柳眉略寬，也更彎曲，如一輪新月，稱「月眉」

或「卻月眉」。如：〈阿羅漢〉、〈魯女堅貞〉。

　　闊眉是唐婦女主要的形式，其描法有兩頭尖突，也有一頭尖突一頭分梢；有眉心分開，也有雙眉靠攏，中留一窄隙。在文學上稱之為「桂葉」或「蛾翅眉」。

　　八字眉，起源於西漢時，中唐又再度盛行，此即為「元和時世妝」。蛾眉，指眉細長且彎曲，似蛾之觸鬚。如：〈壟上苗〉、〈五陵堪娉〉。柳眉，即眉如柳葉，細長而下垂。如：〈人去瀟湘〉。

　　此外，還要提到一點，根據劉熙《釋名》：「黛，代也，滅去眉毛，以此畫代其處也。」我們可以從古代留存的圖書中推測，古代女子是先剃去眉毛之後，才再畫上的。

　　3. 脣

　　〈柳青娘・倚闌人〉（斯1441　《敦煌零拾》）
　　青絲髻綰臉邊芳，淡紅衫子掩酥胸。出門斜撚同心弄，意恓惶，故使橫波認玉郎。　巨耐不知何處去，教人幾度掛羅裳。待得歸來須共語，情轉傷，斷卻妝樓伴小娘。

　　碧羅冠子結初成，肉紅衫子石榴裙。故著胭脂輕輕染，淡施檀色注歌脣，□□含情喚小鶯。　只問玉郎何處去，纔言不覺到朱門。扶入錦幃□□□，□殷勤，因何辜負倚闌人。
　　※「檀色」，淺絳色，所以染脣，意為薄紅。

　　〈內家嬌・應奉君王〉（伯2838）
　　絲碧羅冠，搔頭綴髻，寶妝玉鳳金蟬。輕輕敷粉，深深

長畫眉綠。雪散胸前，嫩臉紅脣，眼如刀割，口似朱丹。渾身掛異種羅裳，更熏龍腦香煙。　屐子齒高，慵移步兩足恐行難。天然有□□靈性，不聘凡間，教招事無不會。解烹水銀，鍊玉燒金，別盡歌篇。除非卻應奉君王，時人未可趨顏。

《釋名‧飾首飾》：「脣脂，以丹作之，象脣赤也。」可見，丹是一種紅色顏料，又叫硃砂，因不具黏性，故多與動物脂膏一起使用。古代婦女畫脣多喜畫「小脣」，也就是較原來脣形略小，這或許就連帶影響了現代人喜歡「櫻桃小口」的審美觀念。

### 4. 花鈿

在之前已提起過「花鈿」這個名詞，因為在古代裝飾裡，他具有兩重意思，在此附加另一種說法。

花鈿是一種額飾，其產生有掌故。相傳為南朝宋武帝之女壽陽公主，臥於梅樹下，梅花墜額，在額間留下一花瓣之狀，宮女見之多仿效。另有一說為《舊唐書‧后妃列傳上‧上官昭容傳》：「中宗上官昭容，名婉兒……則天時婉兒忤旨，當誅，則天惜其才，不殺，但黥其面。」此後，上官昭容用花鈿掩額。

花鈿的材質多樣，有單純一圓點，也有用金箔、螺鈿殼、雲母片做成各種花朵狀的花鈿。[111]

在此，已將敦煌曲子詞中，所提到關於服飾者，及其相關聯的物品做一簡單之介紹。並對唐時婦女裝束作一大概之瀏覽，但所提的都是大概的狀況，並不能周全的概括整個唐代的全貌。從敦煌曲子詞中所提到的，無論是化妝、服飾、髮飾等等，使我們藉此得以明瞭唐代時人物生活上的印象。

---

[111]　同註101，頁132-133。

## 七、文人仿製的聲詩

　　唐代的絕句可入歌，前已述及，《碧雞漫志》亦云，唐時古意亦未全喪，〈竹枝〉、〈浪淘沙〉、〈拋毬樂〉、〈楊柳枝〉，乃詩中絕句，而定為歌曲。他如李白的〈清平調〉，也是可唱的詩。王昌齡、高適、王之渙三人旗亭酒會，聽伶工唱自己的詩，這些都是可唱的絕句。凡是可唱的詩，可稱之為「聲詩」，亦可稱為「樂府詩」。

　　唐代的聲詩材料不少，如王維送元二使安西的〈渭城曲〉，便成了唐人送別的歌。其詞曰：

　　　　渭城朝雨浥輕塵，客舍青青柳色新。勸君更盡一杯酒，
　　　　西出陽關無故人。

　　唐玄宗作〈好時光〉，是五律的詩，然教坊曲的〈好時光〉已加散聲，即和聲，已是長短句的詞了。《全唐詩》「詞」注云：

　　　　唐人樂府，元用律絕等詩，雜和聲歌之。其并和聲作實
　　　　字，長短其句，以就曲拍者為填詞。開元、天寶肇其
　　　　端，元和、太和衍其流，大中、咸通以後，迄於南唐二
　　　　蜀，尤家工戶習，以盡其變。

唐人齊言的詩，加和送聲成長短句，王維的陽關三疊，便是和送聲的變化，唐玄宗的〈好時光〉，便是和聲的運用，今比較如下：

　　　　寶髻宜宮樣，臉嫩體紅香。眉黛不須畫，天教入鬢長。
　　　　莫倚傾國貌，嫁取有情郎。彼此當年少，莫負好時光。

加上散聲如「偏」、「蓮」、「張敞」、「個」等字，便成長短句
——詞了。

　　　　寶髻偏宜宮樣，蓮臉嫩，體紅香。眉黛不須張敞畫，天
　　　　教入鬢長。　莫倚傾國貌，嫁取個，有情郎。彼此當年
　　　　少，莫負好時光。

　　唐代的聲詩有兩種形態：一種是仿民歌而作新詞，如劉禹錫仿
建平的民歌而作〈竹枝〉，白居易仿街陌的情歌而作〈楊柳枝〉。
另一種是曲調和詞都是創新的，如唐玄宗的〈好時光〉，王維的
〈渭城曲〉，杜秋娘的〈金縷衣〉，李白的〈清平調〉便是。
　　此類可歌的唐詩頗多，從盛唐迄於晚唐五代，促成詞的誕
生，皆是唐聲詩的醱化作用，可作另一專題研究，題為：「唐人聲
詩之研究」，故此類資料之收集與整理，且待他日。

## 八、長沙窯茶壺詩

### （一）前言

　　一九八五年夏，曾應浸會學院中文系主任左松超教授之邀，
訪問香港，得緣參觀「馬王堆漢墓出土文物及湖南省歷代文物珍品
展覽」。⑫在會場中，展出長沙窯唐人的「茶壺詩」七件，每件上
均有題詩一首，其中一件為七絕，其餘均為五絕。這些茶壺詩大半
是民間詩人的作品，或者是製陶人收集的或創作的詩。事後我檢查

---

⑫　1985年8月，在香港華潤百貨公司列展出「馬王堆漢墓出土文物及湖南省歷代文物珍品展
　　覽」，其中唐人的茶壺詩，或稱執壺詩，共七件，每件上各有一首詩，是長沙望城出土
　　的唐人詩。

《全唐詩》或《補遺》，發現其中一二首與唐代詩人的作品有關。同時，與敦煌莫高窟出土的變文或通俗詩，亦有相同或相似的詩篇，可知民間文學有腳，它會隨人民的足跡或口傳，到處流浪，被人們所傳誦。唐人將民歌諺語題在陶瓷上，是人文與科技的結合，以提升我國的陶瓷文化。

## （二）長沙窯址、窯名及其陶瓷的特色

湖南長沙窯的發現，是湖南省文物管理會在一九五六年普查工作中，發現長沙五十餘里外的銅官瓦渣坪，有大量的陶瓷器出土，因此考證長沙窯窯址，便在於此，並命名為「銅官窯」或「瓦渣坪窯」。[113]自此長沙窯的陶瓷器，陸續出現，引起世人的關注。其後，湖南博物館館長黃綱正曾撰文探討窯址和窯名，他說：

> 其一，窯址分佈的範圍從銅官至石渚，約五公里的範圍內，石渚，瓦渣坪一帶，1965年以前還屬於銅官所轄，1965年建立書堂公社，建置時才劃到書堂。其二，銅官之名，古已有之，《水經注》云：「銅官山西臨湘水。」唐代詩人杜甫晚年乘舟於銅官，有〈銅官守渚風〉一詩為據，詩云：「不夜楚帆落，避風湘渚間，水耕先浸草，春火更燒山。……」詩中的「渚」意為水中小塊陸地。現銅官附近的水中小塊陸地除河中沙洲外，就只有瓦渣坪以南的石渚，這附近地名為渚的也僅此一處。[114]

---

[113] 湖南博物館〈長沙瓦渣坪唐代窯址調查記〉（《文物》第3期，1960年），頁67-70。
[114] 黃綱正著：〈石門磯窯址的發掘及有關長沙銅官窯的幾個問題〉，收入《中國古陶瓷研究》第四輯，頁231。

在唐人的詩中，李群玉曾有〈石潴〉詩，石潴即石渚，其詩云：

> 古岸陶為器，高林盡一焚。焰紅湘浦口，煙濁洞庭雲。
> 迥野煤飛亂，遙空爆響聞。地形穿鑿勢，恐到祝融
> 墳。⑮

李群玉為中唐人，他曾在湖南觀察使裴休幕中任職，對長沙石潴一
帶的陶瓷窯，有詩為證，因此「銅官窯」又稱為「石渚窯」。

　　長沙窯出產的陶瓷器，得長江水利之便，產品行銷國內外，
成為有名的貿易瓷。其中多為碗、盤、瓶、壺之類的日用品，亦有
作為殉葬之器。我國在陶瓷器中繪彩釉或題詩作畫，由來已久，在
洛陽北邙山出土的唐三彩陶雕，僅是三彩釉的彩繪，在器物上題詩
作畫，尚屬少見。然而長沙窯陶瓷器上彩繪，或題詩作畫，已是常
見，尤其是題詩其上，已成特色。今引唐人皮日休〈茶中雜詠·茶
甌〉云：

> 邢客與越人，皆能造茲器。圓似月魂墮，輕如雲魄起。
> 棗花勢旋眼，蘋沫香沾齒。松下時一看，支公亦如
> 此。⑯

又陸龜蒙〈奉和襲美（皮日休字），茶具十詠〉云：

> 昔人謝堀堄，徒為妍詞飾。（《劉孝威集》有〈謝堀堄
> 啓〉）豈如珪璧姿，又有煙嵐色。光參筠席上，韻雅金

---

⑮　《全唐詩》李群玉詩，明倫出版社，卷569，頁1451。
⑯　《全唐詩》皮日休詩，卷611，頁7055。

罍側。直使于闐君，從來未嘗識。[⑰]

中晚唐以後，唐人已習慣在茶甌、酒壺或器物上題詩，故有「昔人謝塸埏，徒爲妍詞飾」、「光參笻席上，韻雅金罍側」的句子。

　　長沙窯出土的執壺或茶壺，不僅可以泡茶，當然也可盛酒，成爲酒壺。從執壺上，便可採集到將近六十餘首詩，以及諺語、格言等題記。這些唐人的民間文學作品，都是很珍貴的資料。

## （三）幾首唐人茶壺詩的淵源與流傳

　　唐人的茶壺詩中，偶有唐代詩人的詩句，抄錄全首或一聯於上，但大部分爲民間詩人所寫的通俗詩，名氏無可考。其內容或寫生活實況，或寫遊子思歸，或寫征戰之事，或寫思婦之作，或寫人生百態，或寫人生哲理等，主題可說生活多元化的寫照，有詩趣和詩境。今擇其中最具盛名的幾首，探其淵源與流傳：

### 1. 春水春池滿

　　　春水春池滿，春時春潮生。
　　　春人飲春酒，春鳥弄春聲。[⑱]

　　全詩連用八個「春」字，在標題上，或可作爲〈春歌〉，那便合爲九春。無論寫景、寫情，有畫趣和情趣，在形式上還是一首合律的五言仄起格絕句。

　　在敦煌卷通俗詩歌中，也有相類似的詩歌，見北京〈中國書店藏敦煌寫本《佛說無量壽宗要經》殘卷〉背面，錄有此詩，在殘卷背面有學郎張宗子所抄三首，末首與此詩相同，卷本題記云：「癸

---

[⑰]　《全唐詩》陸龜蒙詩，卷620，頁7145。
[⑱]　長沙窯窯址南岸嘴T2，所出土二二九件之一，湖南博物館於1966年所收集，爲壺形器。

未年十月永安寺學士郎張宗子書記之耳。」按癸未年，在唐代便有四次癸未年，或在唐玄宗天寶二載（西元七四三），或在德宗貞元十九年（西元八〇三），其詩云：

> 春日春風動，春來春草生。
> 春人飲春酒，春鳥弄春聲。──伯3597

又日本《三井文庫》所藏北三井家捐贈的敦煌文獻第103號卷背亦有類似的詩：

> 春日春風動，春山春水流。
> 春人飲春酒，春棒打春牛。（日・北三井103）

以上三首詩，使用「套語」完成的，前兩句寫春景，後兩句寫春天人們的活動，帶來情景交融的詩趣，手法相同，可視為很別致的春天的詩。它們來自於六朝的〈吳歌・子夜四時歌〉中的〈春歌〉：

> 春林花多媚，春鳥意多哀。
> 春風復多情，吹我羅裳開。

前三句開端都有「春」字，中間都有「多」字，這是歌謠套語的運用；就如唐人的三首，每句都有兩個「春」字，構成春的詞彙，如春水、春池、春時、春潮、春人、春酒、春鳥、春聲、春日、春風、春來、春草、春山、春棒、春牛，而春含有弦外之音，春水、春潮、春鳥、春聲，組成活潑生動的「春日春歌」。

　　這些描寫春天的詩，據上推測，約在天寶二載（西元七四三）至貞元十九年（西元八〇三）間流傳的詩，不知是甘肅敦煌的通俗詩，流傳到湖南長沙窯來，還是長沙窯的通俗詩，流傳到敦煌去，

民歌民謠有腳，能走遍江南和大西北，尤其歌頌情愛的詩，更容易廣爲流傳。

## 2. 君生我未生

　　君生我未生，我生君與（已）老。
　　君恨我生遲，我恨君生早。⑲

　　此詩用「君生」、「我生」、「君恨」、「我恨」的套語，用女子的口吻道出男女戀愛因年紀差異大而造成遺憾，頗富情趣。然而詩的解釋，有它的多樣性。

　　同樣地，王國維〈臨江仙〉曾經拿「梅花」和「葉」，比喻「開」「謝」不同時的遺憾，比起原詩，又有一種含蓄之美。今錄其下片，云：

　　郎似梅花儂似葉，
　　揭來手撫空枝，
　　可憐開謝不同時。
　　漫言花落早，
　　只是葉生遲。

梅花臘月開放，先開花後長葉，故「花」、「葉」不同時，以花、葉爲喻，也有相逢恨晚，不能同時並生的感慨。

　　在《敦煌變文·廬山遠公話》也有類似的詩篇：

　　身生智未生，智生身已老。

⑲　1983長沙窯窯址南岸嘴T2，分別出土十四件，均題記此詩於壺形器之器腹。

　　　身恨智生遲，智恨身生早。

　　　身智不相逢，曾經幾度老。
　　　身智若相逢，即得成佛道。[120]

在佛教教義上，認為萬法不離身、心，身為臭皮囊，心可生智，人
體與心智，往往不成比例，年少體壯，但心智未成熟，等到心智圓
融，但身體已衰老。故「身」恨「智」生遲，「智」恨「身」生
早。因此，佛學修道上，只因身、智不能相逢，所以淪為惡道；
身、智若能相逢，便生佛道。如此將愛情詩變成宣揚佛道的偈頌。
　　潘重規《敦煌變文集新書》謂〈廬山遠公話〉抄於宋開寶五年
（西元九七二），作者不詳，或出自於唐末五代說書人之手，講述
東晉慧遠和尚的故事。[121]因此，這些詩發生的年代或在唐末或在五
代時。
　　如將此詩改為：

　　　智生我未生，我生智已老。
　　　智恨我生遲，我恨智生早。

那麼智是得道高僧，而我是仰慕高僧的信徒，則此詩的主題，將成
為信徒感念高僧情誼的詩篇了。

## 3. 子夜四時歌
　　一九七七年初，我應《空大學訊》撰寫一篇介紹唐詩的文章

---

[120]　黃徵、張湧泉校注：《敦煌變文校注》卷2〈廬山遠公話〉，中華書局（北京），1997
　　　年，頁263。
[121]　潘重規著：《敦煌變文集新書》，文津出版社，1994年，頁1062。

〈唐詩四季〉，曾將大陸在香港展示的唐人茶壺詩七首，取其中四首，將它配合成〈子夜四時歌〉，其中的〈春歌〉，當然是前面所提到的那首：

> 春水春池滿，春時春潮生。
> 春人飲春酒，春鳥弄春聲。

> 〈夏歌〉
> 小水通大河，山深鳥宿多。
> 主人看客好，曲路安相過。

> 〈秋歌〉
> 萬里人南去，三秋雁北飛。
> 不知何歲月，得共汝同歸。

> 〈冬歌〉
> 天地平如水，天道自然開。
> 家中無學子，官從何處來？⑫

六朝時，吳歌中有〈子夜歌〉群，包括〈子夜歌〉、〈大子夜歌〉、〈子夜警歌〉、〈子夜變歌〉以及〈子夜四時歌〉。而〈子夜四時歌〉是由春、夏、秋、冬四首組成的組詩，唐人李白集中，也有一首仿六朝人的〈子夜四時歌〉，已將五言四句的小詩，變成五言六句，今摘錄其〈春歌〉如下：

---

⑫ 此四詩乃是筆者在現場抄錄所得，詩題為筆者所加。今各首均著錄於長沙窯課題組編：《長沙窯》，紫禁城出版社，1996年。

秦地羅敷女，采桑綠水邊。素手青條上，紅妝白日鮮。
蠶饑妾欲去，五馬莫留連。[123]

民間詩人的作品，被寫到陶瓷器上，代表大眾的心聲，那首〈春歌〉，歌頌春天的歡樂，連周遭的景色，也感染到春的喜悅。〈夏歌〉說人與人相處的哲學，前兩句寫景，道出自然界的現象。小水流入大河，山深自然是更多的鳥棲息其間，似乎是廢話，但後兩句說明「主人」與「客」的相處，在曲路上互相禮讓，便彼此相安通過，如同小學課本中的白羊、黑羊在獨木橋上相遇的故事。〈秋歌〉是寫浪子思鄉的詩，與鄉人同到異鄉謀生，何時得以返鄉？只見雁可以北歸，而遊子呢？令人感慨。〈冬歌〉說明天地之間，天道待人公平無私，不肯努力工作，那來的收穫？但作者私自沉思，家中無學子，何來的功名利祿？這是很沉痛的省思，惟有發憤讀書，才能發展知識經濟，個人如此，國家亦然。

　　〈秋歌〉「萬里人南去」這首詩，是唐人韋承慶的作品，詩題為〈南中詠雁〉，詩句與上相同，只是「三秋」或作「三春」，「汝」或作「爾」。韋承慶在《全唐詩》中有小傳：

韋承慶，字延休，鄭州陽武人，事繼母以孝聞，舉進士，官太子司議，屢有諫納。長壽中，累遷鳳閣侍郎，三掌天官選事，銓授平允，尋知政事。神龍初，坐附張易之，流嶺表，起為秘書少監，授黃門侍郎，未拜，卒。集六十卷，今存詩七首。[124]

---

[123] 瞿蛻園等校注：《李白集校注》，里仁書局，1981年，頁450。
[124] 《全唐詩》卷46，韋承慶，頁557。

在長沙窯的茶壺詩中，可考的作者不多，這首〈南中詠雁〉是文人的詩篇，與民間詩人所寫的通俗詩，同出一轍，如無《全唐詩》的引證為韋承慶之作品，還不是與長沙窯陶瓷工所收集的通俗詩沒有差別。可見作者不分貴賤，凡是真情流露的作品，不假雕飾，一樣感人。

〈冬歌〉：「天地平如水，天道自然開。家中無學子，官從何處來？」詩中後兩句，已成詩歌中的套語，如卜天壽所抄〈高門出己子〉詩：

> 高門出己子，好木出良才（材）。
> 交□學敏（問）去，三公河（何）處來。[125]

同樣地，在敦煌寫卷斯614號索廣翼抄寫的殘詩，以及北京圖書館保存的敦煌卷北8317號卷背索惠抄寫的五言詩，詩句都有類似的地方：

> 高門出貴子，好木出良才（材）。
> 男兒不（以下缺）——斯614

> 高門出貴子，存（好）木出良在（材）。
> 丈夫不學聞（問），觀（官）從何處來。——北8317

可見這類詩，在敦煌寫卷或長沙窯茶壺詩中，都有類似的詩歌，流傳在各地，已成為唐代民間通俗的詩歌。

---

[125]　郭沫若著：〈卜天壽《論語》抄本後的詩詞雜錄〉（《考古》，第1期，1972年）。

### 4. 自入新豐市

　　　自入新豐市，唯聞舊酒香。
　　　抱琴酤一醉，盡日臥垂陽。

　　這首應是酒壺詩，陶瓷盛器，可盛酒也可以沏茶，因詩篇的內容，是在言酒，茶酒是一家，在敦煌卷中，有〈茶酒論〉一篇，[126]「茶」、「酒」用擬人格寫成，「茶」與「酒」各鋪敘其重要，無論是茶賤酒貴，或茶貴酒賤，二者相互論辯，最後「水」對「茶」、「酒」說：「茶不得水，作何相貌？酒不得水，作何形容？」所以茶酒各自言其重要，論其貴賤，水則對二者說，如無水，茶酒均無法發揮其作用。此篇純為擬人格的寓言，卻是有趣。

　　我國可稱衣冠上國，茶酒世家，而茶壺酒壺用來盛茶酒，以增怡情冶性的生活情趣。於是壺上題詩，益增雅興。「自入新豐市」此詩，係一九八三年長沙窯南岸地區考古發掘的酒壺，「新豐」亦有作「新峰」的，可見陶工因音誤寫錯，新豐市在陝西臨潼縣，新豐酒頗負盛名，王維〈少年行〉便有：「新豐美酒斗十千，咸陽遊俠多少年。相逢意氣為君飲，繫馬高樓垂柳邊。」在唐詩中提到新豐酒熟，沽酒新豐的詩句不少。而「自入新豐市」一詩，在《全唐詩》卷三一〇，錄有朱彬或陳存所作的〈丹陽作〉，[127]詩句與長沙窯出土的陶壺詩極相似，其詩為：

　　　暫入新豐市，猶聞舊酒香。
　　　抱琴酤一醉，盡日臥垂陽。（陳存，一作朱彬）

---

[126]　黃徵、張湧泉校注：《敦煌變文校注》，中華書局（北京），1997年，卷3，頁423。

[127]　《全唐詩》卷310，陳存、朱彬，頁3514、3516。

又宋代林洪的《山家清供‧新豐酒法》，談論如何製酒、喝酒，以及養生之道，也引〈丹陽道中詩〉：

> 乍造新豐酒，猶聞舊酒香。
> 抱琴沽一醉，盡日臥斜陽。

以上三首詩，雖在詩句上或有稍許不同，皆因傳抄題記有所出入，然仍是唐人朱彬或陳存的詩，此二人爲唐大曆（西元七六六－七九九）、貞元（西元七八五－八○五）年間的詩人。

同時，在長沙窯出土的陶壺上，有一首酒壺詩與白居易的〈問劉十九〉極相似：

> 二月春豐酒，紅泥小火爐。
> 今朝天色好，能飲一杯無？

也是長沙窯南岸嘴出土的酒壺詩，壺中的題記，只是改動白居易〈問劉十九〉的一、三兩句，詩的內容，便不是專對劉十九一人，而是主人問親朋好友，今天天色好，能一起乾一杯嗎？「二月春豐酒」，也許與新豐酒有關，將「新豐」改成「春豐」，詩句詞語的變換，並不影響詩的主題原則下，換幾個字句，也無大礙。

試將長沙窯的〈二月春豐酒〉，與白居易的〈問劉十九〉二詩相比較：

> 綠螘新醅酒，紅泥小火爐。
> 晚來天欲雪，能飲一杯無？

這確是一首與飲酒有關的好詩，前兩句寫湯酒的現象，酒顏色和爐火的顏色相襯，造成用顏色字的美，後兩句問劉十九或同伴，在將

下雪的夜晚，能一起小酌一番，雅興匪淺，有人情味，又有生活閒情，享受人生。

古代有關茶、酒的詩不少，如北宋杜耒的〈寒夜〉：

> 寒夜客來茶當酒，竹爐湯沸火初紅。
> 尋常一樣窗前月，纔有梅花便不同。[128]

詩題為「寒夜」，真正主題應是「寒夜客來」，寒夜有客來訪，主人以茶當酒，有一分溫馨，又有一分摯情。前兩句寫煮茶情景，類似白居易〈問劉十九〉的前兩句，意象鮮明。杜耒〈寒夜〉的後兩句暗示友誼高潔不俗，詩中的「月」暗示「知心人」，而「梅花」更是暗示「高潔」之情。

### 5. 買人心惆悵

> 買人心惆悵，賣人心不安。
> 題詩安瓶上，將與買人看。

長沙窯南岸嘴出土的茶壺詩，寫陶工在陶器上品題，說買陶器人如果傷心、後悔，那賣的人內心也會不安；因此賣陶人在瓶上題詩，道出內心的感覺，表示他賣的陶器是貨真價實，絕不欺瞞。故云：「將與買人看。」這是一首極佳賣陶器的廣告詩，同時道出捏陶人的心聲。

### 6. 有關思鄉、思人的詩

> 一別行千里，來時未有期。

---

[128] 邱燮友、劉正浩註釋：《新譯千家詩》，三民書局，1991年，頁365。

月中三十日，無夜不相思。

歲歲長為客，年年不在家。
見他桃李樹，思憶後園花。

一雙青鳥子，飛來五兩頭。
借問舡輕重，附信到揚州。

一日三戰場，離家數十年。
將軍馬上坐，將士雪中眠。

日紅衫子合羅裙，盡日看花不厭春。
更向妝臺重注口，無那蕭郎慳煞人。

　　以上五首，均屬長沙窯南岸嘴出土的執壺詩。第一首寫離別後，夜夜相思。第二首寫常年在外為客，看他鄉的桃李，想起自己的家園。第三首一對青鳥停在桅杆上，「五兩」是船掛在桅杆上測風速的羽毛，如風大便不宜開船，舡，同船。全詩見雙雙對對的青鳥，想起自己一人流浪在外，如果開船東下，他想託人帶信向揚州家人問候。第四首征夫戍守在外，數十年未回家，寫塞上的苦寒和辛苦。第五首是宮詞，以女子口吻，寫春日濃妝注口紅，想會見情郎，無奈情郎是個吝嗇小器人。在長沙窯的執壺詩中，七言詩較少，或許是壺的高度適於品題五言四句詩的緣故。

　　詩歌是真實的語言，民間詩歌代表了大眾的心聲，如果用今日的民意調查，民間詩歌便是民意的指標。長沙窯的陶瓷，題上花鳥、詩歌、諺語等圖文，是提升長沙窯陶瓷文化的水準；也就是說科技與人文結合，使科技與人文相輔相成，以達知識經濟最高的效用，難怪自李唐來，長沙窯的貿易瓷，沿長江水域行銷國內外。

　　長沙窯陶瓷中茶壺詩，不僅是供以作茶具，也可以作酒壺，中

國人喝茶、喝酒,都是用來怡情冶性,作爲慶賀或休閒的活動,在茶壺上題詩,提升生活的雅興和樂趣,是中國文化與生活、科技結合的例證。

盛唐時代的唐三彩陶雕,不見有題記其上,然而長沙窯的陶壺上,始見題詩,題諺語、格言。詩人將詩題在風景區,是爲題壁詩,如崔顥的〈黃鶴樓〉,杜甫的〈題玄武禪師寶壁〉,後擴至有題畫詩,以及題在器物上的詩,使詩的應用,題到日常生活器物中,使詩歌美化生活,成爲生活的一部分。

長沙窯的執壺詩,無論是題在茶壺或酒壺上,其間有無名氏的民間作品,與敦煌的曲子詞或通俗詩相輝映,構成唐代民間文學重要的一頁,開發文人詩歌以外,另闢詩歌新興的園地。

第五章

唐代民間歌謠植物意象舉隅

# 一、何謂「意象」

## 1. 意象源起

　　意象一詞在中國由來已久。老子《道德經》：「道之爲物，惟恍惟惚，惚兮恍兮，其中有象。」① 《易‧繫辭上》：「子曰：『書不盡言，言不盡意。』然則聖人之意，其不可見乎？子曰：『聖人立象以盡意，設卦以盡情僞，繫辭焉以盡其言。』」《易‧繫辭上》說象是：「夫象，聖人有以見天下之賾，而擬諸形容，象其物宜，是故謂之象。仰觀象於天，俯觀法於地，觀鳥獸之文，與地之宜，近取諸身，遠取諸物。」② 王弼《周易略例‧明象》中說：「夫象者，出意者也，言者，明象者也。盡意莫若象，盡象莫若言。言生於象，故可尋言以觀象。象生於意，故可尋象以觀意。意以象盡，象以言著。故言者所以明象，得象而忘言；象者所以存意，得意而忘象。」③ 以上引述雖是中國的天道觀，似乎與詩學無關，但這樣的理論卻與後世的意象理論不謀而合。晉‧虞摯《文章流別論》中已提到「假象盡辭，敷陳其志」的寫作觀念，陸機〈文賦〉：「雖離方而遁圓，期窮形而盡相」說明創作中「恆患意不稱物，文不逮意」，陸機已經將「意象」的理論放入文學創作中。劉勰是中國最早標舉「意象」概念，《文心雕龍‧神思》：「然後使玄解之宰，尋聲律而定墨，獨照之匠，窺意象而運斤，此蓋馭文之首術，謀篇之大端。」④ 這與後世的論點雖不完全相同，但已包括

---

① 余培林注釋：《老子讀本》，三民書局，1995年，第21章，頁47。

② 王雲五編：《周易今注今譯》，1997年，頁408。

③ 魏‧王弼、晉‧韓康伯著：《周易王韓注》，大安出版社，1999年，頁262。

④ 梁‧劉勰著：《文心雕龍》，臺灣商務印書館（《四庫全書》本），1983年，卷6，頁39。

其中重要部分；歷代也陸續有關意象觀念的探討，且趨於完善。

## 2. 詩歌意象

　　唐朝是詩歌的黃金年代，詩對「意象」不僅是運用，理論也相繼而出，與創作緊密結合。盛唐王昌齡《詩格》中提出：「一曰生思。久用精思，未契意象，力疲智竭，放安神思，心偶照鏡，率然而生。二曰感思。尋味前言，吟諷古制，感而生思。三百取思。搜求於象，心入於境，神會於物，因心而得。」王昌齡將「意象」的理論比前代更加提升。到了中唐白居易《金針詩格》主張：「詩有內外意，內意欲盡其理，理謂義理之理……外意欲盡其象，象謂物象之象。」已將意象的理論具體化。晚唐司空圖《二十四詩品》總結前人創作實踐所累積的藝術經驗以及理論研究結果，把物象與心象聯繫起來，《二十四詩品》「意象」：「是有眞跡，如不可知。意象欲出，造化已奇。」⑤往後的各朝代雖都有「意象」論說，但皆與劉勰、司空圖的論點一脈相承。以現今的理論而言，說得明白些，所謂「意象」是指作者的意識與外的物象相交會，經過觀察、審思與美的釀造，成爲有意境的景象。內在之「意」與外在之「象」相互關聯，合言之即爲「意象」。

　　所謂詩的意象，就是作者主觀的心意和客觀的物象在語言文字中的融會與具現，它是詩歌所特有的審美範疇。就詩人創作過程來看，意象，是詩歌創作構思的核心，是詩的思維過程中的主要符號元素，對意象的鎔鑄貫串詩的形象思維的始終，皆關係到一首詩的高下成敗。美好的意象，是詩人對生活獨特的感受、發現和表現的結晶。美好的意象，不排斥抒情也不排斥議論，可以增強詩的思想力量。美好的意象，以健康強烈的感情和深刻的思想作基礎。⑥

---

⑤　轉引自李元洛著：《詩美學》，東大圖書公司，1990年，頁162-163。

⑥　同註5，頁169-170。

### 3. 植物意象

　　創作者對植物主觀的審美思想與審美感情的「意」，與植物的生長時節、顏色、特性、外觀、動態、靜態等種種的「象」，透過觀察、審思和美的釀造，並利用語言文字的和諧交融與辯證統一，而這種交融與辯證統一，就是所謂的「植物意象」。植物的動態與靜態刺激著創作者的視覺、聽覺、味覺、觸覺、嗅覺，而五官的感受力又彼此互相溝通轉化，使「意象」的運用活潑而奇妙，這是「植物意象」的特色，這種「意象」強烈刺激並挑動讀者的想像力。在任二北先生所編著《敦煌歌辭總編》中，有許多的歌辭，作者利用植物的特性，藉由「植物意象」來表達情感，豐富歌辭的內容，極易引發讀者的想像力。

## 二、植物在敦煌歌辭中所表達之意象

### （一）柳

　　楊柳科，落葉喬木。枝條細長下垂，先葉開花，穗狀花序。

1. 〈宮怨春・到邊庭〉（斯2607）

　　　　柳條垂處處，喜鵲語零零，焚香稽首表君情。慕得蕭郎
　　　　好武，累歲長征，向沙場裡，輪寶劍，定欃槍。　去時
　　　　花欲謝，幾度葉還青，相思夜夜到邊庭。願天下銷戈鑄
　　　　戟，舜日清平。待功成日，麟閣上，畫圖形。

　　這是一首妻子思念征夫的歌詞，但卻以明快活潑的手法表現，將悲傷完全隱藏起來。全篇洋溢著信心，希望丈夫凱旋歸來。「柳條垂處處」表示春天來了，到處充滿希望，又聽到「喜鵲語零零」又是好預兆，更令人充滿信心。於是焚香祝禱：「丈夫能沙場

立功，邊庭的戰事早日結束，天下太平的日子到來，實現功成名就的心願。」「柳條垂處處，喜鵲語零零」的景象讓作者心懷希望。「柳」在中國古代的詩歌中，常常被用作愛情的象徵。吳文英〈風入松〉：「樓前綠暗分攜路，一絲柳，一寸柔情。」由此二句我們可以想像，這位少婦青春年少，且善良多情。「蕭郎」，原指梁武帝蕭衍，《梁書‧武帝紀上》云：「（王）儉一見深相器異，謂盧江何憲曰：『此蕭郎三十內當作侍中，出此則貴不可言。』」後至唐代，蕭郎衍變爲泛指親愛或爲子女所戀的男子代稱。「欃槍」指彗星，《爾雅‧釋天》云：「彗星爲欃槍。」古代民俗以彗星爲妖星，出現時會有兵亂。「輪寶劍，定欃槍」即平定戰亂。此時此刻爲國家而戰，也是爲自己能安居樂業的家園而戰。

　　下片，祝天下太平。但現實生活中，良人出征的時間已久，想要夫婦團聚，唯有在夢中，所以「夜夜相思到邊庭」。由此體會戰事的頻繁，給百姓帶來深重的災難。爲人妻的心願就是「願天下銷戈鑄戟，舜日清平」願天下的戈戟都熔化成鐵，以象徵表示戰爭結束。這種寫法既清新又不落俗套，十分高妙。結尾表現一位思婦希望夫君得以功成名就，但只有在戰爭結束後，才會分授功臣，從此也可看出，百姓對勝利美好前景的嚮往。

　　2.　〈臨江仙‧時世參差〉（伯2506　斯2607）

> 岸闊臨江帝宅賒，東風吹柳向西斜。春光催綻後園花，鶯啼燕語撩亂，爭忍不思家。　　每恨經年離別苦，等閒拋棄生涯。如今時世已參差，不如歸去，歸去也，沉醉臥煙霞。

　　到處是一片春天的景象，但是他卻有家歸不得，只好強迫自己不去想。「東風吹柳西斜」除了表示季節，也表示離家已久。

3. 〈菩薩蠻‧溪邊舞〉（疊字體）（伯3994）

> 霏霏點點迴塘雨，雙雙隻隻鴛鴦語，灼灼野花香，依依
> 金柳黃（柳黃，柳萌）。　盈盈江上女，兩兩溪邊舞。
> 皎皎綺羅光，輕輕雲粉妝。

　　此詞寫溪邊少女在明媚的春光裡，雙雙對舞的情景，古詩多以疊字加強詩意，如《詩經‧衛風‧碩人》：「河水洋洋，北流活活。施罛濊濊，鱣鮪發發，葭菼揭揭，庶姜孽孽，庶士有朅。」連用六個疊字，此首連用十個，可說開詞用疊字之冠，利用疊字使景色鮮明起來。柳黃是指柳樹剛發嫩芽，這也是代表春天的一種景色，藉柳點明季節，透過花的芬芳來吟詠少女，既顯出花的魅力，也散發著青春的活力。

4. 〈南歌子‧風流婿〉（伯3137）

> 悔嫁風流婿，風流無準憑，攀花折柳得人憎。夜夜歸
> 來沉醉，千聲喚不應。　回覷簾前月，鴛鴦帳裡燈，分
> 明照見負心人。問道些須心事，搖頭道不曾。

　　這首「南歌子」是以一個妻子的口吻說出懊惱丈夫流連風月場所，對於丈夫眠花宿柳，夜夜遲歸的惡習既痛恨又無奈。公開表示對自己婚事的後悔。「攀花折柳」意謂流連風月場所，在男性而言是表現風流，但深深傷害妻子，這也是讓妻子悔嫁風流婿的原因。

5. 〈望江南‧臨池柳〉（伯2809、3911）

> 莫攀我，攀我太心偏。我是曲江臨池柳，這人折了那人
> 攀。恩愛一時間。

　　這首詞是以妓女的口吻直接敘述她的感受，真實的反映妓女生活的現實，並非自己喜歡朝秦暮楚，只是多情、痴情的人太少，來妓院的尋芳客只是為了滿足需要，對待妓女的心態充滿歧視，有時甚至從精神到肉體摧殘折磨她們。所以她也覺悟了，在詞中她明白說出：「你不要企圖騙取我的感情，在你們的心中我好比曲江池畔的楊柳，任人攀折，不能自主。你的『恩愛』也只是短暫的，並非真心相待。所以你也不要怪我薄情寡義。」

　　在這首詞中，作者以「曲江臨池柳」設喻妓女，因為任人攀折的柳枝正符合妓女那種任人玩弄的生活特性。更深一層表示，妓女並非生來水性楊花，是現實的環境逼迫她覺醒，調整自己對感情的看法，保護自己免於受傷害。在這首歌辭中已經擺脫幽恨綿綿的情調，而是以質直明快的筆觸，直抒真情，作者率真地寫出妓女受人欺侮玩弄，而又視「恩愛」如雲煙的理想性格，這也代表民間詞的大膽潑辣、自然剛直的風格。雖然在語言、形式上不夠含蓄，但那種白描的表現手法是值得肯定的。[7]

　　在封建社會中，男人可以尋歡作樂，喜新厭舊，從肉體到精神摧殘女性。而那些處於社會底層的妓女命運就更悲慘，她們完全喪失人的尊嚴，成為有錢有勢者的玩物。所以這首詞就直接表達受盡侮辱的妓女向殘酷現實提出強烈的控訴。

　6.〈南歌子・獎美人〉（伯3137）

　　翠柳眉間綠，桃花臉上紅，薄羅衫子掩酥胸。一段風流
　　難比，像白蓮出水中。

　　這一首「南歌子」描寫一個少女的面貌體態，「翠柳眉間

---

⑦　唐圭璋主編：《唐宋詞鑑賞詞典》，江蘇古籍出版社，1986年，頁14。

綠」臉上用「石黛」畫了柳葉眉，作者仔細的描寫畫眉的形狀及顏色，紅潤的臉色如桃花一般豔麗。「翠柳」不僅說明顏色鮮明，也比喻此女子非常的年輕。除了容貌姣好，身材不錯，風情萬種，令人印象深刻。蜀後主〈甘州曲〉：「柳眉桃臉不勝春。」柳葉形狀細而長，古代女子剃去原有的眉後，在以「石黛」放在石硯上磨，使成粉末，加水調和，其色深青黑。再以筆畫在臉上。眉形眾多，一般多畫成柳葉狀。

7.〈百歲篇・壠上苗〉（伯3361　斯1588）

　　　九十九，臨崖摧殘一枝柳。新生白髮頭上無，映日紅顏更何有？

　　將近百歲的老人，生命即將告一段落，就如同長在斷崖上的一株柳樹，既孤單又沒有希望。齒危髮禿，皺紋滿面，向夕陽般逐漸西沉。

（二）松與柏

　　可說是兄弟，一高一矮，習性又相似。他們的特性是不論在任何環境中，終年常綠。在平地如此，在二千公尺以上的高山也是如此。所以中國的作家常以松、柏表示堅貞或志操永不變。另外松、柏壽命也很長，以松柏常青比喻壽命長且健康。

1.〈南歌子・風情問答〉二首（伯3836）

　　　斜影朱簾立，情事共誰親？分明面上指痕新，羅帶同心誰綰？甚人踏破裙？　蟬鬢因何亂？金釵為誰分？紅妝垂淚憶何人？分明殿前實說，莫沉吟。
　　　自從君去後，無心戀別人。夢中面上指痕新，羅帶同心

自綰，被猻兒踏破裙。　蟬鬢朱簾亂，金釵舊股分，紅
妝垂淚哭郎君。妾似南山松柏，無心戀別人。

　　此歌詞原為兩首，採用問答體，從不同的角度描寫人物的特
性，使人物形象更加突出。這是夫妻之間的對話，丈夫問妻子：
「斜影朱簾立，情事共誰親？分明面上指痕新，羅帶同心誰綰？甚
人踏破裙？　蟬鬢因何亂？金釵為誰分？紅妝垂淚憶何人？分明殿
前實說，莫沉吟。」久別歸家的丈夫，懷疑自己的妻子有外遇，又
不願撕破臉追問，於是以戲謔的語氣套問。他的妻子滿腹委曲，忍
辱含恨面對丈夫的追問，並一往情深的回答：「面上的指痕是睡夢
中自己抓傷的；衣帶上的同心結是自己綰的，希望丈夫的心如同此
結一般，與自己同心；裙子是被家中飼養的猴子扯破的；蟬鬢是因
為風吹帘子而撥亂了頭髮，金釵脫開是因為舊裂痕造成的；臉上的
淚痕是為了思念你而流的。」回答丈夫的疑問後，她再一次強調對
愛情的堅貞及對丈夫的深情，自比南山的松柏一樣，志節的堅貞，
無心戀別人。⑧

　　整首詞描寫妻子飽經離別之苦，對丈夫的思念及對愛情生活
的嚮往，雖然丈夫對自己有誤解，但她卻真心真意去消除丈夫的疑
慮。在此作者利用松、柏終年長綠，不為季節所改變的特質，表現
妻子的堅貞不變。但就另一方面而言，也透露出男女地位的不平
等，女性是附屬地位，不受尊重的，男人要求妻子對他要忠貞，稍
有不對就懷疑妻子的貞節。這首歌詞深刻展現出久別重逢的夫婦間
複雜的情感世界。

---

⑧　同註7，頁11。

2. 〈生查子・金殿選〉（伯3821）

　　　一樹澗生松，迴向長林起。勁枝接青霄，秀氣遮天地。
　　　鬱鬱覆雲霞，直擁高峰頂。金殿選忠良，合赴君王意。

　　此歌詞透過吟詠松樹的高潔與忠貞表達對朝廷的擁戴與自身理想的佳作。全詞八句，每句五字，其形式雖與長短句有別，但其句式整齊，韻律和諧，頗能反映它的調性及內容。松，經冬不凋且年齡長久，在中國文學中常用以比喻堅貞，或用於祝壽。這首則藉松的形象和精神，表達作者的意志和理想。《論語・子罕》：「歲寒，然後知松柏之後凋也。」一直爲後世傳誦。劉禹錫：「後來富貴已零落，歲寒松柏猶依然。」詩人常以歲寒松柏比喻逆境中猶能保持節操的人。以松爲吟詠主題的作品，大多充滿積極進取的精神，鼓舞人心。

　　「一樹澗生松，迴向長林起。」所謂「澗」是指夾在兩山之間的流水，《詩經・召南・采蘩》：「于以采蘩，于澗之中。」一棵松樹生長在山谷底的流水邊。「勁枝接青霄，秀氣透遮天」可想像出蒼勁的松幹，茂密的枝葉，深深向澗底紮根，並以驚人的毅力與氣勢向上生長；無論冰雪霜凍，狂風暴雨，都無法使松樹凋零。作者把松的磅礡氣勢與高潔完美的人格相結合，將松的正義之氣、浩然之氣和天地相結合。「鬱鬱覆雲霞，直擁高峰頂」與前二句反覆的形容、讚嘆松樹的形象及其蘊含的精神，而前面形容松樹的言語，就是影射品性高潔如青松的英才，才能被君王賞識重用。輔佐明主，治國安邦，施展抱負，在唐代人們的觀念中，是最理想的生涯規劃，也是完美人生的實踐。作者在結尾點明題旨，就是爲了表達心中的理想與願望。

　　這首詞特色是託物言志，情感鮮明，藉松表達愛國的熱忱，傾注滿腔激情，詞中毫無板滯晦澀的弊病，字句整齊簡潔，音節短促

有力，與內容相和。

3. 〈山僧歌‧獨隱山〉（斯5692）

閒日居山何似好，起時日高睡時早。山中軟草以為衣，
齋餐松柏隨時飽。　臥巖龕，石枕腦，一抱亂草為衣
襖。面前若有狼藉生，一陣風來自掃了。　獨隱山，實
暢道，更無諸事亂相撓。

這裡說明了一個避世的僧人，山中的生活雖清苦，一切需就地
取材，但他卻怡然自得。「齋餐松柏隨時飽」說明滿足於現況（松
樹種子有兩種，一種帶有小薄翅，可協助種子的傳播。另一種沒有
薄翅，則可食用），也可以好好修行。從歌詞中我們可感受到山僧
是多麼自在，不為物欲所累，一切隨遇而安。

（三）牡丹

　　春末夏初開花，花朵美豔，在中國人眼中它是富貴花。牡丹
原是野生在陝西和甘肅秦嶺山中的一種植物，西漢時，開始用它的
根皮做藥材，叫作丹皮。直到隋朝時，它才被培育成觀賞花卉，品
種也逐漸多起來。唐代牡丹花聞名天下，不僅皇宮中種了牡丹，
在驪山還專門有牡丹園，種了各種牡丹萬株以上。詩人李白醉中受
唐玄宗召見，在興慶宮沉香亭即席賦〈清平調〉三首，詠唱牡丹
和楊貴妃的美麗，是唐代著名的故事。除宮廷外，在達官貴人以至
平民百姓，也經常栽種牡丹以供玩賞。[9]在唐代，牡丹以深色花為
佳。當時最有名的品種有「姚黃」和「魏紫」，分別稱為花王與花
后。姚黃開時直徑可達一尺多，觀賞的人擠到站在牆頭上，立在人

---

[9]　轉引栗斯著：《唐世風光和詩人》，木鐸出版社，1985年，頁16。

肩上的地步。魏紫甚至看一次要付十幾個銅錢。此外,深紅色者是珍品。白色牡丹較普遍,不受重視。[10]據記載,在唐朝長安興慶宮沉香亭前,有一奇異的牡丹品種。在它開花時,早上是深綠色,傍晚變爲深黃,夜裡則爲粉白。唐玄宗看了後覺得非常驚奇,認爲是花之妖。據現代看,會變色的牡丹是有的,但變色的時間都比較長,沒有在一天之內會變色的。例如品種「嬌容三變」,剛開時爲藍綠色,盛開時變成粉紅色,將謝時則又變爲白色。[11]每年春暖花開時,長安城內要舉行花卉比賽,同時當場進行交易。牡丹當然是最主要的,凡品種新奇稀少,就會吸引更多的人讚賞而賣得高價。長安城的花市,一直延續至唐末不衰。種花賣花的人家世代相傳,收入比一般農民高,且不需服政府勞役。[12]從劉禹錫賞牡丹「庭前芍藥妖無格,池上芙蕖淨少情。唯有牡丹眞國色,花開時節動京城。」我們就可以知道牡丹在唐朝受歡迎的程度。唐以後一千多年來,牡丹已傳遍全國,爲中國人最喜歡的花卉之一,它象徵著吉祥如意,繁榮幸福。

〈水鼓子‧宮辭〉 (斯6171)

> 牡丹昨日吐深紅,移向新城殿院中。欲得且留顏色好,
> 每窠皆著碧紗籠。

　　牡丹昨夜開了深紅色的花,爲了避免正開的鮮花被太陽曬傷,於是把花移進宮殿中,並且將碧紗窗帘拉上,免得陽光從窗戶照進來。在這裡我們看到唐人對牡丹的呵護備至,詞中的人也希望受到同樣的對待。〈水鼓子〉這首詞是屬於宮辭,宮辭顧名思義就

---

[10] 同註9,頁20-21。

[11] 同註9,頁24。

[12] 同註9,頁26-27。

以宮廷生活的種種為寫作題材，在宮中美女如雲，一旦受到君王的青睞，身價自然不同。所以她利用以愛護牡丹的心，表達自己想要被呵護的渴望。

## （四）桃花

薔薇科，落葉亞喬木，春日先葉開花，花有紅、白二色。

桃花在初春時開花繁茂有如紅霞，有如美女一般明豔照人，中國的詩人常以桃花來形容女子青春美豔。而用王母娘娘的仙桃，表示高壽，所以生日宴會中大部分有壽桃。

1. 〈謁金門‧朝帝美〉（伯3821、3333）

> 長伏氣，住在蓬萊山裡。綠竹桃花碧溪水，洞中常晚起。　聞道君王詔旨，服裡琴書歡喜。得謁金門朝帝美，不辭千萬里。

這是一首表示對國家擁戴的詞。作者本是一隱士，住在山中，從「綠竹桃花碧溪水，洞中常晚起」，可看出其生活逍遙自在。唐朝時有因隱逸而得名，受朝廷重視，而被任用的制度，所以在這裡呈現在眼前，就是一位上京應聘的隱士，歡欣鼓舞的心情，他不辭千里之遙，赴京拜謁皇帝，是何等光榮。作者的夢想得以實現，喜悅的心情洋溢在字裡行間。

2. 〈謁金門‧仙境美〉（伯3821）

> 仙境美，滿洞桃花綠水。寶殿瓊樓霞閣翠，六銖常掛體。　悶即天宮遊戲，滿酌瓊漿任醉。誰羨浮生榮與貴，臨迴看即是。

　　這首詞呈現出一派仙家氣息，訴說修道成仙的美景，在仙境中一切都是盡善盡美，到處是桃花綠水的景象，住的寶殿、瓊樓、霞閣富麗堂皇，身上穿的是質料輕飄的銖衣。閒來無事還可以在天宮中遊戲，玉液瓊漿任飲用。世俗的富貴怎能與仙境相比，唯有好好修道成仙。唐人好道家修煉之術，所以敦煌歌辭中也許多的道曲。

## （五）櫻桃

　　春、夏間開花的植物，色淡紅，甚美，花梗長，常數花簇生。花後結實，如小球，熟時色紅味甘。

〈菩薩蠻·求宦〉（伯3333）

> 自從涉遠為遊客，鄉關迢遞千山隔。求宦一無成，操勞
> 不暫停。　　路逢寒食節，處處櫻花發。攜酒步金堤，望
> 鄉關淚雙垂。

　　此首描寫一位外出求宦的遊子，因功名未就，而在寒食節（約在清明前二日）感到羞愧。古時讀書人，在家苦讀數年後，要經過千里跋涉，參加科舉考試，不論金榜題名與否都必需經年離家，遊子在外，最思念的莫過於故鄉的種種。崔顥〈黃鶴樓〉：「日暮鄉關何處是，煙波江上使人愁」，深刻表達對家鄉的思念。「迢遞千山隔」說明了鄉愁無處寄的感傷，然而更不堪的是「求宦一無成」，求宦無成的情況，生活也陷入困境，因此更操勞。在這質樸的言語中，讀者也感染了遊子的辛酸與無奈。

　　詞的下片，寫遊子觸景傷情，寒食節與櫻花發都是春天，百花盛開，這樣的景色引發遊子的思鄉情懷。而為何獨言「櫻花發」，因古時有以櫻桃宴慶賀進士及第的風俗，此風俗起源於唐僖宗之時。五代·王定保《唐摭言》卷三〈慈恩寺題名遊賞賦詠雜記〉云：「新進士尤重櫻桃宴。乾符四年，永寧劉公第二子覃及第……

於是獨置是宴，大會公卿。時京國櫻桃初出，雖貴達未適口，而覆山積鋪席，復和以糖酪者，人享蠻盒一小盤，亦不啻數升。」這種風俗直到元代仍流行。[13]由盛開的櫻花想到為進士及第而設的櫻桃宴，名落孫山的落寞與惆悵可想而知。此時能解愁的，唯有杜康。面對後一句的鄉關更是沉痛，外出求宦歷經艱辛，最終的目的是衣錦還鄉，光宗耀祖，但是此刻美夢破碎，慚愧之情油然而生，不禁潸然淚下。

　　全詞表現了一位為科舉所累、所苦的遊子心情告白，間接地、含蓄地提供追求功名利祿的士子一個寶貴的教訓。全詞寫來平鋪直敘，但氣勢穩健且耐人尋味，其中更蘊含深意。其中「路逢寒食節，處處櫻花發」，表面是敘述景觀，但此處別有深意，十分成功的襯托出遊子盼望功成名就的心情。

## （六）海棠

　　花色粉紅，向下垂絲，海棠花因產地的不同，或帶有香氣，或不帶香氣。

〈虞美人‧海棠開〉（伯3994）

> 東風吹綻海棠開，香麝滿樓臺。香和紅豔一堆堆，又被
> 美人和枝折，綴金釵。
> 金釵頭上綴芳菲，海棠花一枝。剛被蝴蝶繞人飛，拂下
> 深深紅蕊落，汙奴衣。

這首詞寫得如此藝術、優美，如同一幅畫。折海棠，墮落頭上的金釵，表示她仰頭而折。花的紅蕊拂下，嬌柔的一聲「汙奴衣」（因

---

[13]　轉引自高國藩著：《敦煌曲子詞欣賞續集》，南京大學出版社，1992年，頁200。

海棠花，向下垂絲，將海棠花當成飾物），少女的形象躍然紙上。
明寫海棠，實寫簪花之人，詠唱春光、花和人的美景。少女們在庭
院中遊戲，折海棠當作金釵，綴於髮上。成彥雄的〈柳枝辭〉九首
中「輕籠小徑近誰家，玉馬追風翠影斜。愛把長條惱公子，惹他頭
上海棠花。鵝黃剪出小花鈿，綴上芳枝色轉鮮。欲散無人收拾得，
月明花下伴秋千。」與這首有著異曲同工之妙。

## （七）蓮

### 1. 蓮的一般意象：因花想美人 —— 象徵青春美貌

　　在《詩經‧陳風‧澤陂》中，便以荷花、蕳蕏來比喻美人之容
貌。這是因為荷花淡紅、淺白的花朵，花色鮮麗，美豔可愛，用來
形容女子的容貌姣好動人，恰如其分。而敦煌曲子詞中，也有不少
的例子，如：

　　　　〈破陣子‧人去瀟湘〉（斯1441　《敦煌零拾》）
　　　蓮臉柳眉休暈，青絲罷攏雲。暖日和風花帶媚，畫閣雕
　　　梁燕語新，捲簾恨去人。　　寂寞長垂珠淚，焚香禱盡靈
　　　神。應是瀟湘紅粉繼，不念當初羅帳恩，拋兒虛度春。

以「蓮臉」來形容女子化完妝的臉，可以知其容貌嬌美，就如蓮花
般清雅動人。前兩句給讀者「鉛華淡淡妝成，寶髻鬆鬆挽就」般的
慵懶之美。所謂「女為悅己者容」，如此美麗的女子，應該讓情郎
欣賞才是。但是她卻「寂寞垂淚珠」，怨他「不念當初羅帳恩」，
使她只能「拋兒虛度春」。這份哀怨自傷的情懷，與「蓮臉」般的
妝容，正好成為對比。

　　　　〈浣溪沙‧五陵懇切〉（斯1441　《敦煌零拾》）
　　　麗質紅顏越眾希，素胸蓮臉柳眉低。一笑千花羞不坼，

嬾芳菲。　□□□□□□，□□□□□□。偏引五
陵思懇切，要君知。

〈拋毬樂‧上陽家〉（伯2838）

寶髻釵橫綴鬢斜，殊容絕勝上陽家。蛾眉不掃天生綠，
蓮臉能勻似早霞。無端略入後園看，羞煞庭中數樹花。

在這兩首詞中，由於作者的匠心獨運，以蓮花粉嫩的顏色，來
形容美人妝成後的容色嬌媚狀。想像那淡紅的花色，彷彿在美人的
臉龐顯現，不但似早霞般燦爛耀眼，就連「庭中數樹花」也感到羞
愧不已，真可謂是「人比花嬌」。

〈思越人‧美東鄰〉（伯2748）

美東鄰，多窈窕，繡裙步步輕擡。獨向西園尋女伴，笑
時雙臉蓮開。　□□分手低聲問，匆匆恨闕良媒。怕被
顛狂花下惱，牡丹不折先回。

在本詞中，將女子的笑臉，比擬成蓮花綻放之姿。這樣的形
容，不但讓讀者印象鮮明，並且動感十足。「笑時雙臉蓮開」一
句，不難想見此女容貌之美。

〈南歌子‧獎美人〉（伯3137）

翠柳眉間綠，桃花臉上紅，薄羅衫子掩酥胸。一段風流
難比，像白蓮出水中。

從整體形象看來，這無疑是位風情萬種的絕色佳人。然而在豔
麗之中，卻又是冰清玉潔的。何以見得呢？這印象便是從「像白蓮

出水中」句得來。白色在色彩學上屬於寒色系，令人感覺冷靜、輕柔、內斂、輕飄。而白蓮給人的感覺，是纖塵不染、飄逸清新的；因此用來形容人，自然也予讀者清幽脫俗的感受。

〈南歌子・長相憶〉（伯3836）
漫畫眉端柳，虛勻臉上蓮。知他心在阿誰邊，天天天
□□□，因何用意偏。

此詞前兩句以白描的手法，細細勾勒出一名女子正在妝扮的情形。用蓮來代表胭脂，不但頗為新奇，也可以聯想到女子上完妝後的容色，正似蓮花般紅暈可愛。然而綜觀全篇，女子雖然有美妝容，但卻不知情人「心在阿誰邊」。其憂怨悲傷之意，與盛妝打扮之情恰好形成對比。

2. 烘托情景、寫景造意
除了代表特定的意義之外，敦煌曲子詞中的蓮有些並不具備特殊意義，只是藉以烘托背景、點出季節，屬於情景交融的「描述型意象」。如：

〈南歌子・消暑〉（伯3836）
楊柳連隄綠，櫻桃向日紅。□吟迎氣陌秋風，滿院殘花
梜竹，緩緩脫簾櫳。　荷葉排青沼，雲峰簇碧空。舉杯
搖扇畫堂中，時聽笙歌消暑，思無窮。

〈水鼓子・宮辭〉（斯6171）
盡喜秋時淨潔天，愛行尋徧繞宮泉。才人願得荷花弄，
魚藻池頭爭上船。

〈百歲篇・池上荷〉（伯3361　斯1588）

　　一十一，池上新荷行花出。珠彈近追黃雀年，玉錞初總
青春日。

　以自然界的一花一木，來代表四季，本就是詩人慣用的手法。在敦
煌曲子詞中，也是如此。這雖和意象的使用關聯較小，但也一併列
舉出來以便參考。

### 3. 佛家思想中的蓮

　　一直以來，佛教以蓮花為其象徵，兩者密不可分。而敦煌曲
子詞中的佛曲，也有不少蓮的意象。在佛教徒心目中，蓮是佛的
象徵。我國佛教寺廟中，「三世佛」（迦葉、釋迦牟尼、彌勒）
和菩薩大多坐在蓮花座之中。佛眼稱為蓮眼，西方極樂世界稱「蓮
邦」、「蓮刹」，佛座稱「蓮臺」、「蓮座」，《法華經》又稱為
《妙法蓮華經》，簡稱《蓮經》，蓮花亦常作為供養佛、菩薩之
具。從以上這些例子看來，蓮花和佛教兩者間的關係極為深遠。

　　《普曜經卷二之三十二・瑞相品》載：釋迦牟尼誕生於北印度
迦毘羅衛城淨飯王家之前，誕生之當夜出現三十二種瑞象，其中一
種是池沼內突然盛開大如車蓋的蓮花。由於釋迦牟尼是佛教的創始
人，因而佛教與蓮花結緣。除此以外，根據《佛光大辭典》記載：
據《除蓋障菩薩所問經》卷九載，蓮華出汙泥而不染，妙香廣布，
令見者喜悅、吉祥，故以蓮華比喻菩薩所修之十種善法。[14]

　　又據梁譯《攝大乘論釋・卷十五》記載，蓮花有香、淨、柔
軟、可愛等四德，而以之比喻法界真如之常、樂、我、淨四德。於
《華嚴經》、《梵網經》等有蓮華藏世界之說。於密教有以八葉蓮
華為胎藏界曼荼羅之中台，又以比喻人之心臟，並表示眾生本有之

---

[14] 本文引用的《佛光大辭典》為光碟版（ver 1.0），1997年。

心蓮。

　　蓮花出淤泥而不染的特性，與佛法不離世間有其相通之處。現實世界的煩惱、罪惡，就如同汙泥一般，而蓮花就象徵了清靜的佛法，透過修行，脫離汙濁與罪惡，淨化心靈，到達清靜無礙的境界。明‧李時珍曾說過：

　　　蓮產於淤泥，而不為泥染。居於水中，而不為水沒。根莖花實，凡品難同。清靜濟用，群美兼得。自蕅蒻而節，節生莖、生葉、生花、生藕。由菡萏而生蕊、生蓮、生茄、生薏。其蓮茄則始而黃，黃而青，青而綠，綠而黑，中含白肉，內隱青心。石蓮堅剛可歷永久，薏藏生意，藕復萌芽，輾轉生生，造化不息，故釋氏用以引用譬妙理具存。[15]

　　〈十二時‧聖教（佛本行讚）〉（伯2734、2918　斯5667）
　　夜半子，摩耶夫人誕太子。步步足下生蓮花，九龍齊吐溫和水。
　　雞鳴丑，昔日諸親本自有。黃羊車匿圈東西，不那千人自心有。
　　平旦寅，太子因中是佛身。本有三十二相好，神通智慧異諸人。
　　日出卯，出門忽逢病死老。即知此戒正堪修，便是回心求佛道。

---

[15] 明‧李時珍著：《本草綱目》，收入《古今圖書集成‧草木典》，鼎文書局，1975年，頁954。

食時辰，本性持戒斷貪嗔。不羨世間為國王，唯求涅槃
成佛因。

隅中巳，庫藏金銀盡布施。憐貧恤老又慈悲，每有苦災
今日是。

正南午，太子修行實辛苦。每日持齋一麻麥，捨卻慳貪
及父母。

日昳未，太子神通實智慧。眉間放光照十方，救拔眾生
出五趣。

晡時申，太子廣開妙法門。降得魔王及外道，莎羅林裡
見世尊。

日入西，閻浮提眾生難化誘。願求世尊陀羅尼，若有人
聞誦持受。

黃昏戌，佛聞雙林無有失。阿難合掌白佛言，文殊來問
維摩詰。

人定亥，十大弟子來懺悔。佛說西方淨土國，見聞自消
一切罪。

　　這首十二時聖教爲悉達太子之本生經歷，從誕生、修道、成
佛、行教、雙林說法、弟子懺悔，示一生而結束。「步步足下生蓮
花」爲釋迦牟尼誕生時的瑞相之一。⑯

---

⑯　〈太子成道經集〉（298頁）：「夫人誕生太子已了，無人扶接。其時太子東西南北各行
　　七步，蓮花捧足。」又吟：「釋迦慈父降生來，還從右脅出生胎。九龍吐水早是貴，千
　　輪足下有瑞連開。」〈八相變集〉（331頁）：「太子既生之下，感得九龍吐水，沐浴
　　一身。……東西徐步，起足蓮花。」又吟：「九龍吐水浴身胎……菡萏蓮花足下開。」
　　以上資料轉引自任二北編：《敦煌歌辭總編》，上海古籍出版社，1987年，下集，頁
　　1484。

〈五更轉・南宗讚〉（伯2963、2984　周70　斯4173、
4654、5529　蘇1363）

四更闌，五更延，菩提種子坐紅蓮。煩惱泥中常不染，
恆將淨土共金顏。　佛在世，八十年，般若意，不在
言。夜夜朝朝恆念經，當初求覓一言詮。

蓮花座為諸佛所坐之床，「坐紅蓮」即成佛。蓮花生於淤泥
或牛糞中，用來譬喻菩提華生於煩惱中。《維摩詰經・佛道品》：
「高原陸地不生蓮花，卑溼淤泥，乃生此花。……煩惱泥中，乃
有眾生起佛法耳。」[17]在此這兩首詩均以淤泥用來比喻人世間的煩
惱，而蓮花為清靜佛法之象徵。

〈出家樂〉（伯2066）

出家安，出家安，一切事，不相干。年登二十逢和尚，
敬受尸邏遇淨壇，遇淨壇。　修定慧，證非難，悟若琉璃
明內外，妙喻蓮華汯總看，汯總看。　稱釋子，法門寬，
出入往來無礙道。解脫逍遙證涅槃，證涅槃。

「妙喻蓮華」指佛家以蓮花到蓮實的過程，用來比喻佛法由胎
至成的經過。佛物道初成時，以「頓」的方式說佛理，但因過於深
奧，使信眾難以明白，因此便以蓮為譬喻，由簡而繁來說明。

---

[17]　後秦・鳩摩羅什原譯，今人陳慧劍譯注：《維摩詰經今譯》，東大圖書公司，2010年，
頁206。

## （八）其他

### 1. 〈樂世辭·武陽送別〉（斯6537　伯3271）

菊黃蘆白雁南飛，羌笛胡琴淚濕衣。見君長別秋江水，
一去東流何日歸。

菊花：菊花，是我國著名的觀賞花卉之一。早在二千多年以前
屈原在〈離騷〉中，就寫到了秋菊。農曆九月九日為重陽節，從漢
代起，就有在這一天賞菊喝菊花酒（《西京雜記》：「菊華舒時，
并采莖葉，雜黍米釀之，至來年九月九日始熟，就飲焉，故謂之菊
華酒」）的習俗。孟浩然的〈過故人莊〉相邀重陽共賞菊花，可見
其習俗。晉·陶淵明名句「採菊東籬下，悠然見南山」，千古傳
唱。菊花在秋天開花，天氣已經涼了，等到菊花凋零的時候，代表
寒冬來臨。

菊黃、蘆白、雁南飛都是寫秋天的景色，下面引出送別之
意，也顯示出相愛的人離別的無奈。

### 2. 〈鬥百草辭·喜去覓草〉四首（斯6537　伯3271）

建寺祈長生，花林摘浮郎。有情離合花，無風獨搖草。
喜去喜去覓草，色數莫令少。（獨搖草：《埤雅》云：
「獨搖草見人自動，佩之令夫婦相愛。」）
佳麗重名城，簪花競鬥新。不怕西山白，惟須東海平。
喜去喜去覓草，覺走鬥花先。
望春希長樂，南樓對百花。但看結李草，何時染縹花。
喜去喜去覓草，鬥罷且歸家。
庭前一株花，芬芳獨自好。欲摘問旁人，兩兩相捻笑。
喜去喜去覓草，灼灼其花報。

　　「鬥百草」又叫「鬥百花」，這樣的曲子大約是在鬥花草時，配合遊戲動作所唱的歌。鬥百草遊戲，有時候是玩鬥花，有時候是玩鬥草，也有兩種都有。考鬥花之戲，是從鬥草之戲發展而來。明代郎瑛《七修續稿》卷四引唐·劉禹錫詩云：「若共吳王鬥百草，不如應是欠西施。」[18]所以鬥草之遊戲起自戰國時吳國。六朝時，鬥草的遊戲與當時的風俗相融合，每年在端午節時舉行。至唐代，玄宗皇帝愛花出名，宮中有宮女或嬪妃將花繫上金鈴。五代王仁裕《開元天寶遺事》：「天寶初，寧王日侍，好聲樂，風流蘊藉，諸王弗如也。至春時，於後園中，紉紅絲為繩，密綴金鈴，繫於花梢之上，每有鳥鵲翔集，則令園吏掣鈴索以驚之，蓋惜花之故也。諸宮皆效之。」[19]由於上行下效，因此長安城內有了春時鬥花之俗。《開元天寶遺事》卷下「鬥花」條云：「長安士女於春時鬥花，戴插以奇花多者為勝，皆用千金市名花植於庭院中，以備春時之鬥也。」另「裙幄」條云：「長安士女於春野步，遇名花則設席藉草，以紅裙遞相插挂，以為宴幄，其奢逸如此也。」從鬥百草演變到鬥百花的過程來看，鬥花之戲產生於唐朝。

　　這首辭也可看出鬥花風俗的全貌，唐代鬥花草遊戲大都是婦女及兒童所為。崔顥〈少婦〉詩云：「閑來鬥百草，度日不成妝。」描述少婦鬥百草的情景。貫休〈春野〉：「牛兒小，牛女少，拋牛沙上鬥百草。」是描寫兒童鬥百草的情形。但在這首歌辭中，我們可以知道，鬥百花的庭院，也是社交場所；而鬥百花是男女交往，產生愛情的遊戲，利用鬥百花是覓得佳偶的時機。

　　第一首寫到寺裡去禱告祈求長生健康，然後到花林去鬥草並選擇情郎，「有情離合花，無風獨搖草。」離合花就是獨搖草，是祝福夫婦團圓幸福，生活美滿。《本草》云：「無風獨搖草，帶之使

[18]　同註13，頁232。
[19]　同註13，頁232。

夫婦相愛。生嶺南，頭如彈子，尾若鳥尾。兩片開合，見人自動，故曰獨搖草。」古有風俗，認為帶上離合花、獨搖草，便能使夫婦相愛。其實當中也包含想覓得有情佳偶的心願。

　　第二首寫鬥百花遊戲中，認識了許多的朋友，競相鬥花並且不斷地翻新遊戲。第三首說明鬥百花的少女，希望情郎有心與她結褵。第四首寫經過鬥花草的交往，男女雙方摘取庭前花，作為訂情的信物。

　　在敦煌曲子詞中，有各種詠花的詞句，表現敦煌百姓對花的風俗觀和對花的熱愛。敦煌曲出自佛教的莫高窟，詠花詞自然受到佛教的影響。如〈緇門百步篇〉（斯2947）：「驅鳥未解從師教，往往拋經摘草花。」〈蘇幕遮〉（伯3360）：「嶺岫嵯峨望霧已，花木芬芳，菩薩多靈異。」〈太子十二時〉（伯2734）：「摩耶夫人誕太子，步步足下生蓮花。」〈出家樂贊〉（伯2066）：「正見彌陀升寶座，菩薩散花稱善哉。」由於佛教在敦煌非常興盛，因此佛教徒對花的熱愛，自然也影響民間對花的普遍愛好。

　　另外一個原因是，唐王朝的君王多位也愛花，以玄宗最有名，自然也就上行下效。敦煌歌詞詠花的千姿百態，作者通過對花的讚美，也表現對美好生活的歌頌，也描繪出大唐王朝光輝燦爛的時代風貌。我們甚至也可從許多首詞中看到花與生活、風俗相結合，敦煌曲子詞所以優美，有一部分在於它運用花的容貌與靈魂，這無疑是開宋詞中寫花詞的先河，其廣泛的影響不容低估。

第六章

唐代民間歌謠結構的分析

　　民歌和民謠，本是口耳傳唱的歌曲，要探討民間歌謠的結構，必先瞭解音樂的本質。唐代的音樂，分雅樂和俗樂兩類，而民間歌謠當然是在俗樂的範圍。唐代的俗樂稱爲「燕樂」，其中包括隋制的九部樂，後擴充至十部樂。考十部樂的內涵，以「清樂」爲主，其次，都是胡樂，如〈西涼樂〉、〈天竺樂〉、〈高麗樂〉、〈龜茲樂〉、〈安國樂〉、〈高昌樂〉等，其實這些胡樂都已經過融合，而主要的是〈西涼樂〉和〈龜茲樂〉，其他的雖然也是十部樂之一，但不及〈西涼樂〉及〈龜茲樂〉的普遍性。

　　唐代的俗樂統稱燕樂，其中包括了三大成分：一是清樂，清樂可算是傳統的本土音樂，繼承六朝的清商樂，以長江流域的歌謠爲主體，即吳聲歌曲和西曲歌，這些大抵爲小令短歌的形態，也就是一般人所謂的雜曲。其次是西涼樂，西涼樂的來由，起苻氏之末，呂光、沮渠蒙遜等據涼州，變龜茲聲爲之，號爲「秦漢伎」，魏太武平河西，取得了這類聲樂，謂之「西涼樂」，到北魏、北周時，視爲「國伎」，樂器聲調，皆出胡戎，非華夏的舊聲。再者爲龜茲樂，龜茲樂是起自呂光滅龜茲，因得其聲，呂氏亡，其樂分散，北魏得之，至隋，更分「西國龜茲」、「齊朝龜茲」，「土龜茲」三部分。所以西涼樂是最早被融合的胡樂，起源於甘肅新疆一帶的民歌，後流入北朝。龜茲樂，是新疆一帶和新疆以西的民歌。唐代太宗的開拓疆土，統一大江南北，加以太宗、武后、玄宗的愛好音樂，使唐代的音樂，融合了長江一帶的清樂，以及長江以北早期漢化的西涼樂，再加上西域傳來的龜茲樂。

　　清樂是俗樂，爲「小曲」、「雜曲」的形態；〈西涼樂〉和〈龜茲樂〉，爲「大曲」、「法曲」的形態。小曲和雜曲，大抵是小令、小調，而大曲和法曲，是歌舞混合的歌曲，歌詞往往有好幾章，稱爲遍數，民間往往摘取其中精華的一章，加以傳唱，是爲「摘遍」。法曲是屬於梨園法曲部，亦稱梨園小部，是胡漢融合的歌舞曲。如取一曲調，將一句變爲兩句，是爲「攤破」。這些都是音樂上的變化，造成唐代民歌林林總總的式樣。

　　今分析唐代民間歌謠的結構，包括：章法結構，辭語探述，散聲（或和送聲）應用，和唱現象，以及四季、五更、十二時、百齡歌、十二月令歌等俗曲。

# 一、章法結構

　　唐朝繼承前朝舊曲，以六朝的清樂為主，即稱「清商曲辭」，如〈吳歌〉、〈西曲〉，或近世曲辭，這類的歌謠，大抵為五言小詩的形態。唐人的歌謠，五言如絲竹，七言如羌笛琵琶，繁絃雜管。因此，唐代的民間歌謠，以四句的五、七言詩為主體；其次，是加和聲（或稱散聲）後，成為長短句的小令。今舉例如下：

　　五言的歌謠，如〈浣沙女〉：

　　　　南陌春風早，東鄰去日斜。千花開瑞錦，香撲美人車。

又如〈永淳中童謠〉：

　　　　新禾不入箱，新麥不入場。迨及八九月，狗吠空垣牆。

　　七言的歌謠，如〈破陣樂〉：

　　　　秋來四面足風沙，塞外征人暫別家。千里不辭行路遠，時光早晚到天涯。

又如〈胡渭州〉：

　　　　亭亭孤月照行舟，寂寂長江萬里流。鄉國不知何處是，雲山漫漫使人愁。

單片的長短句，如〈搗練子・孟姜女〉（伯2809、3911、3319）：

> 孟姜女，杞梁妻，一去燕山更不歸。造得寒衣無人送，不免自家送征衣。

雙疊的長短句，如〈西江月・女伴秋江〉（斯2607）：

> 女伴同尋煙水，今宵江月分明。舵頭無力一船橫，波面微風暗起。　撥棹乘船無定止，楚詞處處聞聲。連天江浪浸秋星，誤入蓼花叢裡。

定格聯章，如〈五更轉・太子成佛〉（伯2483、3083）：

> 一更初，太子欲發坐尋思。奈知耶娘防守到，何時度得雪山川。
> 二更深，五百個力士睡昏沉。遮取黃羊及車匿，朱駿白馬同一心。
> 三更滿，太子騰空無人見。宮裡傳聞悉達無，耶娘肝腸寸寸斷。
> 四更長，太子苦行萬里香。一樂菩提修佛道，不藉你世上作公王。
> 五更曉，大地上眾生行道了。忽見城頭白馬蹤，則知太子成佛了。

大曲，如〈劍器辭・上秦王〉（斯6537）：

第一

皇帝持刀強，一一上秦王。鬥賊勇勇勇，擬欲向前湯。
應手三五個，萬人誰敢當。從家緣業重，終日事三郎。

第二

丈夫氣力全，一個擬當千。猛氣衝心出，視死亦如眠。
彎弓不離手，恆日在陣前。譬如鶻打雁，左右悉皆穿。

第三

排備白旗舞，先自有由來。合如花焰秀，散若電光開。
喊聲天地裂，騰踏山岳摧。劍器呈多少，渾脫向前來。

## 二、辭語探述

　　唐代民間歌謠，多用唐人的口語白話，其中的用辭，多為民間活語言，記錄了唐人的俚語土話，可供研究唐代語言的第一手資料，從這裡面，也可知唐詩中的新樂府運動，如杜甫、張籍、白居易、劉禹錫、元稹諸人的樂府詩，不僅吸收唐代民歌的成分，也普遍學習民間的語言來入詩。其他如李白、王建、王維、李商隱、張祐諸人的詩，也喜歡用口語來入詩。今摘取民歌、民謠、諺語中的辭語，以見一斑：

　　無那──猶言無奈。亦作無拿。〈鳳歸雲〉：「萬般
　　　　　無那處。」杜牧〈書懷〉：「滿眼青山未得
　　　　　過，鏡中無那鬢絲何。」〈太子入山修道
　　　　　讚〉：「美人無拿手頭忙。」王維〈酬郭給
　　　　　事〉：「強欲從君無那老。」
　　縱饒──猶言即使。〈女人百歲篇〉：「縱饒聞法豈能
　　　　　多。」杜荀鶴〈下第投所知〉：「縱饒生白

髮，豈敢怨明時。」

努眼——張眼也。僖宗時童謠：「金色蝦蟆爭努眼。」
蔣貽恭〈詠蝦蟆〉：「坐臥兼行總一般，向
人努眼太無端。」

風醋——猶風流也。〈魚歌子〉：「暢平生，兩風
醋。」

相料——有撩撥之意。〈鳳歸雲〉：「東鄰有女，相料
實難過。」韓愈〈飲城南道邊古墓上逢中丞
過贈禮部〉：「為逢桃樹相料理，不覺中丞
喝道來。」

尤泥——言軟纏也。〈洞仙歌〉：「擬鋪鴛被，把人尤
泥。」

生分——言陌生之意。〈擣練子〉：「莫將生分向耶
娘。」

自家——猶言自己。〈長相思〉：「作客在江西，寂寞
自家知。」王建〈宮詞〉：「誇道自家能走
馬。」施肩吾〈望夫詞〉：「自家夫婿無消
息，卻恨橋頭賣卜人。」

安存——安置、安頓之意。〈浣溪沙〉：「比死共君緣
外客，悉安存。」杜荀鶴〈亂後逢村叟〉：
「還似平寧徵賦稅，未嘗州縣略安存。」

形相——細看也。〈太子入山修道讚〉：「太子無心
戀，閉目不形相。」曹唐〈小游仙詩〉：
「高樹琪花十圍藥，心知不敢輒形相。」

支料、支分——照料處理之意。〈十二時〉：「大丈
夫，自支料，不用教人再三道。」

〈十二時〉：「何如少健自支分，
　　　　　莫教直到年衰邁。」王建〈贈郭將
　　　　　軍〉：「向晚臨階看號簿，眼前風景
　　　　　任支分。」

過與──交結之意。〈拋球樂〉：「當初姊妹分明道，
　　　　　莫把真心過與他。」〈魚歌子〉：「五陵
　　　　　兒，戀驕態女，莫阻來情從過與。」

應奉──供奉也。〈內家嬌〉：「除非卻應奉君王，
　　　　　時人未可趨顏。」李翰〈蒙求〉：「應奉五
　　　　　行，安世三篋。」

惺惺──清楚貌。〈定風波〉：「時當五六日，言語
　　　　　惺惺精神出。」孟郊〈嵩少〉：「閑步亦惺
　　　　　惺，芳援相依依。」

悉皆──猶皆也。〈皇帝感〉：「德孝流行遍天下，刑
　　　　　於四海悉皆通。」

詮頭──言假寐也。〈十二時〉：「隨時飯了略詮頭，
　　　　　曉鼓纔明又依舊。」

放慢──怠慢也。〈擣練子〉：「君去前程但努力，不
　　　　　敢放慢向公婆。」〈十二時〉：「勸諸人，
　　　　　莫放慢。」

八水、三川──指長安洛陽的形勝，八水指關中八水，
　　　　　灞、滻、涇、渭、豐、鎬、牢、潏。
　　　　　三川，指繞洛陽南北的穀、洛、伊。
　　　　　〈感皇恩〉：「八水對三川，升平人
　　　　　道泰。」

迴塘雨──迴塘，言四方可迴繞者。〈菩薩蠻〉：「霏

霏點點迴塘雨。」杜牧〈村行〉：「裊裊
垂柳花，點點迴塘雨。」

三郎──明皇。〈得体歌〉：「三郎當殿坐，聽唱得体
歌。」鄭嵎〈津陽門詩〉注：「內中皆以為
三郎。」

傷蛇含真──指隋侯救蛇，蛇銜珠以報的事，出《淮
南子》。〈浣溪沙〉：「路上共君先下
拜，如若傷蛇口含真。」王昌齡〈留別
司馬太守〉：「明珠吐看報君恩。」

綠沉槍──綠沉，指墨綠色。〈定風波〉：「手執綠沉
槍似鐵。」貫休〈送鄭使君〉：「綠沉槍卓
妖星落，白玉壺澄苦霧開。」殷文圭〈贈
戰將〉：「綠沉槍利雪峰尖，□甲軍裝稱紫
髯。」

靈鵲送喜──喻吉兆也。〈鵲踏枝〉：「叵耐靈鵲多
謾語，送喜何曾有憑據。」《開天遺
事》：「時人之家，聞鵲聲皆以為喜
兆，故謂靈鵲報喜。」

鶻打雁──喻每擊皆中。〈劍器辭〉：「譬如鶻打雁，
左右悉皆穿。」

可憐──可愛也。〈何滿子〉：「胡言漢語真難會，聽
取胡歌甚可憐。」李白〈清平調〉：「可憐
飛燕倚新妝。」呂渭〈憶長安八月〉：「更
愛終南灞上，可憐秋草碧滋。」

梳頭京樣──謂時世妝也。〈內家嬌〉：「及時衣著，
梳頭京樣。」

燒畬——墾旱田也。劉禹錫〈竹枝〉：「長刀短笠去燒
　　　畬。」

緣業——佛家語。猶因緣也。〈拜新月〉：「自嗟薄
　　　命，緣業至於斯！」《法華經序品》：「生
　　　死所趣，善惡業緣。」

雅奴——猶言丫頭。〈魚歌子〉：「雅奴白，玉郎
　　　至。」

僂儸——言精悍。〈定風波〉：「儒士僂儸轉更加。」
　　　〈醜女變文〉：「鬼神大矔僂儸，不敢偎門
　　　傍户。」

魯留盧樓——歌謠中之和聲，無義。〈悉曇頌〉：「性
　　　　　　頂領徑，魯留盧樓只領盛。」

喜去喜去——歌謠中之和聲，無義。〈鬥百草〉：「喜
　　　　　　去喜去覓草。」

停——有兩兩對稱之意。〈十二時〉：「停燭焚香告天
　　地。」朱慶餘〈近試上張水部〉：「洞房昨夜
　　停紅燭，待曉堂前拜舅姑。」王建〈宮詞〉：
　　「每夜停燈熨御衣，銀熏籠底火霏霏。」

陌——正對之意。〈十二時〉：「若非尖刀陌心穿，即
　　是長槍胸上剟。」

招——大都、大凡也。〈內家嬌〉：「招事無不會，解
　　烹水銀，鍊玉燒金。」

卻——助動詞，作肯定語。〈菩薩蠻〉：「計日卻迴
　　歸，象似南山不動微。」元稹〈憶楊十二〉：
　　「去時芍藥纔堪贈，看卻殘花已度春。」

合——猶言應當。〈拜新月〉：「上有穹蒼在，三光也

合遙知。」韋莊〈菩薩蠻〉：「人人説盡江南好，遊人只合江南老。」

（以上辭語敘述轉引自任二北先生所著之《敦煌曲初探》，引例部分已有增訂）

剛被——偏教。白居易〈惜花詩〉：「可憐妖豔正少時，剛被狂風一夜吹。」呂嚴〈秦州北山觀留詩〉：「石池清水是吾心，剛被桃花影倒沉。」

楊柳依依——楊柳輕柔貌。〈菩薩蠻〉：「灼灼野花香，依依金柳黃。」

鴻梁——即「阿梁」，就是橋，因為送別之詞，〈菩薩蠻〉：「相送過鴻梁，水聲堪斷腸。」

六銖——即六銖衣，指仙人之衣。〈謁金門〉：「寶殿秦樓霞閣翠，六銖常掛體。」鄭仁表〈贈妓仙歌〉：「嚴吹如何下太清，玉肌無疹六銖輕。」羅虯〈比紅兒詩〉：「天碧輕紗只六銖，宛如含露透肌膚。」

臥亳氂——商客病臥在極其窄小的客店裡。〈長相思〉：「作客在江西，得病臥亳氂。」

波托——佛教語。苦難，折磨。〈失調名·和菩薩戒文〉：「若能懺悔正思維，當來必離波托苦。」

搏擔——肩挑。王梵志詩：「世間日月明，皎皎照眾生。貴者乘車馬，賤者搏擔行。」

當頭──從頭。〈求因果·息爭〉：「假如有理教申雪，一一當頭說。」白居易〈過劉三十二故宅〉：「朝來惆悵宣平過，柳巷當頭第一家。」

隊──量詞。猶「陣」。〈浣溪沙〉：「一隊風來一隊塵，萬里迢迢不見人。」許敬宗〈侍宴莎冊宮應制得情字〉：「葆雨翻風隊，騰吹掩山楹。」

感得──感動而致使。〈菩薩蠻〉：「敦煌古往出神將，感得諸蕃遙欽仰。」〈擣練子〉：「長城下，哭聲哀，感得長城一垛摧。」〈皇帝感〉：「事君盡忠事父孝，感得萬國總歡情。」

何似──如何、怎樣。〈山僧歌·獨隱山〉：「閒日居山何似好？起時日高睡時早。山中軟草以為衣，齋餐松柏隨時飽。」王維〈問寇校書雙谿〉：「別來幾日今春風，新買雙谿定何似。」

將謂──以為，認為。〈驅催老〉：「將謂無常免得身，也遭白髮驅催老。」〈無常取〉：「端嚴將謂百千年，限來也被無常取。」〈十二時〉：「為言恩愛永團圓，將謂榮華不衰朽。」杜甫〈白水明府舅宅喜雨〉：「精禱既不昧，歡愉將謂何。」

可堪──怎麼受得了。〈破陣子〉：「春色可堪孤枕？心焦夢斷更切。」李商隱〈春日寄懷〉：

「縱使有花兼有月，可堪無酒又無人。」
韋莊〈洪州送僧遊福建〉：「八月風波似鼓
鼙，可堪波上各東西。」

乃可——寧可，寧願。〈失調名・遠征行〉：「女人束
妝有何妨？妝束出來似神王。乃可刀頭劍下
死，夜夜不辦守空房。」李白〈遠別離〉：
「蒼梧山崩湘水絕，竹上之淚乃可滅。」

熱惱——焦灼，煩惱。〈拋暗號〉：「心恛惶，生熱
惱，冤恨隨時不預造。」白居易〈夏日與閑
禪師林下避暑〉：「熱惱漸知隨念盡，清涼
常願與人同。」權德輿〈酬靈澈上人以詩代
書見寄〉：「更喜開緘銷熱惱，西方社裏舊
相親。」

生——偏，硬。〈望江南〉：「每恨諸蕃生留滯。」

輸——拋棄，丟棄。〈獻忠心〉：「常輸弓劍，更拋
涯計，會將鑾駕，一步步，卻西遷。」李白
〈君子有所思行〉：「伊皋運元化，衛霍輸筋
力。」

湯——向前衝。王梵志詩：「逢人須斂手，避道莫前
湯。」〈劍器詞〉：「聞賊勇勇勇，擬欲向前
湯。」

逶迤——姿態佳麗柔美的樣子。〈洞仙歌〉：「羅衣
掩袂，行步逶迤，逢人問語羞無力，態嬌
多。」上官儀〈和太尉戲贈高陽公〉：「翠
釵照耀銜雲髮，玉步逶迤動羅襪。」

須索——必須，祇好。〈洞仙歌〉：「須索琵琶重理，

曲中彈到，想夫憐處，想相愛幾多恩義。」

厴孅——女子美好的樣子。〈百歲篇·女人〉：「一十
　　　　花枝兩斯兼，優柔婀娜復厴孅。」

早晚——什麼時候。〈獻忠心〉：「早晚到得唐國裡，
　　　　朝聖明主？」〈破陣子〉：「早晚王師歸卻
　　　　還，免教心怨天。」〈喜秋天〉：「暮恨朝
　　　　秋不忍聞，早離塵俗。」李白〈口號贈楊徵
　　　　君〉：「不知楊伯起，早晚向關西。」白居
　　　　易〈種柳三詠〉：「白頭種松桂，早晚見成
　　　　林？不及栽楊柳，明年便有陰。」劉長卿
　　　　〈岳陽館中望洞庭湖〉：「孤舟有歸客，早
　　　　晚達瀟湘。」

爭——幾乎，差一點。〈竹枝詞·蕭娘相許〉：「倘若
　　　　有意嫁潘郎，休遣潘郎爭斷腸。」又作怎麼，
　　　　怎樣。〈浣溪沙〉：「但是五陵爭忍得，不疏
　　　　狂？」〈洞仙歌〉：「無計恨征人，爭向金風
　　　　飄蕩，擣衣嘹亮？」杜牧〈邊上聞笳〉：「遊
　　　　人一聽頭堪白，蘇武爭禁十九年。」鄭谷〈長
　　　　門怨〉：「流水君恩共不回，杏花爭忍掃成
　　　　堆。」

（以上辭語敘述轉引自《敦煌文獻語言詞典》[1]）

---

[1] 蔣禮鴻主編：《敦煌文獻語言詞典》，杭州大學出版社，1994年。

## 三、散聲應用

　　歌謠中的和聲，謂之散聲，詩歌中和送聲的應用，在於配合音樂的節奏，和聲用在詩歌的中間，送聲便用在詩歌的末了。我國的詩歌一向不脫離音樂，而和送聲的使用，可以增加音樂的效果。它的作用有二：一爲使詩歌的句法化爲參差，多變化，能增加歌辭句調上的繁複性。一爲多人加入合唱，能增加音調上的強烈性。在我國的詩歌中，使用和送聲最能引人注意的是〈吳歌〉和〈西曲〉。其次唐詩中也普遍地應用，故促成長短句──詞的誕生。和送聲是歌謠中必具的現象，至今民歌中，仍廣泛使用，如新疆民謠〈沙里洪巴〉：

　　　　那裡來的駱駝客呀，沙里洪巴唉唉唉！
　　　　巴薩來的駱駝客呀，沙里洪巴唉唉唉！

歌詞中的「沙里洪巴唉唉唉」，便是無義的和聲，但在音樂的旋律上，卻增加了和聲的強烈性和鄉土性。因此，歌謠中的和送聲是不可缺乏的。

　　例如唐人的民歌中，〈竹枝〉和〈楊柳枝〉都是因和聲而得名的歌謠。〈竹枝〉是巴渝一帶的民歌，它的淵源是出自六朝的〈西曲·女兒子〉。據劉禹錫的〈竹枝〉，再配以和聲，歌詞應該是：

　　　　江上春來<sup>竹枝</sup>新雨晴<sup>女兒</sup>，瀼西春水<sup>竹枝</sup>縠紋生<sup>女兒</sup>。
　　　　橋東橋西<sup>竹枝</sup>好楊柳<sup>女兒</sup>，人來人去<sup>竹枝</sup>唱歌行<sup>女兒</sup>。

歌詞中的「竹枝」、「女兒」便是和聲。〈楊柳枝〉，當是以「折楊柳」三字爲和聲，但前人並無明確的記載，故歌唱時，和聲使用

的位置不可測知。〈楊柳枝〉淵源於六朝的〈西曲‧月節折楊柳歌〉，按〈月節折楊柳歌〉的和聲是這樣應用的：

> 春風尚蕭條，去故來入新，苦心非一朝，<sup>折楊柳</sup>。愁思滿腹中，歷亂不可數。（正月歌）

詞中的「折楊柳」三字，是和聲。一般的詩集，往往將歌唱時的和聲刪去，這在音樂的發展而言，是很大的損失。《全唐詩》僅皇甫松的〈竹枝〉和〈采蓮子〉載有和聲，此項資料，使我們對唐人和聲使用的現象，瞭解不少。如皇甫松的〈竹枝〉：

> 筵中蠟燭<sup>竹枝</sup>淚珠紅<sup>女兒</sup>，合歡桃核<sup>竹枝</sup>兩人同<sup>女兒</sup>。

又〈采蓮子〉：

> 菡萏香連十頃波<sup>舉櫂</sup>，小姑貪戲采蓮遲<sup>年少</sup>。晚來弄水船頭濕<sup>舉櫂</sup>，更脫紅裙裹鴨兒<sup>年少</sup>。

用「舉櫂」、「年少」二詞作為和聲，使用的位置，與〈竹枝〉不同。此外，尚有每唱一句用一和聲者，如六朝時的〈吳歌‧丁督護歌〉：

> 督護北征去<sup>丁督護</sup>，前鋒無不平<sup>丁督護</sup>。
> 朱門垂高蓋<sup>丁督護</sup>，永世揚功名<sup>丁督護</sup>。

詞中的「丁督護」三字為和聲。唐人的歌謠中，每句用和聲的，只有佛曲中的〈散花樂〉和〈好住娘〉。如〈散花樂〉：

　　奉請觀世音，<sup>散花樂</sup>；慈悲降道場，<sup>散花樂</sup>。
　　歛容空裡現，<sup>散花樂</sup>；忿怒伏魔王，<sup>散花樂</sup>。
　　騰身振法鼓，<sup>散花樂</sup>；勇猛現威光，<sup>散花樂</sup>。
　　手中香色乳，<sup>散花樂</sup>；眉際白毫光，<sup>散花樂</sup>。

又〈好住娘〉：

　　好住娘，娘娘努力守空房，<sup>好住娘</sup>。
　　兒欲入山修道去，<sup>好住娘</sup>；兄弟努力好看娘，<sup>好住娘</sup>。
　　兒欲入山坐禪去，<sup>好住娘</sup>；迴頭頂禮五台山，<sup>好住娘</sup>。
　　五台山上松柏樹，<sup>好住娘</sup>；正見松柏共連天，<sup>好住娘</sup>。
　　……

　　敦煌曲有好幾首都記載著和聲，可知唐人佛曲中和聲使用的現象。
但其他的民歌，卻不曾將和聲記下，實在是很可惜。
　　唐人的歌謠，和聲的使用，由無意義的虛字，變成了實字，便
由齊言的詩變成了長短句。因此在《全唐詩》「詞」下注云：「唐
人樂府，元用律絕等詩，雜和聲歌之，其並和聲作實字，長短其
句，以就曲拍者為填詞。」就拿唐玄宗的〈好時光〉來看，便可瞭
解。他最先是寫成五律，後來因演唱的關係，加上「散聲」，也就
是和聲或襯字，便成了可唱的長短句，如今〈好時光〉已是詞調之
一。今將二者比較如下：

　　寶髻宜宮樣，臉嫩體紅香。眉黛不須畫，天教入鬢長。
　　莫倚傾國貌，嫁取有情郎。彼此當年少，莫負好時光。

加上散聲，如「偏」、「蓮」、「張敞」、「個」等實字，便成長

短句的詞了。

> 寶髻偏宜宮樣，蓮臉嫩，體紅香。眉黛不須張敞畫，天
> 教入鬢長。　莫倚傾國貌，嫁取個，有情郎。彼此當年
> 少，莫負好時光。

歌謠中和聲的使用，使齊言的詩，變爲長短句的詞，因此從詩到
詞，和聲是主要的橋梁。在歌詞中，還有增句的現象，其變化，跟
和聲的使用類似，唐人稱此現象爲「攤破」。例如〈浣溪沙〉的曲
調，本爲七言的句式，作雙疊，即「七、七、七，七、七、七」。
〈攤破浣溪沙〉的句式是「七、七、七、三，七、七、七、三」。
今舉例如下：

### 〈浣溪沙〉毛文錫
> 七夕年年信不違，銀河清淺白雲微，蟾光鵲影伯勞飛。
> 每恨蟪蛄憐娶女，幾回嬌妒下鴛機，今宵嘉會兩依依。

### 〈攤破浣溪沙〉毛文錫
> 春水輕波浸綠苔，枇杷洲上紫檀開。晴日眠沙鸂鶒穩，
> 暖相偎。　羅襪生塵遊女過，有人逢著弄珠回。蘭麝飄
> 香初解佩，忘歸來。

今敦煌曲的〈浣溪沙〉，其句式都是攤破的曲調。

又〈楊柳枝〉本爲七言絕句，但今亦有每七言句下增三字的
〈楊柳枝〉，這便是和聲變成實字的長短句了。甚至有將首句攤破
的現象。例如：

〈楊柳枝〉白居易

六么水調家家唱，白雪梅花處處吹。
古歌舊曲君休聽，聽取新翻楊柳枝。

每七言句下新增三字的〈楊柳枝〉：

〈楊柳枝〉顧夐

秋夜香閨思寂寥，漏迢迢。鴛帷羅幌麝煙銷，燭光搖。
正憶玉郎遊蕩去，無尋處。更漏簾外雨瀟瀟，滴芭蕉。

首句「攤破」的〈楊柳枝〉：

〈楊柳枝〉柳氏

楊柳枝，芳菲節，可恨年年贈離別。一葉隨風忽報秋，
縱使君來豈堪折？

以上三種不同的〈楊柳枝〉，便是使用和聲所引起的變化。

## 四、和唱現象

民歌中有和唱、對唱的現象，尤其是情歌，男女贈答，更能
增加歌唱的情調，這類男女贈答、對口的歌謠，在〈吳歌〉、〈西
曲〉中，被記錄下來的最多，就像〈歡聞變歌〉其中一組是：

男唱：「金瓦九重牆，玉壁珊瑚柱。中夜來相尋，喚歡
　　　聞不顧。」
女答：「歡來不徐徐，陽窗都銳戶。耶婆尚未眠，肝心

如推櫓。」

男女對口的歌謠，在江南各地的山歌、棹歌中，依然保存此項特色，或男女隔江對唱，或採桑互答，相互贈答，各自傾吐心曲，或各顯才情，詞鋒相對，比起獨白式的鋪述，要活潑有趣多了。

　　在唐代民間歌謠中，男女贈答的歌留下來的資料不多，文人仿製的樂府，如崔顥的〈長干行〉便是：

　　　女唱：「君家何處住？妾住在橫塘。停船暫借問，或恐
　　　　　　是同鄉。」
　　　男唱：「家臨九江水，來去九江側。同是長干人，生小
　　　　　　不相識。」

在民歌中，常用男女和唱的方式，來表現男女相悅之情，崔顥作的〈長干行〉，便是仿此。可惜唐代民歌中，尚無此類的資料發現，而文人的和唱，君臣的應制，在唐詩中卻是普遍的現象，然非在此專題之範圍，故不錄。

## 五、節令歌

　　唐人的節令歌，各種款式皆備，有唱四季的、五更的、十二時的、十二月令的，甚至還有百齡歌，這類借節令起興的聯章歌謠，亦有它可觀賞的一面。今就每種形式抄錄一首，以備一格。
　　敦煌曲子詞有十二套〈五更轉〉的歌謠，其中七首與佛教的流傳有關，民間的俗曲〈五更轉〉，其中一首殘缺不全，情意纏綿，然非全貌，至為可惜，今錄於下：

〈五更轉・閨思〉

一更初夜坐調琴，欲奏相思傷妾心。每恨狂夫薄行跡，
一過拋人年月深。

君自去來經幾春，不傳書信絕知聞。願妾變作天邊雁，
萬里悲鳴尋訪君。

二更孤帳理秦箏，若個絃中無怨聲。忽憶狂夫鎮沙漠，
遣妾煩怨雙淚盈。

當本只言今載歸，誰知一別音信稀。賤妾猶自姮娥月，
一片貞心守空閨。

三更寂寂取箜篌，嘆狂夫□□□□。□□□□□□□，
□□□□□□□。

爾為君王效忠節，都緣名利覓封侯。願君早登丞相位，
妾亦能孤守百秋。

四更叢竹弄宮商，痛恨賢夫在漁陽。池中比目魚游戲，
海鷗□□□□□。

　　其次，為十二時的歌。古人以子、丑、寅、卯、……記時，
亦可以此作為聯章，是為定格聯章的民歌。如敦煌曲中十二時的歌
謠，多達十二套，每套十二首，亦以佛門中的傳唱詞為最多，今舉
一首勸世行孝的歌為例：

〈十二時・天下傳孝〉（《敦煌零拾》）

平旦寅，叉手堂前諮二親。耶娘約束須領受，檢校好惡
莫生嗔。

日出卯，情知耶娘漸覺老。子父恩憐沒多時，遞戶相勸
須行孝。

食時辰，尊重耶娘生爾身。未曾孝養歸泉路，來報生中

不可論。

隅中巳，耶娘漸覺無牙齒。起坐力弱須人扶，飲食喫得些些子。

正南午，董永賣身葬父母。天下流傳孝順名，感得織女來相助。

日昃未，入門莫取外婚意。六親破卻不須論，兄弟惜他斷卻義。

晡時申，孝義父母莫生嗔。第一溫言不可得，處分小語過於珍。

日入西，父母在堂少飲酒。阿闍世王不是人，殺父害母生禽獸。

黃昏戌，五櫨之人何處出。空裡喚向百街頭，惡業牽將不揀足。

人定亥，世間父子相憐愛。憐愛亦得沒多時，不保明朝阿誰在。

夜半子，獨坐思維一段事。縱然妻子三五房，無常到來不免死。

雞鳴丑，敗壞之身應不久。縱然子孫滿堂前，但是恩愛非前後。

其次，是〈四時歌〉和〈十二月令歌〉。在唐人的民謠中，〈四時歌〉的資料，未見傳世，然文人的仿製卻有，如李白仿吳歌而作〈子夜四時歌〉：

〈春歌〉
秦地羅敷女，采桑綠水邊。素手青條上，紅妝白日鮮。

蠶饑妾欲去，五馬莫留連。

〈夏歌〉

鏡湖三百里，菡萏發荷花。五月西施采，人看隘若耶。
回舟不待月，歸去越王家。

〈秋歌〉

長安一片月，萬戶擣衣聲。秋風吹不盡，總是玉關情。
何日平胡虜？良人罷遠征。

〈冬歌〉

明朝驛使發，一夜絮征袍。素手抽鍼冷，那堪把剪刀！
裁縫寄遠道，幾日到臨洮。

關於〈十二月令〉的歌，敦煌曲中有失調名的〈十二月相思〉，歌
詞是：

> 正月孟春春猶寒，狂夫□□□□□。無端嫁得長征婿，
> 教妾尋常獨自眠。
> 二月仲春春未熟，自別□□實難掣。貞君一去已三秋，
> 黃鳥窗邊啼新月。也也也也。
> 三月季春春漸暄，忽憶遼陽愁轉添。嘆妾思君腸欲斷，
> 君□□□□□□。
> 四月孟夏夏漸熱，忽憶貞君無時節。妾今猶在舊日境，
> 君何不憶妾心竭。也也也也。
> 五月仲夏夏盛熱，忽憶征人愁更切。一步一□□山東，

忽見□□□□□。

六月季夏夏共同，妾亦情如對秋風。□□□□□□，
□□□□□□。

七月孟秋秋已涼，寒雁南飛數幾行。賤妾思君腸欲斷，
□□□□□□。

八月仲秋秋已闌，日日愁君行路難。妾願秋胡速相見，
□□□□□□。

九月季秋秋欲末，忽憶貞君無時節。□□錦被冷如冰，
與□□□□□。

十月孟冬冬漸寒，今尚紛紛雪滿川。□□別君盡□罷，
愁君作客在□□。

十一月仲冬冬盛寒，憂□獨坐綠窗前。戰袍緣何不領
□，愁君□□□□□。

十二月季冬冬極寒，晝夜愁君臥不安。□□□子無人
見，忽憶貞君□□□。


其次，敦煌曲中尚有〈百歲篇〉，分題爲〈緇門〉、〈丈
夫〉、〈女人〉三套定格聯章的歌謠。這些跟佛教的流行有關，傳
教者利用民間原有的俗曲，編以宣揚佛教教義的歌，以廣流傳，從
這些歌謠中，也可見唐朝佛教深入民間的普遍和深遠，故敦煌石室
中，存有此類的俚曲。今以〈百歲篇・緇門〉（斯2947、5549
伯3821、4525）爲例：

一十辭親願出家，手攜經楥學煎茶。驅烏未解從師教，
往往拋經摘草花。
二十空門藝卓奇，霑恩剃髮整威儀。應法心師堪羯磨，
五年勤學盡毗尼。

三十精通法論全，四時無暇復無眠。有心直擬翻龍藏，
豈肯因循過百年。

四十幽玄總攬知，遊巡天下入王畿。經論一言分擘盡，
五乘八藏更無疑。

五十恩延入帝宮，紫衣新賜意初濃。談經御殿傾雷雨，
震齒潛波臥窟龍。

六十人間置法船，廣開慈諭示因緣。三車已立門前路，
念念無常勸福田。

七十連宵坐結跏，觀空何處有榮華。匪心直樂求清淨，
永離沾衣染著花。

八十雖存力已殘，夢中時復到天關。還遇道人邀說法，
請師端坐上金壇。

九十之身朽不堅，猶蒙聖力助輕便。殘燈未滅光輝薄，
時見迎雲在目前。

百歲歸原逐晚風，松楸葉落幾春冬。平生意氣今朝盡，
聚土如山總是空。

這是聯章講唱，述事說道的歌，與民間勸世勸善的歌，同出一源；
所不同的在於佛曲多言佛理，民間俗曲則無此色彩。故唐人長篇曲
辭，除變文講唱、聯章講唱外，尚有和聲聯章，定格聯章，大抵保
存民間雜曲（亦稱曲子）的風采。

第七章

敦煌曲的時代使命

一、

　　歷代民歌，大都能顯著地反映出當時人的生活形態和時代意識，唐代（西元六一八－九○六）民歌也不例外。今人研究唐代民歌，資料的來源，約可從三方面獲得：一是從史籍和唐人的詩文集中，來收集唐人的歌謠，如新、舊《唐書》中〈五行志〉所記錄的歌謠，唐人傳奇所引述唐人的歌謠。一是從後人所編輯的詩總集中，可以讀到唐人的歌謠，如《樂府詩集》和《全唐詩》中，保存有唐人無名氏的歌謠和詩篇。[①]一是從地下出土文物中，獲得唐人的歌謠，如清光緒二十五年（西元一八九九），敦煌卷的發現，其中的敦煌曲子詞，便是唐、五代時的民間歌謠。在這三方面的資料中，以敦煌曲子詞的資料最為豐富，也是今人研究唐代民歌主要資料來源。

　　敦煌莫高窟藏經室，是宋仁宗景祐年間（西元一○三四－一○三七）敦煌僧侶為避西夏兵災所秘藏唐、五代人寫卷的石室，其後兵亂，使石室內的寫卷沉埋達千年之久，始再度重現於世，可稱為我國中世紀西北邊塞收藏文籍史料佛典的圖書館。[②]現存敦煌寫卷約三萬餘卷，可惜大半散落世界各處。

　　敦煌卷的內容繁富，有佛經史文集的殘卷，有唐人的詩，唐、五代人的詞，而最珍貴的資料，是唐人的通俗文學，如變文、俗賦、話本、詞文和曲子詞等。這類資料，大抵取材於民間的傳說、歌謠、通俗的歷史故事，也有來自於佛教的經典或故事。它們在傳統文學的藝術價值上，或許評價不高，但在俗文學的地位，卻

---

[①]　《樂府詩集》收集唐‧無名氏的歌謠約七十四種，共八十一首。《全唐詩》收錄唐代民間歌謠與《樂府詩集》有重複的現象，今刪去重複的，約得一○三首。

[②]　羅振玉著：〈敦煌石室及發見之原始〉，《沙州文錄》。

代表了唐人的話本、講唱文學、歌謠等主要的民間文藝。

本篇所討論的範圍，以敦煌曲子詞為主。自敦煌石室發現以來，一百餘年間，從事整理這項資料的學者不少，由於敦煌曲是唐人的寫卷，在俗字或異體字上的辨認上，往往與今人的正體字出入很大，因此各家整理出來的文獻資料，在文字上便有些差異。

早期學者整理出來的敦煌曲資料，較重要的有羅振玉的《雲謠集雜曲子》、《敦煌零拾》，劉復的《敦煌掇瑣》，許國霖的《敦煌雜錄》，王重民的《敦煌曲子詞集》等，他們輾轉由英法抄移來的資料，像墾山林、闢草萊，開拓了敦煌曲的園地。近些年來，由於敦煌曲有微卷流傳，較容易目睹原卷的面貌，因此整理出來的資料，比早期的更為完備。如任二北《敦煌曲校錄》，饒宗頤《敦煌曲》，潘重規的《敦煌雲謠集新書》、《敦煌詞話》，林玫儀的《敦煌曲子詞斠證初編》等，使敦煌曲在校勘上更趨於精確完備。

唐代民歌所表現的題材是多方面的，從民歌的題材、內容，可以探討它發生的時代和社會背景，以及歌詞中，有關生活的、思想的、民俗的反映。本章便是從敦煌曲的題材和內容，來探索唐代西北邊塞敦煌（沙州）、安西（瓜州）一帶，民謠中所反映的社會意識和時代使命。

二、

敦煌曲的寫卷，依任二北所輯《敦煌歌辭總編》的統計，收有五十六調，一千三百餘首。然而陸續尚有新增的資料出現，如饒宗頤的《敦煌曲》，便有敦煌曲之訂補，增補詞九調，補句四首，綴

合一卷，補作者名一首；③又周紹良的《補敦煌曲子詞》，據莊嚴
湛所藏《維摩詰經》背後所錄，新增失調名的詞十三首。④敦煌曲
大抵為唐、五代邊境的胡歌與民間的俗曲謠辭，期間尚有佛曲和道
曲，今以唐代的敦煌曲為主，從社會、文化、宗教、教育、音樂文
學等觀點，來探討敦煌曲的功能和效用，以明瞭敦煌曲在當時所具
有的時代使命。

## （一）敦煌曲的社會使命

敦煌曲是民間文學，也是民間的娛樂品，與人們的生活息息相
關，它描寫了大眾生活的百態，也反映了大眾生活的心聲。因此無
論男子道情的情歌，羈旅客愁的思鄉曲，青樓酒館娛樂的小曲，敦
煌史事的記錄，甚至與舞蹈、健身、養生之道相結合的歌曲，都發
揮了大眾抒寫情意的效用，成為生活不可或缺的一部分。

在民歌中，情歌永遠是鮮明的一頁，敦煌曲中的情歌，如
《雲謠集》中的〈拋毬樂‧五陵負恩〉（伯2838）：

> 珠淚紛紛濕綺羅，少年公子負恩多。當初姊姊分明道，
> 莫把真心過與他。子細思量著，淡薄知聞解好麼。

又如雜曲〈菩薩蠻〉（斯4332）：

> 枕前發盡千般願，要休且待青山爛。水面上秤錘浮，直

---

③ 饒宗頤著：《敦煌曲》上篇〈敦煌曲之探究〉，（一）敦煌曲之訂補。補詞九曲調，為
王氏、任氏二書缺載者〈思越人〉（P.2748V°）、〈曲子喜秋天〉（S.1497）、〈曲子
名目〉（P3178V°）、〈長安詞〉（L.1369）、〈傷蛇曲子〉（S.2607）、〈怨春閨〉
（P.2748V°）、〈謁金門〉、〈開于闐〉（S.4359）、〈曲子還京洛〉（L.1465）、〈藥
名詞〉（S.4508）。
④ 據林玫儀《敦煌曲子詞斠證初編》下編〈新增及殘曲子〉所引。

待黃河徹底枯。　　白日參辰現，北斗迴南面。休即未能休，且待三更見日頭。

敦煌情歌，用情率眞富拙趣，與其他時代的情歌或西洋的情歌，在內容上沒有不同。在此僅舉兩首爲例，前首與英人A. E. Housman（1859-1936）的〈When I was one-and-twenty〉（當我二十一歲）[5]情趣相似；後首與漢樂府〈上

---

[5] 附英人A.E.Housman原詩及筆者譯稿如下：

WHEN I WAS ONE-AND-TWENTY

When I was one-and-twenty

I heard a wise man say,

"Give crowns and pounds and guineas

But not your heart away;

Give pearls away and rubies,

But keep your fancy free."

But I was one-and-twenty,

No use to talk to me.

When I was one-and-twenty

I heard him say again,

"The heart out of the bosom

Was never given in vain;

'Tis paid with sighs a plenty

And sold for endless rue."

And I am two-and-twenty,

And oh, 'tis true.

當我二十一歲

（A.E.Housman著／童山譯）

正當我二十一歲的年紀

聽得那些聰明的人說：

「可以把金銀隨意拋棄，

邪〉，⑥同為愛的誓言，有異曲同工之妙。然敦煌曲的形式，用
五、七言句法，並用唐人的白話語言寫成，如「淡薄知聞解好
麼」、「水面上秤錘浮」、「休即未能休」等口語入篇，是唐人民
歌的特色。

　　唐代盛世，朝廷開拓西北疆土，於是行役戍守邊塞的官兵為
數不少。在敦煌曲，有關描寫塞上的生活，征夫羈旅的曲子，反映
了唐人西北社會特有生活現象，他們詠塞上的風光，唱思鄉，作為
慰藉羈旅的鄉愁。這些民間小曲大致可分為兩類：一類是借家中妻
子的口吻，或以孟姜女尋夫送寒衣的故事，道出思念征夫的哀怨，
如同唐詩中的閨怨宮詞，寫出對征夫羈旅的關懷，如〈鳳歸雲〉、
〈破陣子〉、〈送征衣〉等便是。可與教坊曲的〈怨黃沙〉、
〈遐方怨〉、〈怨胡天〉⑦等相配應。今舉〈擣練子〉（伯2809、

---

千萬別把心兒讓人採擷；
可以把寶石珍珠給予，
千萬別讓情絲將你牽繫。」
那時我卻只有二十一歲，
這些話對我是毫無裨益。
正當我二十一歲的年紀，
我又聽得他們這麼說：
「假如若你把心兒都賦予，
你再也不能像從前那樣自由；
以後你將要借無盡的嗟嘆，
來填補心頭悔恨和空虛。」
現在我已過了二十一歲，
想來他們的話的確很對。

⑥　漢樂府〈上邪〉：「上邪！我欲與君相知，長命無絕衰。山無陵，江水為竭，冬雷震震
　　夏雨雪，天地合，乃敢與君絕。」宋·郭茂倩編：《樂府詩集》，里仁書局，1999年，
　　卷16，頁231。
⑦　唐·崔令欽著：《教坊記》，臺灣商務印書館（《四庫全書》本），1983年，頁546。

3319、3911）及〈失調名〉（斯2607）爲例：

> 孟姜女，杞梁妻，一去燕山更不歸。造得寒衣無人送，
> 不見自家送征衣。
> 長城路，實難行，乳酪山下雪紛紛。喫酒只為隔飯病，
> 願身強健早還歸。

> 良人去住邊庭，三載長征，萬衣砧杵擣衣聲。坐寒更，
> 添玉淚懶頻聽。　向深閨，遠聞雁悲鳴，遙望行，三春
> 月影照階庭。簾前跪拜，人長命，月長生。

　　另一類是以征夫遊子的口吻，道出塞上思親思鄉之情，感念
守疆的忠心，如同唐人的邊塞詩，有哀傷辛酸的一面，表現關山
路遙、思歸無期的哀怨，如〈長相思〉、〈山花子〉等便是。也
有慷慨悲壯的一面，流露鎮邊的壯志，立功沙塞的豪情，如〈定風
波〉、〈望遠行〉、〈感皇恩〉等便是。今舉〈長相思·三不歸〉
（《敦煌零拾》）及〈望遠行·佐聖朝〉（伯4692）爲例：

> 旅客在江西，寂寞自家知。塵土滿面上，終日被人欺。
> 　朝朝立在市門西，風吹□淚雙垂。遙望家鄉腸斷，此
> 是貧不歸。

> 年少將軍佐聖朝，為國掃蕩狂妖。彎弓如月射雙鵰，馬
> 蹄到處陣雲消。　休寰海，罷槍刀，迎鸞駕上超霄。行
> 人南北盡歌謠，莫把堯舜比今朝。

　　其次，敦煌曲也記錄下敦煌史事的歌謠。唐代開元、天寶盛

時，西域諸國如吐谷渾、高昌、回紇、西突厥等，都歸順朝廷，唐朝在安西、北庭設有都護府，而沙州治所敦煌，更是當時中西交通的要道。唐室經安史之亂後，國勢式微，繼而吐蕃入寇，河湟地區先後陷入吐蕃之手。諸州陷蕃年代，據孫楷第〈敦煌寫本張淮深變文跋〉云：涼州陷於廣德二年（西元七六四），甘州陷於永泰二年（西元七六六），肅州陷於大曆元年（西元七六六），瓜州陷於大曆十一年（西元七七六），沙州陷於建中二年（西元七八一）。

又據蘇瑩輝〈論唐時敦煌陷蕃的年代〉，認爲沙州雖在建中二年陷蕃，但沙州治所敦煌縣，則遲至貞元元年（西元七八五）始淪陷。直到宣宗大中初年（約西元八四七），張義潮結合民間的力量排蕃，使瓜、沙等西域諸州來歸，才告光復。[⑧]

因此敦煌曲記錄下這段時代的遭遇和史事，如〈菩薩蠻〉、〈望江南〉等，可視爲詠敦煌事的詞史。王重民《敦煌曲子詞集・敘錄》也有提及：

> 詠敦煌事者，詞不華藻，然意真而字實。〈望江南〉云：「曹公德，爲國託西關。」又：「盡忠孝，向主立殊勳。」又：「願萬載作人君。」此爲述歸義軍曹氏功德，不似在曹元忠以後，疑當在曹議金時代。「向主」指唐室，「作人君」則敦煌百姓戴議金爲王，仍師金山天子故事也。〈邊塞苦〉云：「背蕃歸漢經數歲。」歌詠敦煌人民起義歸唐事，則更當作歸義軍張氏時代矣。[⑨]

---

⑧　蘇瑩輝著：〈論唐時敦煌陷蕃的年代〉及〈再論唐時敦煌陷蕃的年代〉二文，收入《敦煌論集》，學生書局，1969年。

⑨　王重民著：《敦煌曲子詞集》，上海商務印書館，1956年，頁16。

以上敦煌曲的社會使命，僅舉敦煌情歌、征夫懷歸、敦煌史事等數端，說明西北人民的一般生活現象，社會大眾活動的記錄，與唐代文人筆下的宮體、邊塞詩，同樣反映了唐人生活上的情趣和遭遇。

## （二）敦煌曲的文化使命

敦煌曲所表現文治與教化的使命是多方面的，其中較爲顯著的，有關民族意識、愛國情操的流露，忠孝倫常的倡導，以及藥理、民俗的報導，反映唐代邊塞地區胡漢文化融合等特色。

敦煌曲代表了河湟地區的文化，這些歌謠雖然俚俗，卻眞實記錄當時的民族意識和思想觀念。由於河西隴右諸地，在安史之亂後，陸續陷入吐蕃統治達七十年之久，至宣宗大中二年張義潮結合義軍收復瓜、沙諸州，始再度歸屬唐朝，於是敦煌曲中，表現了強烈的民族意識和愛國的情操。如〈獻忠心〉二首（伯2506）：

> 臣遠涉山水，來慕當今，到丹闕，向龍樓。棄氈帳與弓劍，不歸邊土，學唐化，禮儀同，沐恩深。　見中華好，與舜日同欽，垂衣理，教化隆。臣遐方無珍寶，願公千秋住，感皇澤，垂珠淚，獻忠心。
>
> 驀卻多少雲水，直至如今，陟歷山阻，意難任。早晚得到唐國裡，朝聖明主，望丹闕，步步淚，滿衣襟。　生死大唐好，喜難任，齊拍手，奏鄉音。各將向本國裡，呈歌舞，願皇壽，千萬歲，獻忠心。

〈獻忠心〉共五首，此二首任二北《敦煌曲初探》視爲武后或玄宗時所作。[10]潘重規〈敦煌愛國詞〉認爲這兩首，應該是敦煌陷蕃，

---

[10] 任二北著：《敦煌曲初探》，上海文藝聯合出版社，1954年，頁26。

經張義潮收復後，陷蕃官吏，久經胡化，因事歸朝，得重歸唐朝的作品，第一首是呈獻給當朝答官的；第二首是獻給皇帝的。[11]他們借歌謠表達了對朝廷的忠心。

　　唐代是儒、道、佛三教合一的時代，儒家思想尤為顯著，敦煌經歷陷蕃之後，人民對家國的觀念更為濃厚，民族意識和忠貞的愛國思想自然地流露在他們的歌謠。他們仰慕唐國文化，贊揚中華好，想起陷蕃時的那段艱辛，在歌謠中，都有明顯的記錄。如陷蕃時所詠的〈菩薩蠻·敦煌將〉（伯3128）：

> 敦煌古往出神將，感得諸蕃遙欽仰。效節望龍庭，麟臺早有名。　只限隔蕃部，情懇難申吐。早晚滅狼蕃，一齊拜聖顏。

張義潮率義軍收復瓜、沙諸州後，復歸唐朝，敦煌曲中除〈獻忠心〉外，他如〈望江南·邊塞苦〉（斯5556　伯3128）也祝太傅張義潮能永享遐年：

> 邊塞苦，聖上合聞聲。背蕃歸漢經數歲，常為大國作長城，金榜有嘉名。　太傅化，永保更延齡。每抱沉機扶社稷，一人有慶萬家榮，早願拜龍旌。

　　其次，敦煌曲中，有宣揚孝道的歌謠，使民間傳唱，以敦化人倫。如〈皇帝感〉，此套原題「新集孝經十八章」，今僅存十二首，[12]其中多將孝經的字句編入曲辭中，以達深入淺出的勸孝效

---

[11]　潘重規著：〈敦煌愛國詞〉，《中央日報》副刊，1980年3月5日。

[12]　〈皇帝感〉，題作「新集孝經十八章」（伯2721、《敦煌掇瑣》）。原作當有十八首，今殘存十二首。

果。如「立身行道德揚名」、「事君盡忠事父孝」、「故能安親行孝道，揚名後世普天和」。同時稱頌唐玄宗為《孝經》做注，使《孝經》能普及天下。又有〈十二時〉，題作「天下傳孝十二時」，[13]也是提倡孝道的歌謠，用十二時辰構成十二首聯章的歌，勸勉天下行孝，極具社會教化作用。

此外敦煌曲尚有醫理病症的歌訣，借韻語傳授醫藥知識，這是醫藥的歌訣，使人聞歌而知病症，較《素問》、《脈經》、《千金方》等藥方醫書，更為民間百姓所容易接納。敦煌曲有三首說明傷寒症狀的〈定風波·傷寒〉（伯3093），今舉其中的一首：

> 陰毒傷寒脈又微，四肢厥冷最難醫。更遇盲醫與宣瀉，休也，頭面大汗永分離。　時當五六日，頭如針刺汗微微，吐逆黏滑脈沉細。胃脈潰，斯須兒女獨孤悽。

傷寒為傳染病，如遇此症狀，宜趕緊隔離治療。

其次民族文化的維繫，有賴民俗活動的承傳，而民俗活動往往利用歌謠，以增加熱鬧氣氛。因此民間歌謠具有發揚傳統文化的使命。唐人雅愛節日，如正月十五上元燈節，五月五日端午泛龍舟、鬥百草，七月七夕乞巧、拜新月，八月五日唐玄宗誕辰的千秋節，歲末除夕及新年元旦。敦煌曲中有關民俗節慶的曲子，有〈破陣子〉、〈泛龍舟〉、〈鬥百草〉、〈喜秋天〉、〈拜新月〉等，此外，尚有邊塞特有的潑水節〈蘇幕遮〉。由於節目歌舞的助興，增加了節日的歡樂。今從敦煌曲中，可知其對敦煌文化的承傳使命。

〈破陣子〉，本稱〈秦王破陣樂〉，是唐太宗為秦王時，率領

---

[13] 〈十二時〉，題作「天下傳孝十二時」（《敦煌零拾》），共十二首，原卷末編號。

部屬征討四方，他的部屬編寫了一首歌頌秦王的歌。[14]後秦王即天子位，被增飾爲武舞，改名〈七德舞〉，是唐代三大舞曲之一。[15]

今敦煌曲有〈破陣子〉四首，已成閨怨或瀟湘紅粉的怨歌，主題已非歌頌征戰的歌。惟哥舒翰天寶八載大破吐蕃於石堡巖所唱的那首〈破陣子〉，仍保存凱歌的內容。

五月五日端午節，民俗有泛龍舟、鬥百草之戲。敦煌邊區，也保有此民俗。梁·宗懍《荊楚歲時記》云：「五月五日，……四民並蹋百草，……即今人有鬥百草之戲也。」隋煬帝令白明達製〈泛龍舟〉、〈鬥百草〉之曲，可知此民俗由來已久。唐韋絢的《嘉話錄》記中宗安樂公主在端午時鬥草。貫休〈春野詩〉：「牛兒小，牛女少，抛牛沙上鬥百草。」可知唐人端午時，男子龍舟競渡，唱泛龍舟；女子鬥百草，不僅行於宮中，也流行於民間。敦煌曲中有〈泛龍舟〉一首，大曲中〈鬥百草·喜去覓草〉（斯6537 伯3271）一首，凡四遍，今摘其第一遍曲辭爲例：

> 建寺祈長生，花林摘浮郎。有情離合花，無風獨搖草。
> 喜去喜去覓草，色數莫令少。

歌辭的內容，借鬥草之戲，唱情歌，用暗示、雙關語以增加情趣，甚是可愛。如「花林摘浮郎」句，浮郎，指輕薄郎。「有情離合花，無風獨搖草」，「庭前一株花，芬芳獨自好」，詞句中的花，都用以暗示女子。

---

[14] 原文：「太宗為秦王之時，征伐四方，人間歌謠〈秦王破陣樂〉之曲。及即位，使呂才協音律，李百藥、虞世南、褚亮、魏徵等製歌辭。」後晉·劉昫等著：《舊唐書》，鼎文書局（新校本），1979年，卷29，頁1059。

[15] 唐自太宗、高宗作三大舞：〈七德舞〉本名〈秦王破陣樂〉，為武舞；其次〈九宮舞〉，本名〈功成慶善舞〉，為文舞，皆太宗所作。〈上元舞〉，為高宗所作。

　　七月七夕，相傳牛郎織女相會，民間樹瓜果，備針線，以拜織女，稱爲乞巧。《荊楚歲時記》云：「七月七日，牛郎織女聚會之夜。是夕，人家婦女結綵縷，穿七孔針，或以金銀鍮石爲針，陳几筵酒脯瓜果於庭中，以乞巧，有喜子網瓜上，則以爲符應。」敦煌曲〈喜秋天〉（斯1497）共五首，採更轉的寫法，歌七巧之事，其第一首爲：

　　　　一更每年七月七，此時壽夫日，在處敷陳結交伴，獻供
　　　　數千般。　今晨連天暮，一心待織女。忽若今夜降凡
　　　　間，乞取一教言。

唐人過七夕，民俗與《荊楚歲時記》所載大致相同。

　　此外，唐人有拜月的風俗，也是女子閨閣中的禮俗。如李端〈拜新月詩〉：「開簾見新月，便即下階拜。」鮑溶〈寄歸詩〉：「幾夕精誠拜初月，每秋河漢對空機。」敦煌曲中〈拜新月〉共兩首，其一爲〈蕩子他州去〉，拜月祝丈夫離鄉他州去，能早日歸來；其一爲〈國泰時清晏〉，拜月祈求國泰民安，祝皇上壽千年。

　　在敦煌大曲中，代表西域特殊民俗的歌舞是〈蘇幕遮〉，也稱爲〈醉渾脫〉。「渾脫」是西域「囊袋」的意思，表演者用油囊盛水，相互濺潑，參加者爲避免被水濺及頭面，都戴油帽。高昌話稱油帽爲「蘇幕遮」，因此配合「渾脫舞」的樂曲，便稱爲〈蘇幕遮〉。[16]如今印尼尚有潑水節的民俗，表演者一邊歌舞，一邊潑水，而專潑有情人，以此取樂。

　　敦煌曲是唐代西陲民間傳唱的歌謠，其中表現了民族意識和忠貞的愛國思想，他們用歌謠倡導忠孝，灌輸醫藥保健觀念，表現唐化的民俗活動，他們熱愛歌舞，構成了敦煌文化的特色。說明邊塞

---

[16] 陰法魯《敦煌曲子集‧序》。

胡漢民族的相處，在沒有戰爭時，羊馬同啃綠洲上的牧草，人們同
飲天山下的泉水，在草原上用歌舞溝通情意，敦煌曲便成了胡漢民
族和睦相處的媒體，具有文治與教化的功能。

## （三）敦煌曲的宗教使命

　　唐代是個興盛的時代，民間的宗教信仰，得到自由的發展。其
間巫道僧尼常借道術、法術、神鬼之事，以說吉凶，勸世行善，普
及於委巷街陌，深入於人心。唐代道教的流行，雖不及佛教之盛，
然佛、道二教，常比附而行。就以唐朝佛寺，僧尼之數，以及產業
之富，已成社會中一些特殊階級。如宋‧趙令時《侯鯖錄》所載：

> 會昌五年，始命西京留佛寺四，僧唯十人，東京二寺，
> 節度觀察同華、汝三十四治所得留一寺，僧如西京數，
> 其餘刺史州不得有寺。……凡除寺四千六百，僧尼笄
> 冠二十六萬五百，其奴婢至十五萬，良人枝附為使令
> 者，倍笄冠之數。良田數千頃，奴婢日率以百畝編入農
> 籍。[17]

由於佛、道流行，產生了不少佛曲和道曲。敦煌莫高窟所發現的變
文和曲子詞，大部分是佛教徒宣揚教義的講唱文學，其中也有少數
是道曲。
　　唐代變文的興起，與佛教經典中長篇敘事詩有關，而其最初的
形式當來自民間。在我國傳統文學中，如六朝以來文士所作的頌、
贊、銘、誄諸文體，前有散文的序，後有韻文的文辭，在民間也有
韻散混合的唱辭，所以唐代變文的發生，是佛教徒們採用民間講唱

---

[17]　宋‧趙令時著：《侯鯖錄》，臺灣商務印書館（《四庫全書》本），1983年，卷2，頁
364。

的形式，來講唱佛曲中的故事，或民間流傳的故事，來傳播教義。

敦煌曲大半是民間的雜曲，其中也有不少與佛道有關的歌謠，這些歌謠，都具有宣揚或傳播佛、道等宗教的使命。

在盛唐的教坊曲中，也載有佛、道的曲調，惟不載歌詞，及敦煌曲的發現，始與教坊曲的曲目相引證。教坊曲中的佛曲，據《教坊記》所載，有〈獻天花〉、〈菩薩蠻〉、〈南天竺〉、〈毗沙子〉、〈胡僧破〉、〈達摩〉、〈五天〉。道曲有：〈眾仙樂〉、〈太白星〉、〈臨江仙〉、〈五雲仙〉、〈洞仙歌〉、〈女冠子〉、〈羅步底〉。[18]

今敦煌曲中的佛曲，有〈散花樂〉、〈好住娘〉、〈悉曇頌〉、〈五更轉〉、〈十二時〉、〈歸去來〉、〈菩薩蠻〉。

〈散花樂〉是佛教法會道場中所唱的梵曲，用「散花樂」和「滿道場」作和聲，因而得名。其詞如下：

> 稽首皈依三學滿，[散花樂]；天人大聖十方尊，[滿道場]。
> 昔者雪山求半偈，[散花樂]；不顧軀命捨全身，[滿道場]。
> ……
> 大眾持花來供養，[散花樂]；一時稽首散虛空，[滿道場]。[19]

〈散花樂〉，原稱〈蓮花落〉，用韻語來敘事，源於隋末唐初僧侶向民間化緣時所唱的歌。唐五代時改為〈散花樂〉，在《敦煌雜錄》下輯中，還保留三篇，都是用來宣傳佛教教義的。[20]其實〈散花樂〉並非僧侶募化的歌，觀其內容，是道場禮讚的歌。除上述

---

[18] 同註7，頁545-548。

[19] 任二北《敦煌曲校錄‧散花樂》一篇，據《敦煌雜錄》校訂，該寫卷為宋太祖時的寫卷。然唐代已有〈散花樂〉的曲子。

[20] 據葉德鈞〈宋元明講唱文學〉一文所考證。

〈散花樂〉外，尚有兩首，其一爲法照和尙〈散花樂讚〉：

　散花樂，散花樂，奉請釋迦如來入道場，散花樂！
　散花樂，散花樂，奉請十方如來入道場，散花樂！
　散花樂，散花樂，奉請阿彌陀入道場，散花樂！
　散花樂，散花樂，奉請觀世音入道場，散花樂！
　道場莊嚴極清淨，散花樂！天上人間無比量，散花樂！[21]

另一首是〈請觀世音讚〉：

　奉請觀世音，散花樂；慈悲降道場，散花樂。
　斂容空裡現，散花樂；忿怒伏魔生，散花樂。
　騰身振法鼓，散花樂；勇猛現威光，散花樂。
　手中香色乳，散花樂；眉際白毫光，散花樂。[22]

如將「散花樂」刪去，便是五言禮讚的詩。這類佛曲，並無文學價值可言，僅保存道場禮佛的梵頌而已。而《教坊記》中有〈獻天花〉一曲，是否與〈散花樂〉有關，因資料不足，無法證實。

　〈好住娘〉（伯2713），也是因和聲而得名的佛曲。內容是演故事的，大意是兒子辭拜母親，入山歸佛的唱辭，詞語俚俗。其詞爲：

　兒欲入山修道去，好住娘；兄弟努力好看娘，好住娘。

---

[21] 據任二北《敦煌曲校錄》引日藏《淨土五會念佛略法事儀讚》，內有〈散花樂〉文。
[22] 據任二北《敦煌曲校錄》引日藏《轉經行道願往生淨土法事讚》卷上，內有〈請觀世音讚〉，五言，二十句，一韻。在此節錄八句。

兒欲入山坐禪去，<sup>好住娘</sup>；迴頭頂禮五台山，<sup>好住娘</sup>。

……

佛道不遠迴心至，<sup>好住娘</sup>；全身努力覓因緣，<sup>好住娘</sup>。

這是對出家者的讚歌，指兒子出家修道，意在慰母安居，故「好住」有安居之意。

〈悉曇頌〉，敦煌曲中有〈俗流悉曇頌〉和〈佛說楞伽經禪門悉談章〉兩首，這是講經傳道，廣開禪門的佛曲，本是印度的梵曲，歌詞也是梵文，今為定惠和尚所譯。從〈佛說楞伽經禪門悉談章序〉有一段說明，可知此為佛教傳道的梵唱。其序云：

> 諸佛子等，合掌至心聽，我今欲說〈大乘楞伽悉談章〉。〈悉談章〉者，昔大乘在楞伽山，因得菩提達摩和尚，元嘉元年，從南天竺國，將《楞伽經》來至東都，跋陀三藏法師奉詔翻譯，其經總有五卷，合成一部。文字浩瀚，意義難知，和尚慈悲，廣濟群品，通經問道，識攬懸宗，窮達本原，皆蒙指受。又嵩山會善沙門定惠，翻出〈悉談章〉，廣開禪門，不妨慧學，不著文字，並合秦音。

這段文字說明〈悉曇章〉也作〈悉談章〉，是宋元慶元年（西元四二四），由達摩和尚由南天竺傳來中原，是對《楞伽經》禪心悟道的讚頌。唐時始由定慧禪師譯成漢文，且合大秦的方音。歌詞在傳佛經經義，今擇其中一章，以見一斑：

> 頗邏墮，頗邏墮，第一捨緣清虛座，萬事不起真無我。直追菩提離因果，心心寂滅無殃禍。念念無念當印可，

摩底制摩，魯留盧樓頗邏墮。　諸佛弟子莫懶惰，愛河
苦海須渡過。憶食不食常被餓，木頭不攢不出火。那邏
邏，端坐，娑訶耶，莫臥。

其中和聲的使用至爲普遍，且用韻極密，獨唱眾和，造成梵唱莊嚴
肅穆的氣氛。

其他如〈五更轉〉、〈十二時〉、〈歸去來〉，都是勸人歸依
佛門，宣揚佛教教義的歌。至於〈菩薩蠻〉一曲，在《教坊記》已
著錄，盛唐時已流行的佛曲，由於曲調動人，辭句爲五、七言混合
體，民間詞人往往倚聲塡詞以道情。

唐代的道曲，傳世不多，道曲多假神仙之事，充滿浪漫、神
秘、豔情的色彩。在六朝有遊仙、志怪的文學，到了唐代仍承傳其
特色而加以開展，在唐代道曲中，〈臨江仙〉、〈洞仙歌〉多用以
道情。故道曲不入玄思，便入豔情，似乎與道教的教義相去較遠。
《舊唐書・則天皇后本紀》：

　　（載初二年）夏四月，令釋教在道法之上，僧尼處道士
　　女冠之前。

武則天重佛教，使佛教置於道教之前。然唐代國姓李，與李耳同
姓，故唐朝皇室也重視道教，且皇室貴公主，多入道爲女道士。

〈臨江仙〉爲道曲，敦煌曲有〈臨江山〉，任二北則作〈臨江
仙〉：「敦煌曲作〈臨江山〉，乃登臨寄慨之曲，與〈看江波〉頗
相近。辭意涉及『臨江』，不及『仙』。五代〈臨江仙〉之辭，幾
乎首首詠『仙』，全爲豔情之曲。」[23]其實二者應同爲一曲調，或

---

[23]　任二北校：《教坊記箋訂》，中華書局（北京），2012年，頁85。

題作「曲子臨江仙」（伯2506　斯2607），是登臨思歸之詞：

> 岸闊臨江帝宅賒，東風吹柳向西斜。春光催綻後園花，
> 鶯啼燕語撩亂，爭忍不思家。　每恨經年離別苦，等閒
> 拋棄生涯。如今時世已參差，不如歸去，歸去也，沉醉
> 臥煙霞。

〈臨江仙〉本為道曲，唱神仙境界，後詞意多衍為豔情。

　　〈女冠子〉，唐人稱女道士為女冠，故〈女冠子〉為道曲的一
種。敦煌曲不收〈女冠子〉，惟教坊曲有此調，然詞已不傳。今溫
庭筠有〈女冠子〉兩首，其一為：

> 含嬌含笑，宿翠殘紅窈窕。鬢如蟬，寒玉簪秋水，輕紗
> 捲碧煙。　雪胸鸞鏡裡，琪樹鳳樓前。寄語青娥伴，早
> 求仙。[24]

此為豔情的詞，寫女子嬌笑窈窕，對鏡思量，卻願早求仙，仍有道
曲的本意。

　　〈洞仙歌〉本是道曲，本辭已失傳，敦煌曲《雲謠集》有
〈洞仙歌〉兩首，都是閨怨的歌，寫征人遠鎮邊夷，妻子思念夫君
的詞。

　　唐代佛道之曲，本為宣揚佛、道教義的歌曲，並具有勸世勸善
的功能。然而民間傳唱這類歌曲，有些主題已轉變，衍為日常生活
的抒情曲，用以作客子思歸，男女道情的豔詞。於是宗教的色彩，
已深入民心，成為唐人生活的一部分，帶來莊嚴、神秘、浪漫的情

---

[24] 林大椿等編：《全唐五代詞彙編》，世界書局，2009年，頁55。

調和境界。

## （四）敦煌曲的教育使命

　　詩歌具有陶冶性情，美化人生，敦厚人倫，轉移風俗等教化功能，所以我國一向重視溫柔敦厚的傳統詩教。敦煌曲也不例外。敦煌曲除了反映人民的生活，傳達民間的情意，並具有勸忠、教孝、勸善等教化力量。同時敦煌曲也有兒歌和童謠，可視為兒童啟蒙的教材，有益於兒童的語文教育、情操陶冶和智慧的啟發。

　　歷史具有教育意義，敦煌地處邊陲，又曾陷蕃，於是敦煌曲便記錄這段史實，寫陷蕃時生民塗炭的遭遇。如〈菩薩蠻〉：「只恨隔蕃部，情懇難申吐。」又如〈望江南・敦煌部〉（伯3128、2809、3911）：

> 敦煌郡，四面六蕃圍。生靈苦屈青天見，數年路隔失朝儀，目斷望龍樨。　新恩降，草木總光輝。若不遠仗天威力，河湟必恐陷戎夷，早晚聖人知。

其後張義潮率領義軍收復河湟，重歸唐朝，敦煌曲中，又流露出重歸祖國的喜悅，並以教忠教孝為勉，希望國泰民安，邊境寧靖，使聖君教化延及邊地，胡漢子民，同沐唐風。如〈感皇恩・四海清平〉（伯3128）：

> 四海天下及諸州，皆言今歲永無憂。長圖歡宴在高樓，寰海內，束手願歸投。　朱紫盡風流，殿前卿相對，列諸侯。叫呼萬歲願千秋，皆樂業，鼓腹滿田疇。

又如〈贊普子・蕃家將〉（斯2607）：

本是蕃家將，年年在□頭。夏日披氈帳，冬天掛皮裘。
語即令人難會，朝朝牧馬在荒丘。若不為拋沙塞，無因
拜玉樓。

敦煌曲負擔起報導史事，歷史教育的意義，教人民「盡忠孝，向主
立殊勳，靖難論兵扶社稷」；然後「棄氈帳與弓箭，不歸邊地，學
唐化，禮儀同，沐恩深」。因此敦煌曲具有宣揚唐代教化的意義。

　　詩歌能淨化心靈，陶冶性情，敦煌曲雖為拙樸的民歌，寫邊塞
閒情，也自有其拙趣和境界。如〈浣溪沙‧幽境〉（伯3821）：

雲掩茅亭書滿床，冰川松竹自清涼。幽境不曾凡客到，
豈尋常。　出入每教猿閉戶，回來還伴鶴歸裝。閒至碧
溪垂釣處，月如霜。

又如〈浪淘沙〉（伯3128　斯2607）：

五兩竿頭風欲平，張帆舉棹覺船行。柔櫓不施停卻棹，
是船行。　滿眼風波多峽汃，看山恰似走來迎。仔細看
山山不動，是船行。

前首寫茅亭書滿，冰川松竹，或伴鶴歸來，或夜釣碧溪，自有自得
的幽境；後首寫風輕船行，張帆而去，不覺船動，反以為山走來迎
接，極富詩趣。可見詩歌具有教化的功能，在於它能淨化心靈，美
化人生。

　　其次，敦煌曲中有類似兒歌童謠的曲子，在勸人勤學行孝。古
代童歌除史籍〈五行志〉標明童謠外，往往不具明是兒歌童謠的。
讀《敦煌曲校錄》中的定格聯章，如〈五更轉〉、〈十二時〉、
〈百歲篇〉、〈十恩德〉等，可知其中有兒歌。例如〈五更轉‧識

字〉（原卷未編號，據《敦煌零拾》本）：

> 一更初，自恨長養枉身軀。耶娘小來不教授，如今爭識文與書。
>
> 二更深，《孝經》一卷不曾尋。之乎者也都不識，如今嗟嘆始悲吟。
>
> 三更半，到處被他筆頭算。縱然身達得官職，公事文書爭處斷。
>
> 四更長，晝夜常如面向牆。男兒到此屈折地，悔不《孝經》讀一行。
>
> 五更曉，作人已來都未了。東西南北被驅使，恰如盲人不見道。

借五更的次序，道出不勤學的下場，勸兒童少年宜勤學識文字，讀《孝經》，否則便如盲人不見道。又如〈十二時．發憤勤學〉（伯2564、2633）：

> 平旦寅，少年勤學莫辭貧。君不見朱買臣未得貴，猶自行歌背負薪。
>
> 日出卯，人生在世須臾老。男兒不學讀詩書，恰似園中肥地草。
>
> 食時辰，偷光鑿壁事殷勤。丈夫學問隨身寶，白玉黃金未足珍。
>
> 隅中巳，專心發憤尋詩史。每憶賢人羊角哀，求學山中併糧死。
>
> 日南午，讀書不得辭辛苦。如今聖主召賢才，用爾中華長去武。

日昳未，暫時貧賤何羞恥。昔日相如未遇時，悽惶賣卜
於廛市。

晡時申，懸頭刺股是蘇秦。貧病即令妻嫂棄，衣錦還鄉
爭拜秦。

日入西，金罇多瀉蒲桃酒。勸君莫棄失途人，結交承仕
須朋友。

黃昏戌，琴書獨坐茅庵室。天子不將印信迎，誓隱山林
終不出。

人定亥，君子雖貧禮常在。松柏縱然經歲寒，一片貞心
長不改。

夜半子，莫言屈滯長如此。鴻鳥只思羽翼齊，點翅飛騰
千萬里。

雞鳴丑，莫惜黃金結朋友。蓬蒿豈得久榮華，飄颻萬里
隨風走。

潘重規〈敦煌勸學行孝曲詞〉云：「以上十二時歌曲，表現了那個
時代讀書人『勤學即所以行孝』的思想，似乎與佛教毫無干涉。但
隋唐以來，僧徒常用講唱歌曲做傳教的工具。並且極力倡導孝道，
來泯除儒釋的隔閡，使佛教普及中國社會各階層，形成了佛教日趨
儒化，也日趨漢化。」[25]其實〈五更轉〉、〈十二時〉，均具有兒
歌童謠的特性，如漢代的〈江南〉，教兒童辨東西南北的方位，
〈五更轉〉教兒童辨五更時辰，〈十二時〉教兒童分辨一日的時
辰，順便勸人勤學，並舉朱買臣、匡衡、羊角哀、司馬相如、蘇秦
等苦學有成歷史人物為例，勸人珍惜時光勤學行孝。尤其〈十二
時〉開端語：「夜半子，雞鳴丑，平日寅，日出卯，食時辰，……

黃昏戌，人定亥」是知性的歌謠，具有教人辨別時辰的功效。其他
如〈鬥草歌〉，也是小孩鬥草時所念的童謠，難怪貫休的〈春野
詩〉要說：「牛兒小，牛女少，拋牛沙上鬥百草。」

### （五）敦煌曲的文學使命

　　由於敦煌曲的發現，我們可以瞭解它對唐代文學的貢獻和使
命，至少有下列四端：其一，唐代民間歌謠是支持唐詩繁榮的原動
力。其二，敦煌曲開拓了唐人邊塞詩的新領域。其三，敦煌曲促成
詞──長短句的形成與發展。其四，敦煌曲保存唐人西北邊區俗文
學的原貌，且具有敦煌詞史，邊塞風情的文學特色。

　　探討唐詩興盛的原因，可以說是唐代的民間歌謠特別繁盛，
作為唐詩興盛的原動力。一般人提到唐詩，大都是指文人的詩篇，
而忽略了唐代的民間歌謠，其實，民間無名氏的歌謠，是一股無比
的力量，支持著唐詩的繁榮。唐代敦煌曲只是西北一帶的民歌，便
包涵了如此豐富的內容。所以民間的俗文學，永遠是正統文學的根
源，好的文學，往往來自民間，影響著整個時代。就以中唐詩人白
居易、劉禹錫等為例，他們提倡摹仿民歌而有新樂府運動，使中唐
的詩風，繼盛唐之後，再創唐詩的高潮。

　　敦煌曲開拓了唐人邊塞詩的新境界，由於唐朝國力強盛，版
圖擴大，經濟的繁榮，商業的鼎盛，都市的興起，官宦商旅戍客往
來頻繁，歌館酒樓普遍設立，有助於唐代歌謠的發生與流傳。尤其
西域諸國的歸附入貢，促成胡漢民族的融合，文化的交流，造成胡
樂夷歌的大量輸入中原，使唐代的詩歌，增加了四方的異彩。尤其
是邊塞詩，不再停留在征夫羈旅的思歸，閨中思婦的哀怨，而以塞
上的風光與青年報國的壯志結合，開拓了含有邊塞風情、悲壯、豪
邁、雄麗的詩境。

　　唐代著名的邊塞詩人如高適、岑參、王昌齡、王之渙、李
頎、盧綸等，其中有些詩人數度出塞，他們也聽過敦煌曲，曾在
詩中留下踏過河湟地區的足跡。就以詩題而言，他們曾以〈從軍

行〉、〈塞上曲〉、〈塞下曲〉、〈涼州詞〉、〈伊州歌〉、〈北庭作〉、〈優鉢羅花歌〉、〈敦煌太守後庭歌〉等為題寫過詩，與敦煌曲以曲調為題不盡相同；但在內容上，以表現悲壯、豪宕的詩境，卻是一致的。如民間詩人所寫的：「敦煌古往出神將，感得諸蕃遙欽仰」，「自從宇宙充戈戰，狼煙處處薰天黑」，與文人詩家所寫的：「秦時明月漢時關，萬里長征人未還」，「黃河直上白雲間，一片孤城萬仞山」，同是代表唐代青年詩人的心聲，開拓了唐代邊塞詩的新境界。

　　敦煌曲子詞，是詞，是曲子，是聲詩，是長短句，是唐人的新體詩，也是由倚聲填詞所構成的音樂文學。因此敦煌曲促成詞的形成與發展，是無可置疑。

　　敦煌曲子詞所代表的年代，包括了唐和五代，雖然這些無名氏的作品，難以推斷它發生的年代，但可從《教坊記》所提到的曲調，以及敦煌陷蕃前的曲子來論斷，其中不乏盛唐的作品。例如敦煌曲中的〈望江南．負心人〉（《敦煌零拾》）：

　　　　天上月，遙望似一團銀。夜久更闌風漸緊，為奴吹散月
　　　　邊雲，照見負心人。

又如〈虞美人．別詞〉（伯3994）：

　　　　金釵頭上綴芳菲，海棠花一枝。剛被蝴蝶遶人飛，拂下
　　　　深深紅蕊落，汙奴衣。

這些纖穠輕豔的小令，保有歌者之詞的本色，且語言通俗生動，具有民間文學的特徵，是早期民間的詞。

　　又如「枕前發盡千般願」的那首〈菩薩蠻〉，據任二北的考

證，認為是歷史上最早的〈菩薩蠻〉，它發生的年代當在盛唐。㉖
今人所編的文學史說明〈菩薩蠻〉發生的年代，多引《杜陽雜編》
的說法：「大中初，女蠻國貢雙龍犀。……其國人危髻金冠，瓔珞
被體，故謂之『菩薩蠻』。當時倡優，遂製〈菩薩蠻曲〉，文士亦
往往聲其詞。」大中是唐宣宗的年號（西元八四七一八九五），去
開元、天寶（西元七一三一七五五）約百餘年，因此不敢相信李白
（西元七〇一一七六二）能作〈菩薩蠻〉詞。今依楊憲益的說法，
盛唐時已有此曲調。且崔令欽的《教坊記》也收錄有〈菩薩蠻〉的
曲調，便證明李白作〈菩薩蠻〉有此可能。《教坊記》成書的年代
是開元二年（西元七一四），李白原為氐人，小時學過此調，開
元十三年，李白二十五歲，曾流落在襄漢間，於湖南鼎州滄水驛
樓，題下此詞。㉗因此，李白作〈菩薩蠻〉並不足為疑。其次李白
作〈憶秦娥〉，宋人李之儀有〈憶秦娥〉的和韻。㉘因此宋人李之
儀時已證〈憶秦娥〉為李白所作，後人隨意加以懷疑，實在缺乏有
力的證據。

　　由於敦煌曲的發現，我國文人詞的發生，至少可以提前至盛唐
時期。

　　敦煌曲子詞保全了唐人西北邊區俗文學的原貌，代表了唐人
的民歌。從歷代民歌的發展來看，各時代的民歌都表現了時代的特
色。《詩經》代表周代民歌，具有風雅比興的特色。漢樂府代表兩
漢民歌，以感於哀樂，緣事而發為特色，開創敘事詩的蹊徑。吳
歌、西曲、神弦曲和梁鼓角橫吹曲，代表了六朝和北朝的民歌，以
清商哀苦，戀歌小詩為特色，開創了抒情小詩的風格。敦煌曲代
表了唐代民歌，具有敦煌詞史，邊塞風情的特色，開展了白話長短

---

㉖　同註10，頁241。

㉗　楊憲益著：《零墨新箋》，中華書局（北京）（《新中華叢書》本），2009年，頁5-7。

㉘　《全宋詞》李之儀所填〈憶秦娥〉詞，題下自註：「用太白韻。」

句的詩風。而唐以後的民歌，如〈掛枝兒〉、〈駐雲飛〉、〈山歌〉、〈馬頭調〉等，仍然保持白話通俗的長短句形式，只是在格律上更趨活潑、自由。

三、

　　敦煌曲保存了唐人河湟一帶的民歌，有男女愛情的吟詠，有邊客征夫的歎吟，有忠臣義士的壯語，閨情思婦的哀思，有豪俠武勇的讚頌，隱君子怡情悅志的謳歌，有少年學子的心聲，胡漢邊地的樂音，以及佛教道士的讚頌，醫生的歌訣，勸學勸善的謳謠，林林總總，莫不入歌，反映了唐人生活的實況，社會時代的使命。

　　一首古老的民歌，傳達了古代人們共同的意願，訴說了民間共同愛憎的態度，透過民間詩人豐富的想像，自然的抒吐，用大眾的語言，傳達大眾的情感。雖然敦煌曲音樂的部分已泯滅不可考，唐人的歌聲已渺，從歌詞中，依然悠悠地透出綿密的餘情，依然隱約地傳來活躍的神采，千載之下，沒有激情，沒有哀傷，只是更使人懷念，更使人惓綣不已。

結　論

第八章

　　俗文學有它可貴的一面，尤其是民間歌謠，更是俗文學中最精華的所在。我國古代有關民歌研究的書籍不多，肇因於一般文士、士大夫，一向不重視俗文學的緣故；且傳統文學也只重視文人的作品，而忽視民間文藝。

　　近些年來，民間文藝受到普遍的重視，於是俗文學的價值重新被評估、被確定。像《詩經》中的〈國風〉，《楚辭》中的〈九歌〉，漢人的民間樂府，六朝人的〈吳歌〉和〈西曲〉，北朝的〈北歌〉，唐人的教坊曲，敦煌變文、敦煌曲子詞，宋人的平話、俗講，元人的散曲、雜劇，以及明、清的俗曲、章回小說，這些都是發生於民間，來自廣大的民眾，帶有濃厚鄉土本色的民間文藝，代表著大眾的意願和心聲，是反映時代、社會背景、生活形態的最好作品。

　　在唐代民歌方面，前人研究的不多，一般人僅注意唐詩的美好，而不太注意唐代的俚曲俗樂，其實這類街陌、委巷之歌，也有它真實的一面。誠不知民間文藝的趨向，正代表著當時的文藝思潮和文人的風尚；因此，唐代民歌、民間音樂的富盛，直接影響唐詩的繁榮，作了唐詩的酵化作用。近人由於敦煌石室的發現，重新看到唐代民間文藝的原始資料，才瞭解唐詩的輝煌成果，是因為民間音樂、歌謠的輝煌成就，做了唐詩繁盛的基石。

　　在敦煌石室中，保存唐代民間歌謠的資料，便是敦煌曲子詞，其次是敦煌變文。唐人曲子詞的發現，使崔令欽《教坊記》一書，得以還魂，使郭茂倩《樂府詩集》中的「雜曲歌辭」和「近代曲辭」更明朗而充實。於是唐人在歌舞、雜伎、百戲的成就，再度展現在我們的眼前，下開後代詞曲、戲劇、講唱文學的新途徑，有源委可尋。

　　近人對唐代樂府民歌的評價甚高，可以代表的有二家：胡適之《白話文學史》云：

盛唐是詩的黃金時代。但後世講文學史的人，都不能明
白盛唐的詩所以特別發展的關鍵在甚麼地方。盛唐的詩
關鍵在樂府歌辭。第一步是詩人仿作樂府。第二步是詩
人沿用樂府古題而自作新辭，但不拘原意，也不拘原聲
調。第三步是詩人用古樂府民歌的精神創作新樂府。在
這三步之中，樂府民歌的風趣與文體不知不覺地浸潤
了，影響了，改變了詩體的各方面，遂使這個時代的
詩，在文學史上放一大異彩。

任二北《教坊記箋訂・弁言》云：

> 夫唐玄之「教坊」、非漢武之「樂府」比也，初無「採
> 詩夜誦」之職志，乃遠近之聲，自然而集，其中一部分
> 所含人民性之強，較之《漢書・藝文志》述漢武樂府之
> 語，「感於哀樂，緣事而發，亦可以觀風俗、知厚薄」
> 者，並無多讓，甚且過之，學者殊不可忽矣。

這類對唐代民間歌謠的評價有雙重的價值：第一，文學本身的價
值，影響唐詩的繁榮。第二，唐人生活的反映，不論文治、武功、
禮俗、宗教、經濟、民情、風俗，都可以從歌謠中，獲得唐人生活
的實情，所以它的另一價值，在於唐人生活、民俗的存真。

今就本專題研究所得，條舉如下，作為結論：

一、唐人現存的民間歌謠，以曲調言，不下四百餘種；以歌詞
言，《樂府詩集》收錄的有八十一首，《全唐詩》收錄的有一百零
三首，《敦煌曲校錄》收錄的有五百四十五首，近年來任二北《敦
煌歌辭總編》收錄一千三百餘首，合計二千餘首，其間仍不免有遺
珠之憾，他日有所見，當再加入。至於唐代文人仿製的樂府民歌，

尚不計算在內，真可以說材料豐富極了。

　　二、唐代民間歌謠發生的原因，與當時的社會背景有關，考其興盛的原因：淵源於前朝俗樂舊曲的流傳，加以本土新興的歌謠，君王的愛好，胡樂的輸入，經濟的繁榮，佛教的盛行，造成唐人歌謠輝煌的成就和重大的發展。

　　三、唐代的歌謠種類繁多，隨口傳唱，真正做到「人來人去唱歌行」。像〈破陣樂〉，相當於唐朝的國歌，所以在此專題中，專節探述。其他如唐代邊塞的歌謠，多少流露出民間的哀怨和疾苦，如〈擣練子〉、〈送征衣〉、〈憶漢月〉、〈遐方怨〉、〈歎疆場〉、〈怨胡天〉、〈臥沙堆〉等歌謠，代表了當時人們對征戰的厭倦和愁苦；但相反地，也有一些悲涼雄壯的歌謠，描寫沙塞的風光，歌頌青年開拓疆土的偉大，讚揚英雄豐功偉業的歌，造成唐代邊塞詩的新境界。

　　四、唐代宮廷的歌舞甚盛，如節日的歌舞，有〈慶善樂〉、〈上元樂〉，正月十五元宵燈節所唱的〈落梅花〉，三月三日上巳所唱的〈回波樂〉、〈祓禊歌〉、〈上行杯〉、〈下水船〉等，五月五日端午節所唱的〈鬥百草〉、〈泛龍舟〉，八月五日玄宗生日所唱的〈小破陣樂〉、〈千秋樂〉，其他如〈大酺樂〉、〈傾杯樂〉、〈萬壽樂〉、〈聖壽樂〉，是燕飲祝壽的歌。其他宮廷宴樂的歌，有催酒的〈拋毬樂〉，楊貴妃生日的〈荔枝香〉，娛樂用的〈清平調〉、〈霓裳羽衣曲〉、〈劍器〉、〈菩薩蠻〉等，一一考證其由來和本事。代表宮人怨歌的，有〈何滿子〉、〈宮人怨〉、〈玉階怨〉、〈長信怨〉等歌曲。

　　五、唐代流行民間的歌謠，在市井之間，有勸酒的〈木蘭花〉，道情的〈楊柳枝〉，還有大批選自大曲裡的摘遍，如〈涼州詞〉、〈龜茲樂〉、〈甘州〉、〈伊州〉等歌謠。在鄉野間傳唱的歌，有〈竹枝詞〉、〈楊柳枝〉等情歌，有淘金者所唱的〈浣溪沙〉，有漁樵所唱的漁歌樵歌，有夯夫所唱的〈得体歌〉，村夫村婦所唱的農歌、牧歌。

　　六、唐代道教、佛教流行，道曲和佛曲也特別發達。道曲有
〈眾仙樂〉、〈臨江仙〉、〈洞仙歌〉、〈女冠子〉等，佛曲有
〈獻天花〉、〈散花樂〉、〈悉曇頌〉、〈五更轉〉、〈十二時〉
等歌謠。

　　七、唐代的燕樂（即俗樂）大致分兩類：一為清樂，為「小
曲」、「雜曲」的形態；一為胡樂，為「大曲」、「法曲」的形
態。民間往往摘取大曲中精華的一章，加以傳唱，是為「摘遍」。

　　八、唐代民間歌謠的結構分析，從章法結構、辭語探述、散聲
應用、和唱現象，以及四季、五更、十二時、百齡、十二月令等節
令歌形態，加以析論。

　　這些民間歌謠，去今千載，歌聲雖已失傳，但歌詞有些依然存
在，詠誦之下，餘情猶在，不禁令人低徊不已。

# 參考書目

## 一、古今圖書

大智度論，後秦・鳩摩羅什譯，收入《大正藏》第25冊。

中山詩話，宋・劉攽著，臺灣商務印書館（《四庫全書》本），1983年出版。

中國文學理論與實踐，王夢鷗著，時報文化出版公司，1995年出版。

中國古代詩詞典故辭典，北京燕山出版社，1996年出版。

中國佛教儀規，林子青著，常春樹書坊，1988年出版。

中國歌謠，朱自清著，世界書局（《中國俗文學叢刊》本），1977年出版。

中國歷代婦女妝飾，周汛、高春明著，南天書局，1988年出版。

中華古今注，晉・崔豹、唐・馬縞著，新興書局（《筆記小說大觀》本），1983年出版。

元稹集，唐・元稹著，中華書局（臺北），1992年出版。

文心雕龍，梁・劉勰著，臺灣商務印書館（《四庫全書》本），1983年出版。

北史，唐・李延壽著，鼎文書局（新校本），1985年出版。

古今注，晉・崔豹著，臺灣商務印書館（《四部叢刊》本），1966年出版。

四十二章經，後漢・迦葉摩騰、竺法蘭譯，收入《大正藏》第17冊。

本草綱目，明・李時珍著，鼎文書局（《古今圖書集成》本），1975年出版。

白居易集，唐・白居易著，岳麓書社，1995年出版。

白話文學史，胡適著，文光圖書公司，1964年出版。

全唐五代詞彙編，林大椿等編，世界書局，2009年出版。

全唐詩，清聖祖敕編，中華書局（臺北），1996年出版。

全唐詩話，宋・尤袤著，臺灣商務印書館（《叢書集成》本），1937

年出版。

全唐詩簡編，高文主編，上海古籍出版社，1993年出版。

因話錄，唐・趙璘著，臺灣商務印書館（《叢書集成簡編》本），
　　1966年出版。

老子讀本，余培林注釋，三民書局，1995年出版。

佛光大辭典（光碟版），1997年出版。

佛說阿彌陀經，後秦・鳩摩羅什譯，收入《大正藏》第12冊。

宋史，元・脫脫等著，鼎文書局（新校本），1983年出版。

李白集校注，瞿兌園等校注，里仁書局，1981年出版。

杜陽雜編，唐・蘇鶚著，臺灣商務印書館，1979年出版。

周易今注今譯，南懷瑾、徐芹庭注譯，臺灣商務印書館，1997年出
　　版。

周易王韓注，魏・王弼、晉・韓康伯著，大安出版社，1999年出版。

奇妙的聲音，鄭秀玲著，三民書局，1981年出版。

花間集校，後蜀・趙崇祚輯、李一氓校，香港商務印書館，1978年出
　　版。

長沙窯，長沙窯課題組編，紫禁城出版社，1996年出版。

長恨歌傳，唐・陳鴻著，新興書局（《龍威秘書》本），1969年出
　　版。

侯鯖錄，宋・趙令畤著，臺灣商務印書館（《四庫全書》本），1983
　　年出版。

洛陽伽藍記，北魏・楊衒之著，收入《大正藏》第52冊。

唐五代詞三百首今譯，弓保安著，陝西人民出版社，1993年出版。

唐世風光和詩人，栗斯著，木鐸出版社，1985年出版。

唐宋詞鑑賞辭典，唐圭璋主編，江蘇古籍出版社，1986年出版。

唐宋詩舉要，高步瀛選注，學海出版社，1973年出版。

唐會要，宋・王溥著，上海古籍出版社，2012年出版。

唐詩三百首，清・蘅塘退士選輯，世一書局，1991年出版。

唐詩三百首續編，清・孫洙編，浙江古籍出版社，1995年出版。

唐詩紀事，宋・計有功著，臺灣商務印書館（《四庫全書》本），
　　1983年出版。

唐詩精選百首，王熙元著，地球出版社，1992年出版。

唐詩談叢，明・胡震亨著，臺灣商務印書館（《叢書集成簡編》
　　本），1966年出版。

唐詩論文選集，呂正惠編，長安出版社，1983年出版。

唐語林，宋・王讜著，臺灣商務印書館（《四庫全書》本），1983年
　　出版。

容齋詩話，宋・洪邁著，廣文書局，1971年出版。

晉書，唐・房玄齡等著，鼎文書局（新校本），1987年出版。

神會語錄，胡適校，收入《大正藏》第85冊。

納書楹曲譜，王秋桂主編，學生書局（《善本戲曲叢刊》本），1987
　　年出版。

荊楚歲時記，梁・宗懍著，新興書局（《筆記小說大觀》本），1983
　　年出版。

高僧傳，梁・慧皎著，收入《大正藏》第50冊。

張祜詩集，嚴壽澄校編，江西人民出版社，1983年出版。

教坊記，唐・崔令欽著，臺灣商務印書館（《四庫全書》本），1983
　　年出版。

教坊記箋訂，任二北校，宏業書局，1973年出版。

梵語佛典導論，山田龍城著、許洋主譯，華宇出版社（《世界佛學名
　　著叢譯》本），1988年出版。

敦煌文學，張錫厚著，國文天地，1993年出版。

敦煌文獻與文學，鄭阿財著，新文豐出版公司，1993年出版。

敦煌文獻語言詞典，蔣禮鴻主編，杭州大學出版社，1994年出版。

敦煌曲子詞百首譯注，張劍注，敦煌文藝出版社，1991年出版。

敦煌曲子詞欣賞，高國藩著，南京大學出版社，1992年出版。

敦煌曲子詞欣賞續集，高國藩著，南京大學出版社，1992年出版。

敦煌曲子詞集，王重民著，上海商務印書館，1956年出版。

敦煌曲初探，任二北著，上海文藝聯合出版社，1954年出版。

敦煌曲校錄，任二北校，上海文藝聯合出版社，1955年出版。

敦煌掇瑣，黃永武著，新文豐出版公司，1985年出版。

敦煌詞話，潘重規著，石門圖書公司，1981年出版。

敦煌歌辭總編，任二北編，上海古籍出版社，1987年出版。

敦煌論集，蘇瑩輝著，學生書局，1969年出版。

敦煌變文校注，黃徵、張湧泉校注，中華書局（北京），1997年出版。

敦煌變文集新書，潘重規著，文津出版社，1994年出版。

隋唐及五代佛教史，湯用彤著，慧矩出版社，1986年出版。

隋書，唐‧魏徵等著，鼎文書局（新校本），1987年出版。

雲仙雜記，唐‧馮贄著，新興書局（《龍威秘書》本），1969年出版。

傳統音樂概論，林谷芳著，漢光文化出版公司，1988年出版。

新唐書，宋‧歐陽修、宋祁等著，鼎文書局（新校本），1989年出版。

新譯千家詩，邱燮友、劉正浩註釋，三民書局，1991年出版。

詩美學，李元洛著，東大圖書公司，1990年出版。

詩經正詁，余培林著，三民書局，1993年出版。

零墨新箋，楊憲益著，中華書局（北京）（《新中華叢書》本），2009年出版。

演繁錄，程大昌著，新文豐出版公司，1984年出版。

漢書，漢‧班固著，中華書局（臺北），1964年出版。

漢語大辭典，徐中舒主編，四川辭書出版社、湖北辭書出版社，1986-1990年出版。

碧雞漫志，宋‧王灼著，新興書局（《筆記小說大觀》本），1983年出版。

維摩詰經今譯，後秦‧鳩摩羅什譯，今人陳慧劍譯注，東大圖書公司，2010年出版。

劉禹錫集，卞孝萱校訂，中華書局（臺北），1990年出版。

劉禹錫詩選，梁守中選注，遠流出版社，1988年出版。

樂府詩集，宋・郭茂倩編，里仁書局，1999年出版。

樂府雜錄，唐・段安節著，臺灣商務印書館（《叢書集成》本），
　　1937年出版。

樂書，宋・陳暘著，臺灣商務印書館（《四庫全書》本），1983年出
　　版。

歷代詩詞名句析賞探源，呂自揚主編，河畔出版社，1991年出版。

聲明略，呂澂在著，廣文書局，1993年出版。

舊唐書，後晉・劉昫等著，鼎文書局（新校本），1979年出版。

轉經行道願往生淨土法讚卷，收入《大正藏》第47冊。

雜寶藏經，元魏・吉迦葉、曇曜譯，收入《大正藏》第4冊。

## 二、期刊論文

卜天壽《論語》抄本後的詩詞雜錄，郭沫若著，《考古》第1期，
　　1972年。

石門磯窯址的發掘及有關長沙酮官窯的幾個問題，《中國古代陶瓷研
　　究》第四輯。

長沙瓦渣坪唐代窯址調查記，《文物》第3期，1960年。

敦煌俗曲分時聯章歌體再議，周丕顯著，《敦煌學輯刊》第4期，
　　1983年6月。

敦煌愛國詞，潘重規著，《中央日報》副刊，1980年3月5日。

論敦煌歌辭的審美觀與審美價值，吳肅森著，《敦煌學輯刊》，1992
　　年第1、2期。

霓裳羽衣曲考證，陰法魯著，《國文月刊》第77期，1949年。

國家圖書館出版品預行編目資料

唐代民間歌謠／邱燮友著. ― 初版. ― 臺
北市：五南, 2016.09
　　面；　公分.
ISBN 978-957-11-8817-1 (平裝)

1.唐詩 2.詩歌 3.民謠 4.詩評

820.9104　　　　　　　　　105016295

1XDN

# 唐代民間歌謠

作　　　者 ― 邱燮友

發 行 人 ― 楊榮川

總 編 輯 ― 王翠華

主　　　編 ― 黃文瓊

責任編輯 ― 簡彥姈、吳雨潔、黃美祺

封面設計 ― 吳佳臻

出 版 者 ― 五南圖書出版股份有限公司

地　　　址：106台北市大安區和平東路二段339號4樓

電　　　話：(02)2705-5066　　傳　　真：(02)2706-6100

網　　　址：http://www.wunan.com.tw

電子郵件：wunan@wunan.com.tw

劃撥帳號：01068953

戶　　　名：五南圖書出版股份有限公司

法律顧問　林勝安律師事務所　林勝安律師

出版日期　2016年 9 月初版一刷

定　　　價　新臺幣420元